Les

JEUNES INDUSTRIELS.

J.-M. EBERHART , Imprimeur du Collège Royal de France ,
Rue du Foin Saint-Jacques , n. 12.

Adam del.   *Pourvoyeur sculp.*

Il fallut voir la grande roue avec ses aubes et henry demeura quelques momens à observer comment l'eau la faisait tourner.

Jeunes Industriels,

OU

DÉCOUVERTES, EXPÉRIENCES,

CONVERSATIONS ET VOYAGES

DE HENRI ET LUCIE;

Par MARIA EDGEWORTH.

Traduit de l'Anglais,

Par Madame SW.-BELLOC.

TOME DEUXIÈME.

PARIS,

LIBRAIRIE DE FORTIC,

RUE DE SEINE, N° 21.

1826.

« Le but de l'éducation, quant au savoir, n'est pas,
à ce que je pense, de conduire un élève à la perfection
dans toutes les Sciences, ou dans une Science quelconque ; mais de donner à son esprit la disposition, et
les habitudes qui peuvent le mettre à même d'atteindre
à n'importe quelle partie des Sciences dont il peut
avoir besoin dans le cours de sa vie. »

LOCKE.

Les

JEUNES INDUSTRIELS,

OU

DÉCOUVERTES, EXPÉRIENCES,

CONVERSATIONS ET VOYAGES

DE HENRI ET DE LUCIE.

CHAPITRE I.

Faïence et Porcelaine inventées par Wedgewood ; ses perfectionnemens, ses procédés ; Visite de Henri et de Lucie à la moderne Etrurie.

Nos voyageurs arrivèrent le lendemain à la campagne de monsieur Frankland, dans le comté de Stafford. Ils devaient y passer trois jours, chez les amis de leurs parens.

Le premier jour à dîner, un vieux monsieur fit l'observation que les tour-

II.   I

tières de faïence de Wedgewood étaient
supérieurement inventées pour tenir les
légumes chauds, et il s'étonna de la par-
faite ressemblance qu'avait l'une d'elles
avec une véritable croûte de pâté.

M. Frankland, qui avait été fort lié
avec feu M. Wedgewood, dit qu'il était
présent le premier jour, où une de ces
imitations parut à la table même de l'inventeur. Les enfans ne s'y méprirent
point, et reconnurent d'abord que ce n'é-
tait pas un pâté. M. Wedgewood en fit
faire de nouvelles à plusieurs reprises,
jusqu'à ce qu'enfin il y en eût une si bien
imitée, qu'à une très-petite distance, on
ne pouvait pas la distinguer d'une croûte
en pâtisserie. « Quand j'ôtai le couver-
cle, » continua M. Frankland, « l'enfant
qui était assis près de moi fut agréablement surpris de l'entendre résonner sur
mon assiette. »

— « Outre cela, » dit le vieux monsieur, « Wedgewood a inventé un grand
nombre d'ustensiles de ménage fort commodes, et d'un usage journalier; cet autre
plat, par exemple, où il y a un réservoir
pour le jus. Dans mon jeune temps, les
maîtres de maison, chargés de découper
et de servir, étaient obligés d'aller chercher le jus sous une énorme pièce de viande, ou de soulever le plat, et de le pen-

cher, au risque de renverser le rôti sur la table, et d'inonder les spectateurs : le couteau, la fourchette et la cuiller glissant, un à un, dans la sauce pendant toute cette opération ! sans compter qu'il y avait toujours dix à parier contre un qu'on n'aurait pas de jus après toute cette peine, mais seulement un peu de graisse figée. A présent, sans tant de remuement, de dangers et de fatigues, celui qui sert, affranchi de tous ces ennuis, n'a qu'à plonger sa cuiller dans un réservoir rempli de véritable jus. Grâce à l'invention d'un seul homme, tous, grands et petits, peuvent se servir du jus sans pencher le plat, et sans s'exposer à faire des maladresses. Ainsi, Messieurs et Mesdames, je vous propose de boire à la mémoire de feu M. Wedgewood, et au succès de ses bonnes inventions. »

Après qu'il eut bu, le vieux monsieur continua son discours.

« Je me rappelle que M. Coxe, le Voyageur, éprouva un vif plaisir et un sentiment d'orgueil national, en voyant, en Russie, un beau service de faïence de Wedgewood : je parierais qu'on en trouverait maintenant jusqu'en Sibérie. L'année dernière, pendant que j'étais en Hollande, j'appris que la ville de Delft, qui, depuis plusieurs années, fournissait de la poterie à toute l'Europe, tirait mainte-

nant une quantité considérable de vaisselle du comté de Stafford. »

La conversation tourna ensuite sur la
Chine, et sur les ouvriers chinois.

— « Ils sont très-exacts, » dit M. Frankland, « et imitent assez bien ce qu'on
leur montre. Mais quelquefois ils poussent cela à un excès de précision qui en
devient stupide et impatientant. » Il en
cita un exemple. Une dame voulant com-
pléter un très-beau service de porcelaine
de Chine qui avait été donné à son mari
par la Compagnie des Indes orientales,
envoya une assiette pour modèle en Chine,
et en commanda quelques douzaines exactement semblables. Elles arrivèrent juste
à l'époque désignée. On ouvrit la caisse
avec grand empressement ; mais quelle
fut la surprise et la mortification de la
dame, lorsqu'elle découvrit que chacune
des assiettes neuves paraissait fêlée au
milieu ! En examinant celle qu'elle avait
envoyée pour modèle, elle y trouva une
fente en travers, qui avait été soigneusement imitée par les ouvriers chinois.

Henri lui-même, quoiqu'il aimât l'exactitude, jugea que c'était la pousser trop
loin.

Au dessert, Lucie admira la beauté
de la porcelaine : il y avait sur son assiette
un convolvulus qui semblait y être tombé

par-hasard, ou y avoir été posé : il avait l'air si frais et si naturel, qu'on aurait été tenté de le prendre. Sur celle de sa mère, était une pensée, sur une autre un géranium, et sur celle de Henri un chèvrefeuille, dont elle se serait volontiers imaginé sentir le parfum. Tout en mangeant ses cerises, elle faisait de fréquentes pauses pour examiner les fleurs. C'était, à son avis, la plus jolie porcelaine qu'elle eût jamais vue. Lorsqu'après le dîner, on passa au salon, elle aperçut sur la cheminée des vases du bleu le plus délicat, sur lequel se détachaient en relief des figures blanches d'un dessin délicieux, et d'une sculpture charmante. Les draperies étaient si légères, qu'elles semblaient déroulées par le vent, et si transparentes, qu'on pouvait voir le fond bleu au travers.

Madame Frankland s'approcha de Lucie, comme elle examinait ces vases, et lui dit qu'ils étaient encore de la fabrique et de l'invention de M. Wedgewood, ainsi que les assiettes qui lui avaient tant plu au dessert.

« De la faïence de Wedgewood ! » reprit Lucie, « je croyais qu'elle était toujours noire ou couleur de crême, comme la vaisselle jaunâtre qu'on voit partout. »

Madame Frankland l'assura qu'il y avait une grande variété dans la faïence de

Wedgewood. Elle la mena dans un cabinet, au bout du salon, où elle lui montra plusieurs vases, imités des vases antiques trouvés dans les ruines d'Etrurie en Italie, et nommés, en conséquence, vases *étrusques*. Les uns étaient de couleur rouge, avec des figures noires ; les autres avaient des figures rouges sur un fond noir. Quelques-uns qu'on croyait de jaspe *, étaient fort estimés. Après que Lucie les eut tous regardés et admirés, madame Frankland lui dit qu'elle voulait lui en montrer un plus précieux à lui seul que tous les autres ensemble. L'original, d'après lequel il avait été parfaitement imité, avait coûté au possesseur actuel quatre mille guinées**. Elle ouvrit le coffre qui renfermait le vase, et le tira soigneusement de son enveloppe de soie.

« Je le connais! maman, je l'ai déjà vu, » s'écria Lucie.

— « Tu l'as déjà vu, Lucie? où donc? » demanda sa mère.

---

* Sorte de pierre qui doit la variété de ses couleurs à des substances métalliques. On en trouve en Sibérie, en Angleterre, en France dans les Pyrénées; la plus belle vient des Indes. On en fait des statues, des vases, des tables et des bijoux.

** Environ cent mille francs, en monnaie de France.

—- « Dans un livre, un jour que je vous lisais haut, maman. »

— « Tu veux dire que tu en as vu une gravure. »

— « Oui, maman, vous vous rappelez bien les trois vues prises du *Jardin Botanique*. Il y avait un vase pareil à celui-ci, de couleur sombre avec des figures blanches dessus. Je ne me souviens pas bien de son nom, mais je sais qu'on l'avait déterré dans des ruines... »

Sa mère lui dit qu'on l'appelait le *Barberini*, ou vase de Portland. *Barberini*, du nom de la famille italienne à laquelle il avait appartenu ; et *Portland*, parce que c'était la duchesse de Portland qui l'avait acheté et apporté en Angleterre.

Lucie, dont la mémoire était éveillée sur ce sujet, se rappela les beaux vers du docteur Darwin adressés à M. Wedgewood : « O toi, l'ami des arts ! » Mais elle s'abstint de les répéter : discrétion dont Henri lui sut gré.

M. Frankland qui entra alors dans l'appartement, lui dit que les Etrusques ou vases grecs se fabriquaient par un procédé différent de celui de M. Wedgewood. Ils paraissent avoir été faits en couvrant les parties représentant les figures et les ornemens, après que les contours extérieurs en avaient été tracés : on trempait ensuite cette terre rouge dans une composition qui teignait en noir tous les endroits découverts, puis on dessinait avec soin et netteté les lignes des draperies, etc. Dans les vases antiques, la couleur rouge faisait *corps* avec le vase, et reparaissait partout où il se brisait. Dans les imitations de Wedgewood, le rouge et le noir sont également peints *sur* la porcelaine, ou plutôt *sur* le *biscuit ;* nom que l'on donne à cette sorte de faïence, une fois qu'elle a passé à la fournaise. Wedgewood fut le premier inventeur de ce qu'on a nommé les couleurs sèches, ou émail, sans lustre et sans brillant.

Il semblait à Henri que le grain uni et le poli de ces vases, était beaucoup plus beau qu'aucun vernis.

« Et beaucoup plus solide et plus durable, » reprit M. Frankland. « Ces couleurs ne s'altèrent ni à l'humidité, ni au feu, ni à l'air ; aucun acide ne les change. Elles durent autant que la substance même. Vous avez peut-être remarqué que le vernis de la faïence commune éclate de tous côtés, et forme mille petites raies. »

— « Oui, » dit Lucie, « je l'ai très-souvent remarqué : et toutes ces petites raies couvrent l'assiette en tous sens, comme un réseau, et lui donnent l'air sale et usé. »

— « Mais ce qui est encore pis, » reprit-il, « c'est que dans plusieurs sortes de vernis, on emploie le plomb, qui, lorsqu'il est dissous par certains acides, est un poison assez actif. »

Lucie fit l'observation que le *vernis* ressemblait un peu au *verre*. Et d'après le rapprochement des deux mots, elle conclut que l'un pourrait bien être dérivé de l'autre.

« Il se peut que vous ayez raison, » dit M. Frankland ; « il y a, comme vous l'avez observé, de la ressemblance entre l'extérieur de certaine porcelaine et du verre. La différence est que la porcelaine n'est que *semi-vitrifiée*, c'est-à-dire, à demi changée en verre. L'art de diriger et de tempérer la chaleur, de manière à arrêter la *vitrification* à temps, ou à empêcher la porcelaine de devenir du verre, juste à propos, est l'un des points les plus importans de cette fabrication. »

Lucie en revint à s'extasier encore sur la beauté de la faïence de Wedgewood, répétant qu'elle la trouvait beaucoup plus jolie que la porcelaine de Chine.

« Outre la beauté de la forme, de la couleur et du grain, » continua M. Frankland, « l'utilité qu'il faut toujours mettre en première ligne dans tout ce qui concerne l'industrie, en est fort grande.

1*

Non-seulement, elle convient parfaitement à tout le service de la cuisine et du ménage, mais elle est encore très-nécessaire pour plusieurs expériences chimiques, pendant lesquelles les vases doivent être exposés à une grande chaleur. »

M. Frankland leur montra à l'appui de sa remarque un creuset et une retorte * faits en faïence de Wedgewood, et madame Frankland leur fit voir un pilon blanc et un mortier qui avaient l'air de marbre, et qui étaient encore de la même fabrique. On s'en servait pour piler et mélanger des drogues.

Henri demanda si le lieu où se fabriquaient toutes ces choses, était voisin de la maison de campagne de M. Frankland.

« Oui, » lui répondit ce dernier. « A quelques milles d'ici, est le village auquel M. Wedgewood a donné le nom d'Etrurie, et où il a établi une manufacture dont les produits sont probablement plus connus, et plus généralement utiles, que ne le furent jamais ceux de l'ancienne Etrurie. »

---

* Vaisseau de terre ou de verre, qui a un bec recourbé pour se joindre au récipient. On l'emploie continuellement pour les expériences de chimie.

M. Frankland ajouta que le lendemain il y conduirait Henri et Lucie, et comme le premier semblait désirer en savoir davantage sur ce sujet, il lui dit tout ce qu'il crut propre à l'intéresser sur l'historique des poteries du comté de Stafford.

« La terre glaise de cette partie de l'Angleterre étant propre à faire toute espèce de faïence, il y a toujours eu des poteries, ou des traces de ce genre de fabrication, dans le comté de Stafford, depuis l'époque où les Romains habitaient la Grande-Bretagne ; mais cette industrie était restée pendant des siècles brute, grossière, et tout-à-fait dans l'enfance. Aucune personne instruite et éclairée ne s'était occupée de la perfectionner, jusqu'à il y a environ cent vingt ans, où deux frères nommés Elers vinrent de Hollande, s'établirent ici, et y fabriquèrent une porcelaine rouge sans vernis. Ils firent ensuite une espèce de faïence brune et vernissée, dont la pâte était en pierre broyée ; mais elle était pesante et commune, et le vernissage, tout imparfait qu'il était, ne pouvait se faire sans de graves inconvéniens. Ils se servaient de muriate de soude qu'ils jetaient dans le four, lorsque la cuisson des vases était arrivée à un certain point. Les odeurs et les fumées que ce

procédé occasionnait étaient si désagréa-
bles, que le voisinage ne put les supporter,
et força les étrangers à abandonner leur
entreprise, et à quitter le pays. Peu de
temps après, un ouvrier qui avait trouvé
le secret de leur manière de vernir, car
à cette époque cela même était un secret,
employa ce moyen dans une poterie qu'il
fonda : on le laissa continuer malgré les
mauvaises odeurs et la fumée, parce que
les habitans trouvèrent que les vases de
cette fabrique leur étaient fort utiles
pour conserver leur beurre. On les employait principalement à cet usage, et
la manufacture en prit le nom de Poterie au Beurre. Les jours où l'on vernissait,
les inconvéniens du voisinage étaient terribles ; la fumée s'étendait à une distance
de six à sept milles. D'épais nuages s'é-
levaient des fournaises, couvraient les
collines, et remplissaient les vallées de
vapeurs malsaines.

« Le premier grand perfectionnement de
nos poteries se fit dans la substance même de
la faïence ; on introduisit de la pierre à fusil
broyée dans la composition de la pâte, et
alors fut inventé ce que l'on appelle encore
la terre de caillou ou *grès*. Elle est employée à plusieurs usages. Vous pouvez
en avoir vu, car les bouteilles d'eau de
Seltz sont de cette terre. »

— « Je sais ce que vous voulez dire, »
s'écria Lucie.

— « C'était la meilleure et la plus solide poterie que nous eussions, » continua M. Frankland, « avant le temps de
M. Wedgewood. On dit que la première
idée d'employer la pierre à fusil en poudre fut suggérée à un pauvre potier du
Staffordshire par le hasard. »

— « Par le hasard, » répéta Lucie. « J'en
suis bien contente ; j'aime tant à entendre raconter les découvertes faites par
hasard , surtout quand elles sont dues à
de pauvres gens. »

— « Un potier du Staffordshire , dont
le nom est oublié , ou plutôt dont j'ai oublié le nom , s'arrêta, en allant à Londres,
à Dunstable , dans le Bedforshire , où le
sol est craieux et caillouteux. Il consulta
le valet d'écurie de l'auberge , sur un
mal qui était survenu à l'œil de son cheval : le palefrenier lui conseilla de faire
entrer dans cet œil de la poudre de caillou
brisé ; et pour cela il jeta dans le feu un
caillou, afin de le *calciner,* c'est-à-dire,
de le brûler , pour qu'il pût être plus aisément pulvérisé. Le potier qui le regardait , fit attention à la grande blancheur du caillou calciné ; et cet homme
n'étant pas moins ingénieux que bon ob-
servateur, imagina aussitôt de profiter de

cette circonstance pour l'amélioration de
sa poterie. Il essaya, pour première expérience, de mêler de la poussière de
cailloux bien broyée avec de la terre de
pipe ; cela lui réussit à souhait, et il fit une
poterie blanchâtre qui discrédita toutes
les terres brunes et colorées. Quelque
laide que vous la trouviez, Lucie, elle
était très-perfectionnée pour ce temps-là.
Mais Wedgewood vint, et nous donna quelque chose de mieux. Cette terre couleur
de crême qu'on appelle poterie de la
reine, parce que la reine Charlotte la
préférait à toute autre, était alors, et il
n'y a pas si long-temps, estimée dans les
palais. Maintenant elle est employée dans
toutes les chaumières, et connue partout
où l'on se sert d'assiettes et de plats.
Après cette poterie de la reine, Wedgewood inventa toutes les variétés que
vous avez vues, et beaucoup d'autres
encore. »

Madame Frankland sonna, et ordonna
au domestique d'apporter une assiette de
faïence de Wedgewood, couleur de crême,
une autre en terre de caillou blanc, un
pot de terre noire vernissée, et un pot à
fleur commun en terre rougeâtre. Elle
les plaça dans l'ordre où ils avaient été
inventés, à côté des beaux vases de Wedgewood, pour en faire voir la différence,

et afin qu'Henri et Lucie pussent juger du contraste.

« Et toutes ces améliorations, ou du moins le plus grand nombre, furent l'ouvrage d'un seul homme, » pensa Henri. « Il en fit plus pendant sa vie, qu'on n'en avait fait dans les centaines d'années qui s'étaient écoulées auparavant. »

Lucie demanda s'il était arrivé à M. Wedgewood quelque heureux accident qui lui eût donné la première idée de ses inventions. Elle témoigna un vif désir d'en connaître l'histoire, si M. Frankland voulait la lui conter.

M. Frankland n'avait entendu parler de rien de semblable ; et lui fit observer que, quoiqu'il pût arriver un ou deux accidens heureux à une même personne, il n'était pas possible que des améliorations aussi progressives que celles que M. Wedgewood avait faites, eussent pu être suggérées par le hasard, ou accomplies par quelqu'un qui n'aurait pas eu une véritable instruction.

« Ce que je voudrais bien savoir, » dit Henri, « c'est ce qu'il fit d'abord ; ce qu'il fit ensuite, et comment il passa toujours ainsi d'une expérience à une autre. »

—«Je ne puis prétendre à vous en donner un récit bien exact, » répondit M. Frankland, « car je ne suis pas moi-même certain d'être au fait de tous ses procédés. Tout ce que je puis vous dire, c'est qu'il perfectionna les poteries par l'introduction de substances, qui n'avaient jamais encore été employées dans leur composition. On avait découvert que certain granit de Cornouailles est aussi bon pour faire une porcelaine d'un genre particulier, que la terre dont les Chinois se servent : M. Wedgewood mit le premier en usage les terres glaises du Dorsetshire et du comté de Cornouailles. »

— « Peut-être pourriez-vous m'expliquer, monsieur, » reprit Lucie, « comment on parvient à faire le bleu délicat du fond de ce vase à fleurs? »

— « On l'obtient d'une substance appelée *Cobalt.* Mais comme vous n'en avez probablement jamais vu, ce mot vous apprend peu de chose. »

— « Je voudrais bien savoir aussi comment se font les belles couleurs des fleurs des assiettes de dessert, et comment on produit le beau pourpre et le joli rose qui sont sur cette tasse. »

— « C'est le précipité d'or dissous dans de l'acide nitro-muriatique qui donne les belles couleurs pourpre et rose. Les oxides de fer produisent aussi plusieurs des couleurs que vous admirez. Mais

comme vous ne connaissez aucun des oxides, non plus que l'acide nitrique ou mu-
riatique, et le précipité d'or, ma réponse
ne vous apprend qu'un certain nombre de
noms que vous aurez oubliés dans une heure, et qui, à moins que vous ne connaissiez
les propriétés qu'ils désignent, ne pourraient vous être d'aucune utilité , même
quand ils vous resteraient dans la tête toute
votre vie. »

— « Mais sans nous dire ces grands
noms savans, monsieur, ne pourriez-vous
pas nous donner une idée générale de la manière dont M. Wedgewood fit tout cela? »

M. Frankland répondit, en souriant,
qu'il ne savait pas exactement ce qu'elle
entendait par une idée générale. Tout ce
qu'il pouvait lui dire, c'est que M. Wedgewood avait commencé par étudier les propriétés des différentes terres, et des mi-
néraux, et l'effet du feu sur ces derniers.
« Bref, il s'appliqua à l'étude de la chimie et de la minéralogie, pour connaître
à fond toutes les expériences qui avaient
été faites par d'autres; puis il en essaya
de nouvelles par lui-même : mais s'il n'a-
vait pas lu, et s'il n'eût pas acquis d'abord
tout ce savoir, il aurait pu perdre son
temps et son talent d'invention à faire ce
que d'autres avaient fait avant lui. Outre

le génie d'inventer des choses nouvelles
et élégantes, il eut le bon sens d'observer ce qui manquait tous les jours au
plus grand nombre de gens; de sorte qu'il
produisit, non seulement ce qui plaît aux
personnes de goût, mais ce qui est utile
à toutes les classes de la société. Il pensait
continuellement aux moyens d'améliorer,
de perfectionner ce qu'avaient fait les savans qui l'avaient précédé, et ce qu'il
avait fait lui-même. Ce fut par cette attention aux petites choses, aussi bien
qu'aux grandes, et en poursuivant avec
constance la même suite d'expériences,
qu'il réussit à accomplir tout ce qu'il
avait commencé : et ce n'est pas un mince
éloge pour un homme qui entreprit tant
de choses. Les résultats de ses succès nous
sont connus, » continua M. Frankland, en
se tournant vers M. Wilson, « et nous
nous en réjouissons tous sincèrement.
Wedgewood amassa une immense fortune
pour lui et pour ses enfans, et il acquit
une célébrité et une réputation bien au-
dessus de sa fortune. Il augmenta d'une
manière prodigieuse l'industrie, les richesses et les jouissances de tous les
pauvres de son voisinage. Il multiplia
les commodités, l'élégance et le luxe
de la vie pour les riches ; agrandit en

Angleterre, et à l'étranger, la renommée des arts et des manufactures de sa patrie, dont il étendit le commerce. Les produits de son génie ont porté son nom jusqu'aux régions les plus éloignées du monde civilisé. »

M. Frankland se tut, et il se fit un grand silence. Chacun regardait avec admiration les ouvrages de Wedgewood, et ceux qui l'avaient connu intimement soupiraient du regret d'avoir perdu un si excellent homme et un si bon ami!

Le jour suivant, M. Frankland emmena Henri et Lucie avec lui pour aller voir les travaux de la moderne Etrurie. Nous ne les suivrons pas à travers tous les différens procédés chimiques dont ils furent témoins; nous ne parlerons que de ce qu'ils se rappelèrent, et racontèrent à leur mère à leur retour.

« La première chose dont je me souvienne, » dit Henri, « c'est du perfectionnement dans la manière de broyer les cailloux. »

— « Mais il faut que vous sachiez d'abord, maman, » interrompit Lucie, « que dans les premiers temps, c'était un ouvrage fort malsain, tant il y avait de cette poussière de caillou pulvérisé qui s'échappait de tous côtés; et à mesure que les ouvriers respiraient, elle entrait dans leur bouche, dans leur nez, leur donnait mal à la poitrine et à l'estomac, et souvent elle leur causait des inflammations d'yeux fort dangereuses. »

— « On a remédié à cela, » continua Henri, « en faisant moudre le caillou dans l'eau, ce qui empêche la poussière de s'échapper. Le nom de l'homme qui fit ce perfectionnement, et qui construisit le premier moulin pour cet usage, est *Brindley*, et son moulin est fort ingénieux. »

— « Mais tu n'as que faire de t'arrêter à le décrire, » dit Lucie ; « car maman ne se soucie peut-être pas de le connaître aussi bien que toi. Maintenant, Henri, laisse-moi un peu raconter. Ainsi donc, maman, le caillou est broyé dans le grand *chaudron*. »

— « Moulin, » reprit Henri.

— « Mêlé avec de l'eau, » continua Lucie, « cela ressemble à un mélange de chaux et d'eau ; puis on l'épaissit en y mettant de la terre glaise, et en le remuant, le battant, et le passant par des tamis, de sorte que cela devient comme une espèce de bouillie très-épaisse ; ensuite c'est aussi compact qu'une pâte, et une fois dans cet état, on le porte à la roue du potier. Vous connaissez cette roue, maman. Je me rappelle que j'en ai vu la gravure pour la première fois dans notre livre des Arts et

Métiers. Mais il y a un perfectionnement dans celle-ci. La plus commune, que l'on m'a montrée une fois, il y a long-temps, était seulement une planche arrondie comme une roue, et qui tournait sur un bâton perpendiculaire. »

— « Un axe, » dit Henri.

— « Un petit garçon la mettait en mouvement, pendant que l'homme... vous savez, maman, le potier, moulait l'argile, et lui donnait la forme d'un bol: et il disait au petit garçon de faire aller la roue plus vîte ou plus lentement. Mais à la roue que nous avons vue aujourd'hui, il n'y a besoin de personne pour faire aller la planche, car elle est tournée par une espèce de timon : on nomme cela un *arbre.* »

— « Et cet arbre est mu par une machine à vapeur, » reprit Henri. « Remarquez, maman, que voilà la machine à vapeur encore à l'ouvrage. »

— « Oui, vraiment, » dit Lucie, « papa l'appelle le grand ouvrier de toutes les fabriques. »

— « Mais il y a un perfectionnement dans cette roue de potier dont tu n'as pas encore parlé, Lucie. »

— « Non, non ; mais j'y suis ; laisse-moi donc le conter. »

— « Si tu le comprends, » murmura

Henri d'un ton bienveillant, et avec la crainte qu'elle ne s'en tirât pas à son honneur, plutôt que par le désir de montrer ce qu'il savait.

— « J'en comprends quelque chose, mon cher, et c'est cela seulement que je dirai. Il y a une espèce de grand rouleau ou cylindre, en forme de cône, maman, qui est vis-à-vis de la roue du potier, et une bande de cuir, ou courroie, qu'on peut glisser ou promener tout le long de ce cône, depuis la partie la plus mince jusqu'à la plus épaisse. Henri a remarqué cela dès qu'il l'a vu ; il en a demandé l'usage, et papa lui a dit de tâcher de le trouver lui-même. C'est ce qu'il a fait, maman. C'est pour faire aller la roue plus vîte ou plus lentement, à la volonté de l'homme qui modèle la pâte : et c'était fort nécessaire, parce que la machine à vapeur qui tient la roue en mouvement suit toujours la même marche régulière, et ne se dérangerait pas, quand même on lui dirait vingt fois : « Plus vîte ! plus lentement ! plus doucement ! plus vîte ! » Il faut par conséquent que le potier ait quelque moyen de ralentir ou de presser la roue, sans que la machine à vapeur s'en mêle. Cela se fait tout simplement par un petit garçon qui change la courroie de place, et la met plus haut ou plus bas, à l'endroit le plus mince ou le plus épais du cône. Voilà l'utilité de ce cône et de la courroie, maman, et c'est Henri qui l'a trouvée. »

— « Je suis bien aise que tu te rap-pelles de cela, ma chère Lucie , » dit sa mère.

La reconnaissance de Henri brillait dans ses yeux.

Lucie continua avec une nouvelle ardeur : « Je voudrais bien, maman, que vous eussiez vu l'ouvrier modeler la terre, et toutes les métamorphoses que produit la roue du potier. D'abord, en une minute, le tas d'argile devient un bol ; l'instant d'après l'ouvrier presse ce bol mou dans sa main, le présente à la roue, tourne, et tout de suite, c'est une assiette ! Un moment de plus , l'assiette est partie, et à sa place , il y a une tasse devant vous ! »

— « Une tasse sans anse , » ajouta Henri ; « car il faut la faire à part, et la coller après. Il n'y a que des choses d'une certaine forme ronde ou plate, qui se puissent tourner à la roue du potier ; celles dont les formes ont des *rentrées* et des *sorties* , des parties saillantes et renfoncées, se font dans des moules , où l'on presse la pâte encore liquide. Quelquefois les deux parties d'une même chose, comme par exemple , les deux côtés du gouleau d'une théière, sont faits dans des moules séparés, et ensuite on les joint ensemble : c'est le seul moyen de laisser vide le petit creux ou tuyau par où l'on verse. Mais je suis sûr, maman, que vous savez tout cela mieux que nous. »

— « J'en savais moi-même la plus grande partie avant, » reprit Lucie, « grâce aux planches et aux descriptions de notre cher livre des Métiers, et de quelques autres de nos livres tant grands que petits. Mais j'aime à voir le vrai travail se faire, et à examiner la chose même. Il y a toujours quelque différence entre la description et la réalité. Il se trouve des choses que j'imaginais plus grandes ou plus petites qu'elles ne sont, quelque circonstance particulière que je ne comprenais pas, jusqu'à ce que j'eusse tout vu par moi - même. Maman, je ne vous ai pas raconté qu'on nous avait montré les fournaises et les fours pour mettre au feu, ou comme on dit, pour *cuire* la porcelaine. Ils sont bien plus grands que je ne pensais. Quand la porcelaine a été cuite une première fois, on l'appelle *biscuit*, et c'est alors qu'on peut la peindre. Oh ! maman, je ne vous ai pas dit non plus, combien je me suis amusée dans l'atelier de peinture, à regarder les couleurs qui sont ternes, quand on les pose, et qui deviennent toutes brillantes, tout éclatantes, quand elles ont passé au feu. Ce qui doit être de l'or, est d'abord tout-à-fait brun. »

— « Lucie, » demanda Henri, « as-tu observé cet homme qui restait à côté des fournaises, et dont l'emploi semblait être d'en régler la chaleur ? Il avait de petits morceaux de terre dans la main, qui avaient l'air de petits fouloirs, et il les mettait dans le feu, puis il les mesurait; as-tu vu comment ? »

— « Non; j'ai vu l'homme, mais je ne sais pas ce qu'il faisait. Il n'y a plus qu'une chose que je me rappelle, maman, et ce sera tout. Vous connaissez ces tasses, ces soucoupes et ces assiettes communes avec des dessins bleus sur du blanc, où il y a des moulins et des maisons, et de drôles de figures chinoises, et toutes sortes de choses. »

— « Heureusement que je sais ce que tu veux dire, » répondit sa mère, en riant, « autrement je ne suis pas sûre que ta description me le fit comprendre. »

— « Hé bien, maman, autrefois on les peignait à la main, pièce à pièce. Mais maintenant il y a une manière bien plus prompte; M. Frankland me l'a expliquée. D'abord les modèles quelconques, comme l'on veut, soit maisons ou églises, oies ou dindes, bergères, éléphans ou moulins, s'impriment sur du papier. »

II.   2

— « Après avoir été premièrement *gravés* sur du cuivre, » dit Henri. « Au lieu d'encre d'imprimerie, on étend une couleur bleue sur la planche. »

— « Et la couleur bleue..... Oh laisse-moi dire cela, Henri ! » s'écria Lucie. « La couleur bleue se fait avec du cobalt. »

— « De l'*oxide* de cobalt, je crois, » dit Henri, « qui diffère du cobalt, à ce que monsieur Frankland nous a dit, si tu te le rappelles, Lucie, comme la rouille du fer. »

— « Bien. De l'oxide de cobalt, je m'en souviens, » continua Lucie; « on le mêle avec de la terre, et... »

— Et de l'huile de lin, » reprit Henri, « comme celle qu'on emploie pour l'encre d'imprimerie. »

— « Et quand c'est mêlé et aussi épais et aussi onctueux qu'une pâte, on l'étend sur la planche. Vous savez, maman, que vous m'avez montré une fois comment on gravait. Hé bien, cela se fait tout justement comme une gravure ordinaire. On prend sur le papier autant de copies du modèle, que l'on en a besoin... »

— « Tu oublies que le papier doit d'abord être graissé avec du savon mou, » interrompit Henri.

— « Quand donc on veut se servir de ces modèles, on les découpe, et l'on jette tout

le papier superflu ; et la partie imprimée
est humectée et appliquée sur la tasse, ou
sur n'importe quelle porcelaine. »

— « Rappelle-toi que la tasse doit être
en état de biscuit, » dit Henri.

— « Certainement. Le biscuit suce, ou
absorbe sur le champ toute la matière co-
lorée du modèle humide ; puis, on lave le
papier, et vous voyez l'impression exacte
sur la tasse. Cela n'est-il pas joli et
prompt, maman ? Alors il faut laisser sécher la tasse, et ensuite on la plonge dans
une espèce de vernis brillant, et le cobalt,
je veux dire l'oxide de cobalt, devient d'un
beau bleu. Et voilà la tasse finie et peinte
d'une manière facile et expéditive. Je parierais que, pendant le temps qu'une personne peignait une seule tasse avec la
vieille méthode, on en pourrait peindre
cent mille avec la nouvelle. »

— « Le nom de l'ingénieux inventeur,
comme l'appelle M. Frankland, qui a découvert cette manière de transporter des
gravures du papier à l'argile, n'a pas été
conservé, et j'en suis fâché, » ajouta
Henri.

— « M. Frankland nous a dit, » continua Lucie, « que, depuis cette invention,
ces porcelaines bleues et blanches se font
en telle quantité, et à si bon marché, que
maintenant presque tout le monde peut en

acheter, et qu'on en trouve dans toutes les cabanes. Les pauvres gens peuvent avoir à présent, ce que les grands et les riches possédaient seuls jadis : n'êtes-vous pas contente de cela, maman ? »

— « Oui, ma chère, je le suis, » dit sa mère, « et je suis contente aussi, » ajouta-t-elle en souriant, « de voir qu'enfin tu prends haleine, et que tu me donnes le temps de te remercier de tout ce que tu m'as raconté. Il paraît que tu t'es beaucoup amusée à ces poteries, et tu m'as fait plaisir aussi par tes récits. »

— « Maman, » reprit Lucie, « pensez-vous que nous nous soyons souvenus d'assez de choses ? Je sais bien que je ne me rappelle pas la moitié de tout ce que j'ai vu ou entendu ; mais je me ressouviens presque de tout ce que j'ai compris clairement. »

— « Cela est tout-à-fait assez, ma chère petite, » répondit madame Wilson, « je n'ai jamais désiré que tu te rappelasses de ce que tu ne comprenais pas. A quoi cela te servirait-il ? »

CHAPITRE II.

Le Pyromètre ; Réflexion de Henri ; les Camées.

« Bonjour , maman , » dit Lucie ; « j'ai oublié de vous parler hier , lorsque nous étions en train de causer des poteries, de la maison où demeurait autrefois M. Wedgewood ; on nous l'a montrée, c'est une très-jolie maison. »

— « Bonjour, papa, » dit Henri ; « vous souvenez-vous d'avoir vu hier un homme debout près d'une des fournaises , mesurant de petits morceaux de terre cuite qu'il glissait entre deux barres de cuivre, qui avaient l'air des deux parties d'une règle à charnière ; ces deux morceaux de cuivre étaient réunis mais pas parallèlement, ils étaient plus rapprochés à un bout qu'à l'autre. L'homme tirait ces morceaux de terre, faits comme des espèces de fouloirs, d'une fournaise toute brûlante ; il essayait ensuite chacun d'eux entre ces règles, et regardait les divisions qui étaient tracées sur des plaques de cuivre. Que faisait-il donc, papa ? »

— « Il faisait usage d'une sorte de thermomètre, » répondit son père.

— « Un thermomètre de terre, papa ! » dit Lucie.

— « Oui, pour mesurer des degrés de chaleur plus élevés que ne les peut indiquer le thermomètre que vous connaissez ; si celui-ci était exposé à une chaleur plus forte que le dernier degré marqué sur son échelle, le vif-argent s'élèverait de façon à briser le verre, et le tube lui-même fondrait, s'il était exposé au feu d'une des fournaises que vous avez vue hier. Mais ce thermomètre de terre peut supporter et mesurer la chaleur d'un brasier : c'est pour cette raison qu'il est appelé *pyromètre*, ce qui veut dire, mesure de la chaleur du feu. »

— « Je suis bien aise de savoir le nom, et ce qu'il signifie, » dit Lucie.

— « Papa, auriez-vous la bonté de m'expliquer le pyromètre ? » demanda Henri.

— « Henri, aurais-tu la bonté de faire usage de ta propre intelligence ? » répondit son père. « Ce que tu as vu et ce que je t'ai dit doit te suffire pour comprendre ou inventer le reste, sans que j'y joigne d'autre explication. »

Henri se tut, et considéra d'abord l'usage de la chose. Il avait vu l'homme

mettre le fouloir dans la fournaise, et ensuite le mesurer entre les règles, et puis
dire à un autre ouvrier, celui-là même
qui alimentait le fourneau, « cette chaleur suffira. » Maintenant, pensa Henri,
quels changemens pouvaient s'être opérés
dans cette terre, après qu'elle avait passé
à la fournaise, et comment la mesurait-il,
en la poussant entre les deux règles ?
Il essayait sûrement si le morceau était
devenu plus épais, ou plus mince, après
avoir été mis dans le feu.

— « Je pense, » dit à la fin Henri,
« qu'il y a peut-être quelque espèce de
terre qui se retire et se diminue, ou
s'augmente et se dilate quand elle est mise
dans le feu. Si elle éprouve toujours
ces effets régulièrement, et que l'on s'en
soit assuré par beaucoup d'expériences,
on peut, par cette augmentation ou
cette diminution, connaître au juste le
degré de chaleur du feu. Si c'est ce qui
arrive aux morceaux de terre que j'ai vus,
ce sont bien véritablement des pyromètres, ou mesureurs de la chaleur du feu,
comme vous dites, papa; du moins s'il y a
aussi des degrés sur les règles pour fixer
la mesure. »

— « C'est exactement cela, » reprit son
père. « Tu as raison dans tout ce que tu
as dit: mais il y a encore une partie du

pyromètre que tu ne m'as pas expliquée.
Tu as observé que les deux règles n'étaient
pas réunies parallèlement l'une à l'autre :
penses-tu que ce soit par hasard, ou avec
intention ? »

— « Je présume que c'est à dessein,
car elles me semblaient vissées sur la pla-
que comme une règle à charnière à demi
ouverte. »

— « Alors si c'est à dessein, dans quel
dessein ? » demanda M. Wilson.

— « Afin qu'on puisse juger les différens degrés du rétrécissement des morceaux d'argile à mesure qu'on les enfonce
entre les règles, » répondit Henri. « La
première personne qui a fait un pyromètre, a dû multiplier les expériences, et
marquer les différens degrés dont la terre
se diminue dans les différentes forces de
chaleur. Mais je ne sais pas quelle partie
d'un pouce est employée pour les divisions, ni quelle échelle fait la mesure. Ces
règles me semblaient avoir environ deux
pieds de long. »

— « Elles les ont, » reprit son père,
« et l'ouverture au bout le plus large, est
des cinq dixièmes, et au plus étroit, des trois
dixièmes d'un pouce*. Pourvu que cette

---

* Dans le thermomètre dont nous faisons le plus ha-

proportion soit gardée, peu importe que
la longueur des règles soit divisée par
pouces ou par pieds. Les morceaux de
terre que tu as vus remplissent exactement
l'ouverture la plus large, avant d'avoir
été employés ; et ils se rétrécissent suivant
le degré de chaleur auquel ils sont exposés, s'il est plus grand que celui que leur
avait donné d'abord une légère cuisson. »

— « Alors, papa, ils ne peuvent que
montrer un plus grand degré de chaleur,
et non un moindre ; et s'ils ne peuvent pas
se renfler de nouveau, et redevenir comme
avant, ils ne servent plus à rien dès qu'ils
ont été à une grande chaleur, » dit Lucie.

— « A rien du tout, » répliqua-t-il,
« il faut en employer sans cesse de nouveaux. »

— « C'est un grand inconvénient, » dit
Lucie, « d'être obligé de promener tous
ces fouloirs avec soi. Ce n'est pas comme

---

bituellement usage, et que l'on nomme *thermomètre
de Réaumur*, les degrés sont calculés de manière à ce
que cent degrés correspondent à la chaleur de l'eau
bouillante. Il en faudrait 600 pour fondre le verre, et
c'est à 598 que commence le pyromètre de Wedgewood. Chaque division est de 72 degrés de plus, de
sorte que de 598, on passe à 670, 742, et ainsi de
suite.

un joli petit baromètre portatif dans son étui. »

— « Mais ce pyromètre a tant d'avantages, Lucie, qu'il faut bien lui pardonner cette seule incommodité. »

— « Je vois un de ces grands avantages, papa, » reprit Henri; « le fouloir restant toujours de la même grandeur quand il est ôté du feu, il n'y a pas de danger de faire des méprises ; on peut le mesurer et le remesurer encore : au lieu que le vif-argent varie, de sorte que si vous n'écrivez pas bien vite et bien exactement le degré, vous êtes perdu. »

— « Ce pyromètre, » continua son père, « s'emploie principalement dans les manufactures ou dans les laboratoires de chimie. Il a été très-utile à M. Wedgewood, qui l'inventa, après avoir senti le besoin d'une semblable mesure pour la fabrication de ses poteries. Il fallait qu'il sût à quelles chaleurs, certaines terres se fondaient ou se *vitrifiaient*, ce qui veut dire, comme vous le savez, se changer en verre. Il trouva les expressions usuelles des ouvriers pour cela, comme *chauffé au rouge*, *chauffé au blanc*, si inexactes, qu'en faisant des expériences, plusieurs choses furent gâtées faute de la mesure certaine que donne à présent son pyromètre. Grâce à cet instrument,

M. Wedgewood a pu s'assurer du degré de chaleur que chaque espèce de porcelaine peut supporter, sans être brisée, fondue, ou changée en verre. Et ce qui est encore plus utile, il a pu déterminer le degré exact de chaleur qu'exige la cuisson de la porcelaine ou terre, de quelque genre qu'elles soient, dont il a pu obtenir des échantillons en Angleterre, ou dans les pays étrangers. Comme le fait observer M. Wedgewood en décrivant son pyromètre, cet instrument parle le langage de tous les peuples. L'avantage d'avoir une mesure exacte et universelle dans tous les cas, vous frappe agréablement aujourd'hui, mais vous en serez bien plus charmés encore, lorsque, vos connaissances devenant plus étendues, vous verrez à combien d'autres usages elle peut encore s'appliquer. »

— « Papa, » dit Lucie, « je me rappelle d'avoir vu, dans les Dialogues Scientifiques, la description d'un pyromètre, mais je ne crois pas qu'il fût en terre. »

— « Non, ma fille; ce pyromètre-là mesure par l'expansion des barres de métal qui s'allongent à différens degrés de chaleur, et les indiquent par le mouvement qu'elles communiquent à un index. »

— « C'est comme l'hygromètre, » dit Lucie.

— « Oui, et il y a plusieurs gen-
res de pyromètres, dont vous pouvez
lire la description à votre loisir dans quelque Encyclopédie, si vous en êtes curieux. »

— « Oui, » dit Henri, « j'aimerais bien
à les comparer, et à voir, si je peux, quel
est le meilleur. »

— « Ce serait un bon exercice pour
ton jugement, Henri. Mais il y en a tant
que cela pourrait t'embarrasser et te fa-
tiguer. »

« La terre qu'a employée M. Wedgewood, » continua M. Wilson, « possède
quelques propriétés qui rendent ses pyromètres particulièrement convenables à
l'usage auquel ils ont été si judicieuse-
ment appliqués. Ces morceaux à demi
brûlés que tu as vus, Henri, peuvent être
jetés tout-à-coup dans un feu ardent, sans
se fêler, et quand ils ont éprouvé sa chaleur, être plongés dans l'eau froide, sans
en éprouver la moindre altération. Dans
trois minutes environ, ils acquièrent toute
la chaleur qu'ils sont capables de recevoir
d'aucun feu, et se contractent, autant
qu'ils le seront jamais par ce degré de
chaud. Après cela, ils peuvent être laissés
dans cette même chaleur, aussi long-temps
que l'on veut, car ils ne changeront pas.
En les ôtant, ils peuvent, comme vous l'a-

vez vu, être refroidis en peu de secondes, et sont prêts alors à être mesurés par la jauge ou l'échelle. »

— « Que cela est commode, » dit Henri. « Mais comme chaque morceau de pyromètre ne peut servir qu'une fois, il faut en avoir une belle provision. »

— « Il y a de grandes couches de cette terre en Cornouailles, » répondit son père; « et pour te tranquilliser sur ce sujet, Henri, je te dirai que M. Wedgewood offrit de donner à la Société Royale un carré de cette terre assez grand pour fournir des pyromètres au monde entier pendant des siècles. »

— « J'aime bien cela, » s'écria Lucie. « Je ne puis souffrir que les gens qui font des découvertes, en soient avares, ou qu'ils aient peur que les autres en profitent. »

— « Comment peux-tu imaginer une chose semblable? » dit Henri.

— « Je n'y aurais jamais pensé, si je n'avais pas entendu un monsieur, chez ma tante Pierrepoint, dire..... Mais je crois qu'il vaut mieux que je ne le raconte pas, car cela ne ferait de bien à personne. J'espère au moins, Henri, que si jamais tu inventes ou découvres quelque chose, tu seras prêt à en faire part aux autres. »

— « Je ne demanderais pas mieux, »

dit Henri. « Oh ! que je voudrais en être
là ! Papa , il y a autre chose que j'ai
envie de vous dire , mais je ne sais comment l'exprimer. C'est que je pense qu'une
personne qui invente un pyromètre, ou un
hygromètre, ou un baromètre, ou quelque
instrument exact et nouveau pour mesurer le chaud , le froid , la hauteur ou la
quantité , fait une chose plus utile , rend
un plus grand service , que l'homme qui
invente seulement une machine, qui ne sert
qu'à un usage particulier: tandis que ces instrumens peuvent aider un grand nombre de
gens à faire des expériences, et cela , pendant des années , et peut-être dans les
âges à venir. Comprenez-vous ce que je
veux dire , papa ? »

— « Oui , mon enfant , et je suis de ton
avis. Mais ne tortille pas davantage le
pauvre bouton de mon habit , si tu ne
veux l'arracher; et laisse-moi descendre ,
car on sonne le déjeûner. »

— « Qui sera le premier au bas de l'es-
calier ? » cria Lucie , s'élançant en avant.

Henri abandonna le bouton , et il
aurait pu la dépasser dans sa course à travers le vestibule, mais il s'arrêta afin de
tenir la porte battante ouverte à madame
Frankland. Elle avait à la main deux petits
paquets : elle donna l'un à Henri , et l'autre à Lucie. En ouvrant le papier, ils trou-

vèrent deux camées en porcelaine de
Wedgewood, qui y étaient enveloppés. Celui de Lucie, noir sur un fond blanc, représentait un nègre enchaîné, s'agenouil-
lant, et levant les mains d'un air suppliant :
cette phrase était gravée au-dessous :

« *Eh quoi, ne suis-je pas homme, hélas ! et ton frère ?* »

Le camée de Henri était tout brun. Il
représentait trois figures allégoriques : la
paix, le génie et l'industrie ; et il était
fait avec une terre apportée de Botany
Bay. * M. Wedgewood fit usage de cette
terre, à ce que M. Frankland dit à Henri,
dans l'intention de montrer aux colons, et
aux habitans de ce pays, ce que l'industrie
et le génie pouvaient faire des matériaux
qu'ils possédaient, et afin de les encourager
à les mettre en œuvre eux-mêmes. Feu

---

* Botany Bay est une colonie anglaise où l'on
envoie les voleurs, les criminels qui ne sont pas con-
damnés à mort : là ils peuvent se corriger de leurs vices,
réformer leurs mœurs, recommencer une nouvelle vie,
et par une industrie que l'on encourage, améliorer
leur situation, et se rattacher à la société par l'échange
de service et d'utilité qui en est la base.

M. Wedgewood distribua plusieurs centaines de ces camées, et il n'y a pas de doute
qu'ils contribuèrent à attendrir et à disposer les cœurs en faveur de

« L'esclave agenouillé, levant sa main flétrie,
Et demandant son bien, liberté, lois, patrie. »

CHAPITRE III.

Le vieux Jardinier ; la Serre ; les Visites ; les Chapeaux de Paille.

« Lucie, vous n'avez pas encore admiré nos belles plates-bandes, » dit madame Frankland : « nous n'avons pas eu le temps de les visiter hier ; mais si vous avez envie de voir le jardin, venez vîte ; nous y allons, votre mère et moi. »

— « Oh merci, madame ! » répondit Lucie ; « je vais appeler Henri, et nous vous suivons tout de suite. »

Ils y coururent, et trouvèrent un charmant jardin, couvert d'une grande variété de fleurs des couleurs les plus brillantes, avec de riches planches d'œillets, et des roses en pleine floraison.

« Des roses ! des roses mousseuses en septembre ! » s'écria Lucie.

La veille du jour où elle avait quitté la maison paternelle, elle avait couru tout le jardin, cherchant une rose pour la donner à sa mère. Mais elle n'avait pu trou-

ver qu'un pauvre bouton, tout solitaire,
avec quelques pétales jaunies qui le couvraient d'une espèce de bonnet de nuit fort
triste. Elle pria madame Frankland de lui
apprendre comment elle faisait pour avoir
des rosiers en pleines fleurs quand l'automne était si avancé.

« Je coupe quelques-uns des boutons,
quand le printemps commence, » répondit madame Frankland, « au moment
même où ils se forment; et je fais transplanter quelques rosiers dans les premiers
jours de la belle saison ; de sorte que ne
pouvant porter de fleurs à cette époque,
c'est en automne qu'ils s'en couvrent. »

Lucie s'écria que le printemps suivant,
elle essaierait sur ses deux rosiers.

« Pas sur tous deux, si tu le veux bien, »
reprit Henri, « nous couperons les boutons de l'un, et nous laisserons ceux de
l'autre; c'est le moyen de faire une belle
expérience. »

— « D'ailleurs, » ajouta madame Frankland, « vous courrez ainsi la chance d'a-
voir la première rose du printemps, aussi
bien que la dernière de l'été. »

Lucie remarqua de grandes grappes de
fleurs d'un bleu éclatant, c'était l'agapanthe ; et plusieurs variétés de dalias :
elle les trouvait très-beaux, mais elle
supposait que ces fleurs exigeaient beau-

coup de soin, donnaient beaucoup de peine, et coûtaient beaucoup d'argent, et qu'on ne pouvait les faire prospérer sans une serre chaude, ou du moins sans un jardinier. Mais madame Frankland l'assura qu'elles n'avaient besoin ni de l'un, ni de l'autre. « En vérité, » ajouta-t-elle, « en exceptant, peut-être, quelques œillets de Flandres, que mon jardinier prise beaucoup plus que je ne le fais, les fleurs de ce jardin peuvent être cultivées par tout le monde, en y mettant un peu de soin et d'exactitude. »

— « Par tout le monde ! » répéta Lucie ; « mais, madame, vous ne voulez pas dire du monde, comme mon frère et moi? et avec le travail de nos propres mains, seulement? »

— « Si vraiment, ma chère; de petites personnes comme vous, » répondit madame Frankland, « et de vos propres mains; pourvu cependant que vous vous serviez de vos têtes aussi bien que de vos mains. »

— « Et de quelle manière pouvons-nous employer nos têtes ? » demanda Lucie. « Cela serait-il bien difficile ? »

— « Non; consultez votre Dictionnaire du Jardinier, et suivez ses directions. Seulement, rappelez-vous de faire chaque chose juste dans son temps. » Madame

Frankland promit alors de donner à Lucie les racines d'un agapanthe, et de quelques dalias, et lui dit qu'elle et son frère seraient bien venus à choisir les graines, les racines, les greffes, les boutures de tout ce qui leur plairait dans le jardin. « Écrivez la note de ce que vous voudrez, et je vous le tiendrai prêt pour le temps où votre mère vous ramènera ici, comme j'espère qu'elle le fera à son retour chez elle. »

La joie étincela dans leurs yeux, et ils remercièrent madame Frankland avec une vive reconnaissance; mais l'instant d'après ils devinrent plus sérieux que jamais, car l'embarras des richesses commençait à les gagner. On leur laissa faire leur note; la difficulté était de choisir: tout était beau, et leur jardin ne pouvait contenir tant de choses. Henri résolut d'agir avec méthode. Il mesura un espace de terre de la grandeur de leur propre jardin. Lucie pouvait à peine croire qu'il fût aussi petit que le terrain qu'Henri lui faisait voir, mais il en avait souvent parcouru pied-à-pied les frontières, et il était sûr de l'étendue de leur domaine. La règle et la mesure eurent bientôt déterminé l'affaire, et renfermé leurs souhaits dans de justes bornes. Ils calculèrent ce que leur jardin pouvait tenir, et firent leur liste en conséquence.

Leur principal désir était d'avoir une belle plate-bande d'œillets, petits et grands.

Mais au moment où ils s'avançaient vers ces derniers, un vieux jardinier qui travaillait à peu de distance, et qui les avait long-temps veillés du coin de l'œil, s'approcha. Il commença par louer ses œillets, qui étaient, dit-il, les plus beaux du comté. Ensuite il désigna ses favoris. Il y avait là le *Prince Régent*, et le *Duc de Wellington*, dans toute leur gloire. Ceux-là, tout le monde les connaissait ; mais, dans un rang plus élevé, il avait deux nouveaux favoris, admirables par-dessus tous les autres œillets. Il nommait l'un : *L'Orgueil de la Hollande*, ou le *grand Van Tromp*. L'autre, l'*Envie de l'Univers*, ou le *grand Panjandrum*. Henri et Lucie ne les admirèrent pas beaucoup; ils trouvèrent que le Van Tromp étoit d'une couleur fort triste, et que le grand Panjandrum s'étant trop ouvert, tombait et se déchirait, malgré la carte qui lui servait de soutien. Henri en préférait quelques autres.

« La fleur que vous regardez maintenant, mon jeune monsieur, » dit le jardinier, « est la Duchesse de Devonshire de Davy : on trouvait que cette petite Duchesse valait son prix, il y a quelques années, mais elle est tout-à-fait passée de mode à présent. »

Cela n'ôtait rien à sa valeur pour Henri, qui la trouvait fort à son gré.

« Qu'est-ce qu'il dit? » demanda le jardinier, qui était sourd, en se tournant vers Lucie, et se penchant pour entendre la réponse.

— « Je dis, » cria Henri à tue tête dans l'oreille du brave homme, « je dis que j'aime mieux la petite Duchesse que votre grand Panjandrum. »

— « En vérité, » répondit le jardinier, en souriant avec mépris; « eh bien, mon jeune monsieur, ce que vous prenez comme cela en fantaisie, n'est pas même un œillet de Flandres. »

— « Que m'importe? » reprit Henri, « il me plaît; qu'il soit de Flandres, ou non. »

Le jardinier le regarda dédaigneusement.

— « Je vous en prie, dites-moi la différence qu'il y a entr'eux? » demanda Lucie; « maman me l'a expliqué dernièrement, mais je ne m'en souviens plus. »

Le jardinier lui apprit qu'une des principales différences est dans la rondeur des pétales des œillets de Flandres; tandis que le bord des pétales des œillets ordinaires est découpé et dentelé.

Lucie aimait ces dentelures, et elle pensait réellement que quelques-uns des œillets communs étaient plus jolis que les autres. Elle le dit à voix basse à Henri. « Mais j'ai peur, » ajouta-t-elle, « que le jardinier ne me méprise, s'il m'entend parler ainsi. »

— « Et qu'est-ce que ça fait qu'il te méprise, ou non ? » dit Henri. « Il n'y a pas de mal à aimer mieux un œillet commun qu'un œillet de Flandres. »

Le jardinier qui n'entendait pas ce qui se disait, s'imagina qu'ils débattaient entr'eux, s'ils ne demanderaient pas un de ses grands Panjandrums, et il commença à dire qu'il était fâché de ne pouvoir leur en offrir, mais qu'il lui était impossible de donner de ces œillets-là à personne.

Henri l'assura qu'il n'avait pas besoin de faire d'apologie là-dessus, car il n'en avait nulle envie. Piqué de l'indifférence du jeune homme, le jardinier nomma plusieurs lords et plusieurs ladys, qui avaient admiré son Panjandrum, et qui avaient en vain essayé d'en obtenir une bouture. C'était, à ce qu'il dit, une très-grande rareté. Deux personnes seulement, en Angleterre, pouvaient se vanter d'avoir un véritable Panjandrum.

Henri aimait les fleurs, parce qu'elles

étaient jolies; peu lui importait qu'elles fussent rares.

Le jardinier ne put le croire sur parole. Bientôt après, il lui offrit des œillets ordinaires, mais d'une belle espèce, et qu'il affectionnait particulièrement.

« Mon jeune monsieur, vous ne pouvez les avoir qu'à une condition, c'est que vous me promettrez de n'en donner ni rejeton, ni marcotte à qui que ce soit. »

Henri se recula avec dédain, et dit qu'il ne se soumettrait pas à faire une pareille promesse.

Le jardinier l'assura, qu'à moins qu'il ne la fît, il n'aurait pas les œillets.

« Hé bien, » reprit Henri, « je m'en passerai. »

Il tourna alors brusquement le dos, et s'éloigna; mais Lucie ne le suivit pas, et dit :

« Je crois que nous pouvons les avoir. Madame Frankland nous a permis de choisir ce qui nous plairait dans ce jardin, et la voilà qui revient du verger. »

— « Oh! cela change l'affaire, » reprit le jardinier, d'un air un peu mécontent. « Alors, monsieur, vous pouvez choisir ce que vous voulez, cela est sûr. »

Henri revint, et marcha tranquillement le long de la plate-bande, écrivant sur un morceau de papier le nom des fleurs qu'il choisissait.

Le jardinier respira plus librement, quand Henri dépassa le Panjandrum, et tourna le dos à l'Envie de l'Univers.

« N'as-tu pas vu comme il avait peur que tu ne prisses un de ces œillets si rares qui sont vraiment estimés? Pourquoi n'en as-tu pas choisi, puisque tu le pouvais? » murmura Lucie à l'oreille de son frère.

— « Parce que je ne les aime pas, et que je méprise trop ses sottes raisons pour en faire cas, » dit Henri, en mettant le papier et le crayon dans les mains de sa sœur. « Maintenant, va, Lucie, et choisis à ton tour.

Lucie, admirant l'indépendance de son frère, suivit son exemple et choisit ce qu'elle préférait, sans se laisser influencer par le desir ridicule de posséder quelque chose que personne ne pût se procurer ; et son choix ne tomba ni sur l'Orgueil de la Hollande, ni sur l'Envie de l'Univers.

Henri avait eu tout-à-fait raison de s'en tenir à son propre goût : car il ne s'agissait ici ni de complaisance, ni de générosité.

Mme Frankland et madame Wilson revenaient alors du verger ; Henri et Lucie soumirent leur liste à la première. Elle

II.   3

la parcourut, approuva leur choix, et trouva qu'ils avaient été modérés dans leur requête. Appelant ensuite son jardinier, elle lui donna la note, et lui ordonna de tenir prêtes, pour le temps qu'elle lui indiquerait, les plantes qui y étaient mentionnées.

— « Très-bien, madame, » répondit-il, en lisant froidement la liste, dans laquelle il ne voyait que des fleurs communes ; mais quand elle ajouta, qu'il faudrait y joindre quelques oignons de tulipes, et de jacinthes de Hollande, toute la physionomie du jardinier se rembrunit et il s'écria, « mes tulipes de Hollande ! mes jacinthes ! » et jetant à terre la houe qu'il tenait, il s'éloigna en murmurant, « qu'il était heureux que la tête de sa maîtresse fût bien attachée, car sans cela elle la donnerait aussi. »

Madame Frankland sourit gracieusement à sa colère ; elle lui passait ces petites choses, dit-elle, parce que ce vieux et fidèle serviteur était dans la famille longtemps avant qu'elle fût mariée. « Quoique vous puissiez ne pas le penser, » ajouta-t-elle, « il est généreux pour ses parens de ce qui lui appartient en propre, et avare seulement des trésors du jardin, dont il se considère comme le gardien et le défenseur contre l'extravagance de sa maîtresse.

Mais je ne puis supporter cette sorte de petite avarice et de rivalité pour des fleurs, dans des personnes que leur éducation doit avoir élevées au-dessus d'une semblable illibéralité. J'ai entendu parler d'une dame, qui, lorsqu'un ami lui demandait des boutures de quelque plante remarquablement belle, honteuse de les refuser, et ne pouvant se décider à les donner, les faisait bouillir afin de leur ôter la possibilité de croître. »

Henri exprima la plus grande indignation de cette bassesse.

Ils entraient alors dans les serres, et ils remarquèrent les fleurs d'une plante qui pendait à l'entrée de la serre aux pêches. On aurait pu croire qu'elles avaient été découpées dans le velours le plus épais; et elles étaient toutes couvertes de miel: leur odeur, d'abord très-bonne, devenait bientôt désagréable et fatigante. Madame Frankland, dit à Lucie, que cette plante s'appelait *Hoya carnosa; Hoya,* du nom de M. Hoy le jardinier, qui l'avait introduite en Angleterre; et *carnosa* à cause de l'apparence charnue de sa fleur. Elle l'avait fait planter auprès des pêchers, comme une sûre garde et un préservatif pour les fruits. Les guêpes sont si avides de son miel qu'elles se jettent dessus, et laissent intacts les pêches et

les raisins. Quand ils eurent vu les arbres à
fruit, ils parcoururent la serre, où madame
Frankland leur fit remarquer un arbre
étranger, le *Carica papaya* qu'on lui
avait apporté depuis peu de l'Amérique;
le monsieur de qui elle le tenait, lui avait
dit, qu'il croissait de vingt pieds en trois
ans; que son jus avait la singulière propriété d'attendrir la viande; que si l'on
en frottait du bœuf il devenait tendre
comme du veau; et qu'un vieux coq pendu
au tronc de cet arbre, était au bout de
quelques heures aussi tendre qu'un jeune
poulet. Ce fait, selon lui, était parfaitement et depuis long-temps connu de ceux
qui avaient résidé en Amérique. Mais
madame Frankland ajouta que, comme elle
n'en avait pas encore fait l'expérience,
elle ne pouvait assurer que cela fût exact.

Dans ce moment, Henri mit la main
sur l'ouverture d'un des tuyaux, ou conduits de chaleur de la serre, et s'aperçut
que l'air qui en sortait était chaud; mais
madame Frankland lui dit, qu'il ne l'était
pas encore assez, et que par conséquent
la serre n'était pas suffisamment chauffée.
Elle ajouta qu'un ouvrier était justement
occupé à changer, et à ce qu'elle espérait,
à améliorer les moyens de chauffage.
Henri entendit son père qui parlait à cet
homme à l'autre bout du bâtiment, et

il y courut pour voir ce qui se faisait.

Son père se tournant vers lui, lui demanda s'il mettrait les conduits de chaleur, dans le haut, ou dans le bas de la serre, en cas qu'il fût chargé de les placer.

— « Dans le bas, » répondit Henri ; « parce que je sais que l'air chaud est plus léger que l'air froid, et par conséquent s'il est au bas du bâtiement il se mêlera à l'air plus froid, et échauffera graduellement toute la serre, en s'élevant jusqu'au sommet. »

Lucie en allant et venant avec son frère, lui demanda comment il savait que l'air chaud était plus léger que l'air froid.

— « Comme tu le sais toi-même, » répondit Henri, « si tu veux te rappeler un amusement qui nous plaisait beaucoup quand nous étions enfans, et que j'aimerais presqu'encore maintenant. » En disant cela, il gonfla ses joues, et soufla à travers sa main, en tournant son visage vers le ciel. »

— « C'est soufler des bulles de savon que tu veux dire ! » reprit Lucie, « mais qu'est-ce que cela signifie ? »

— « Que penses-tu qui fasse monter la bulle ? » demanda Henri.

— « Elle monte parce qu'elle est plus légère que l'air. »

— « Et d'où vient cela? qu'est-ce qu'il y a dedans? qu'est-ce qui la gonfle ? »

« Elle est remplie d'air que l'on souffle avec la bouche, à travers une pipe, ou un tuyau de paille. »

— « Peu importe, qu'il soit soufflé à travers une pipe, ou non, » dit Henri, « penses-tu que cet air sorte de ta bouche plus chaud ou plus froid que l'air extérieur, quand la bulle part? »

— « Oh! plus chaud, bien sûr; maintenant je sais ce que tu veux dire. Les bulles montent parce qu'elles sont remplies d'air chauffé. En vérité j'aurais pu apprendre par-là, que l'air chaud est plus léger; mais je ne me le serais jamais rappelé, comme cela; tout juste lorsqu'il le fallait. Je ne comprends pas comment tu t'en es souvenu si à point. »

Henri raconta qu'indépendamment des bulles, une autre chose avait fixé cela dans son esprit: c'était une machine qu'il avait vue, lorsqu'elle n'était pas à la maison : Un *ballon,* qui s'enleva, parce qu'il était rempli d'air chauffé. Henri était un de ceux qui tenaient le grand sac au-dessus d'un feu de paille.

« Il était tout flasque d'abord, » dit-il, « comme mon père le disait de la vessie que tu te rappelles qu'il nous a montrée. »

— « Oui , » reprit Lucie, « et quand votre ballon se remplit d'air chaud, il dut se gonfler et se tendre, je sais cela. »

— « Oh oui, mais tu ne sais pas comme il tirait. Je le sentis d'abord s'échapper de mes mains, à mesure qu'il se remplissait; et enfin quand il fut tout plein, il tirait si fort que je pouvais à peine le retenir. Mais on me dit de serrer ferme, et je le fis, quoique tout le dedans de ma main fût brûlant. Au moment où papa cria : « laissez aller, » nous lâchâmes tous, et il s'éleva à une grande hauteur, jusque dans les nuages. Oh ! le plaisir de le voir monter ! et aussi la douleur de mes jointures qui étaient toutes pleines d'ampoules, ont bien fixé cela dans ma tête; tu ne dois pas t'étonner que je me le rappelle. »

Pendant qu'ils causaient ainsi , leur père parlait toujours du poêle avec l'ouvrier; ils se rapprochèrent pour écouter. L'homme demandait à M. Frankland s'il avait vu la nouvelle méthode d'échauffer les maisons employée dans la ville voisine. Il la connaissait , et l'admirait beaucoup. Le premier essai s'était fait dans la maison de l'inventeur lui-même , et elle avait été chauffée mieux et plus facilement que jamais. On en avait fait l'épreuve dans l'Hôpital du Comté , où elle avait

réussi à la satisfaction des médecins et des
malades. Cette invention était due à un
homme riche, qui, pendant plusieurs années, avait exercé de grandes connaissances en mécanique, dans le but d'accroître
les jouissances domestiques, et qui, de
la manière la plus libérale, avait dévoué
sa fortune, son temps et son génie inventif, à des travaux publics, utiles à sa ville
natale en particulier, et au genre humain
en général.

Dans ce moment ils furent interrompus.
Quelques visites étaient arrivées, et ils
retournèrent à la maison. Henri en y entrant, vit des dames sans chapeaux, et l'une
d'elles avait des fleurs artificielles dans
les cheveux. Quoique peu connaisseur en
étiquette, le triste Henri pensa que cela
avait tout l'air de gens qui ne venaient
pas en visites du matin, mais qui resteraient à dîner ; ce qui, comme Lucie
le vit bien à sa mine, le chagrinait beaucoup.

La première fois qu'ils se retrouvèrent
seuls dans le cabinet de toilette de madame Wilson, le soir, après le départ de
la compagnie, Lucie demanda à son frère,
s'il n'avait pas été malheureux toute la
journée, depuis qu'ils avaient été dé-
rangés au poêle ; mais Henri assura au
contraire, qu'il avait passé son temps agréa-

blement, et qu'il avait entendu des choses très-amusantes.

« D'abord, » dit-il, « quand j'ai vu cette dame avec des fleurs artificielles sur la tête, j'ai pensé qu'on ferait *salon* tout le jour, et que nous allions bien nous ennuyer. »

— « Cette dame a été très-bonne pour moi, » interrompit Lucie, « et m'a appris quelque chose sur les fleurs artificielles qu'elle portait. Les as-tu remarquées? »

— « Non, » répondit Henri. « Mais si... attends... je crois que je les ai vues. Oui, c'était un lilas, et j'étais bien aise qu'il n'eût pas d'odeur, car je ne puis souffrir le parfum du lilas dans une chambre. Mais qu'est-ce qu'elle t'a dit de ces fleurs? »

— « Qu'elle les avait apportées d'Italie. Elle m'a demandé de deviner de quoi elles étaient faites. Je les ai alors regardées tout près et touchées: car elle me l'avait permis. Ce n'était ni du papier, ni de la soie, ni de la gaze, ni de la batiste : je ne pouvais deviner ce que c'était, quoique j'eusse un souvenir confus d'avoir vu quelque part je ne savais quoi de semblable. Hé bien, c'était des cocons de vers à soie. Tu sais qu'il y en a une grande quantité en Italie, dans le pays même

3*

des vers à soie. Et c'est très - bien de
rendre ces cocons utiles , au lieu de les
jeter. »

— « Oui , » répondit Henri, « s'il est
nécessaire qu'il y ait des fleurs artificielles,
et je présume qu'elles sont indispensables.
Cette dame a raconté aussi une histoire
intéressante de quelques voyageurs qui
ont été arrêtés par des bandits, entre
Rome et Naples. »

— « Oui , oui ; et l'histoire aussi de
cette petite fille à qui l'on avait donné les
joyaux de sa mère à garder, qui les cacha
dans le berceau de sa poupée, et passa tout le
temps que les voleurs cherchaient dans la
voiture, à bercer sa poupée, et à lui parler, de sorte qu'ils ne soupçonnèrent jamais
où était l'écrin ; et ils s'en furent sans l'avoir
trouvé. Je crois que je n'aurais jamais eu la
présence d'esprit et le courage d'en faire
autant. Je voudrais bien le pouvoir. »

— « Tu ne peux savoir si tu le pourrais,
ou non, jusqu'à ce que tu aies été mise à
l'épreuve, » dit Henri.

— « Mais, qu'est-ce donc que j'allais
te dire? Je ne peux pas me le rappeler. »
reprit Lucie. « Oh ! j'allais justement te
demander si tu as entendu ce que cette
même dame nous apprenait sur les chapeaux de paille ! »

— « Non, j'ai bien entendu qu'elle

commençait à raconter quelque chose sur le prix et la finesse des chapeaux. Affaires de femmes, ai-je pensé, que je n'ai pas besoin d'écouter. »

— « Cependant ça valait la peine d'être entendu. Quoiqu'il ne fût question que de chapeaux, les messieurs écoutaient tout aussi bien que les dames. »

— « Je suis prêt à l'entendre, maintenant, » dit Henri.

— « D'abord, Henri, sais-tu de quoi sont faits les chapeaux de Livourne, ou d'Italie? »

— « Je crois que oui; ce doit être une espèce de chapeaux de paille; je reconnais ces sortes de choses, quand je les vois. »

— « Très-bien; et tu dois savoir aussi que les dames les trouvent beaucoup meilleurs que les autres, parce qu'ils sont plus chers. Non, je veux dire qu'ils sont beaucoup plus chers, parce qu'ils sont meilleurs. »

— « Es-tu sûre de savoir lequel des deux? » demanda son frère en riant.

— « Parfaitement sûre. Ils sont réellement meilleurs; ils se portent beaucoup plus long-temps, et peuvent être mouillés et chiffonnés, sans être perdus. Ils sont *infiniment* meilleurs. »

— « Tu dois le savoir mieux que moi.

Ainsi, je suis content ; voilà qui est accordé : ils sont plus chers, parce qu'ils sont meilleurs, poursuivons. »

— « Et tu penses qu'ils doivent être *beaucoup* plus chers que les chapeaux de paille communs qui se font en Angleterre, puisqu'ils sont apportés de très-loin, de l'Italie. »

— « Oui, de Livourne, je le suppose d'après leur nom. »

— « Ils furent faits d'abord à Livourne, je crois, et pendant long temps, j'oserais dire, pendant des centaines d'années, enfin, depuis qu'on porte ces chapeaux, personne ne s'était imaginé qu'il fût possible d'en faire autre part qu'en Italie. La paille est différemment tressée, et l'on pensait que ce n'était que là que l'on pouvait avoir de cette sorte de paille. Bref, on n'avait jamais songé à chercher ou à essayer ce que l'on pouvait faire dans ce genre, jusqu'à ces derniers temps. Mais il y a des gens maintenant qui ont trouvé, d'abord en Amérique, je crois, ensuite en Angleterre, et enfin en Irlande ; Pauvre Irlande ! qui ont trouvé, te dis-je, une sorte d'herbe dont la paille peut servir à cela, et ils ont appris à la tresser, aussi bien qu'on la tresse en Italie. Cette dame nous a montré deux chapeaux, le sien et celui de sa fille ; le sien a été

apporté d'Italie ; mais celui de sa fille a
été fait en Irlande, et autant que j'ai pu
voir, c'est l'irlandais qui est le plus beau
des deux. Et de bien meilleurs juges que
moi, des gens qui ont regardé à travers des
lunettes, et avec des loupes, en disent
autant. Plusieurs dames en Irlande ont,
à ce qu'elle nous a dit, pris beaucoup de
peine pour enseigner à de pauvres filles
cette manière de travailler la paille. Une
dame qui l'avait apprise toute seule d'après
quelques indications qu'elle avait trouvées
dans les journaux, s'est mise à l'ouvrage,
et a fait des expériences. »

— « L'intelligente femme ! » interrompit Henri.

— « Et bonne aussi, car c'était pour
faire du bien; et après beaucoup d'essais,
elle a fait un chapeau tout entier, de sa
propre main, depuis la première prépara-
tion de la paille, jusqu'à la fin ; et elle a
remporté le prix pour ce chapeau, le plus
beau qui ait jamais été fait, je crois. »

— « Oh! maintenant, Lucie, tu vas
trop loin, comment peux-tu savoir si
c'était le plus beau ? »

— « Je ne te dis que tout juste ce qu'on
m'a dit, mon cher; une personne qui l'a
vu, et comparé avec un autre qui avait été
envoyé d'Italie à une princesse française,
a déclaré que le chapeau irlandais était

tout-à-fait aussi beau que le plus beau de
tous les chapeaux de Livourne qui coûtent
cinquante guinées. Et ce chapeau d'Irlande était fait d'une herbe très-commune
appelée la Cretelle*, qui croît même sur
les mauvaises terres. Les tiges de ces fleurs
sont si remarquablement dures et coriaces
que les troupeaux ne les touchent pas,
quoiqu'ils mangent les tiges sèches de plusieurs autres espèces d'herbes. Mais celles-
là restent tout l'hiver inutiles dans les
champs ; et en irlandais, elles sont appe-
lées *trawnyeens*. Quand une chose n'est
bonne à rien , les Irlandais disent qu'elle
ne vaut pas un *trawnyeen*. Mais maintenant, voilà que la cretelle est bonne à
quelque chose, et à une très-belle chose. »

— « Connaîtrais-tu cette herbe, si tu
la voyais? » demanda Henri.

— « Oui, » répondit Lucie, « je la
connais très-bien, et je te la montrerai,
la première fois que nous irons dans un
champ où il y en aura. »

— « Ne l'oublie pas, » dit Henri. « J'aime la femme qui n'a pas voulu quitter le
chapeau, qu'elle n'eût réussi à le faire. »

— « Elle réussit à bien autre chose qu'à
faire un beau chapeau. Cela n'aurait pas été
si admirable; ce n'était qu'adroit, voilà tout.

---

* Cynosurus Cristatus.

J'ai bien autre chose à te conter que
cela. Cette bonne dame enseigna à plusieurs pauvres jeunes filles irlandaises à
tresser cette paille, et deux d'entr'elles
qui n'avaient pas plus de quatorze ans,
travaillant dans leurs propres chaumières,
(*Cabins*, comme elles les appellent,)
firent en un an douze chapeaux, indépendamment de tout l'ouvrage de leur
maison, comme à l'ordinaire. Les douze
chapeaux furent vendus une guinée
pièce. Un grand nombre d'autres ont
été commandés, et doivent être envoyés
à Londres. Les enfans de ces pauvres vil-
lageois * qui mouraient presque de faim
l'hiver dernier, à ce que nous avons entendu dire, ont maintenant une bonne
manière toute trouvée de gagner de l'argent pour leurs pères et mères. »

---

* **M.** Oconnel a fait une description effrayante de
l'état des paysans en Irlande : « Leur misère est si
grande, » dit-il, « qu'on ne comprend pas qu'ils puissent vivre. L'existence des plus vils animaux en Angleterre est préférable à la leur. Le combustible pour
cuire leurs pommes de terre et l'eau même leur man-
quent souvent. Leurs misérables cabanes en argile sont
couvertes de roseaux qui ne les préservent pas toujours
de la pluie. Une cloison sépare l'habitation de l'étable.
Toute la famille vit dans la même chambre, ayant
pour lit de la paille étendue par terre, recouverte d'une

— « C'est vraiment très-bien, » dit Henri. « Je suis sûr que la femme qui a fait le premier chapeau, et qui leur a tout enseigné, doit être bien contente. »

— « Oh! oui, je suis bien sûre que je le serais, si j'étais à sa place. Et, Henri, maman m'a dit que si je pouvais apprendre cette manière de tresser la paille, je l'enseignerais aux filles de notre pauvre veuve Wilson. Aujourd'hui, j'ai vu un petit morceau de cette tresse que la dame qui nous a dit tout cela, avait dans son sac à ouvrage. Elle m'en a laissé défaire un petit bout, pour voir comment c'est fait; elle nous a donné un peu de paille, et nous avons commencé à essayer. »

---

mauvaise couverture de laine: une armoire, ou une table sont des objets de luxe, rares parmi eux. La plupart ne possèdent qu'un pot de terre et un panier, et entre l'époque à laquelle finit la provision des pommes de terre, et celle où commence la récolte, ils sont pendant des mois entiers dans une véritable famine qui se reproduit ainsi régulièrement chaque année. Le prix des journées est extrêmement modique, et le travail est si peu commun que sur vingt hommes il y en a, à peine un, qui puisse parvenir à s'en procurer. Même, près de leur capitale, près de Dublin, la misère est telle, que des renseignemens exacts ont fait connaître que sur sept à huit familles, une seule, possédait une couverture de laine. »

— « Maintenant, je sais pourquoi vous étiez tous si affairés à tresser de la paille. Je ne pouvais concevoir quelle fureur vous avait saisies, quand, en revenant de jouer, je vous trouvai toutes à l'ouvrage avec ardeur. Mais à présent, Lucie, nous en avons assez de cela, passons à autre chose. As-tu remarqué le vieux monsieur qui était dans le fauteuil au coin du feu ? »

— « Ce même monsieur qui, le premier jour à dîner, parla de la porcelaine de Wedgewood, et des plats en forme de croûte de pâté pour mettre les légumes. Oui vraiment, je l'ai vu, » répondit Lucie. « Il prend une si grande quantité de tabac, que je ne puis souffrir... »

— « Quoi ? »

— « Oh! Henri, c'est horrible!... Son mouchoir de poche... »

— « Je ne l'ai pas vu, » dit Henri.

— « J'en suis bien aise, » reprit Lucie; je n'aime pas l'homme, non plus. »

— « Tu ne l'aimes pas, ma chère? Je t'assure que c'est un homme très-instruit; car je l'ai entendu parler avec papa et M. Frankland sur les poëles, les conduits, les foyers et l'air chaud. »

— « Je le crois, » dit Lucie, « mais je voudrais bien qu'il n'eût pas ces deux grandes raies de tabac, le long des plis de son gilet. »

— « Ne fais pas attention à cela. J'allais te conter quelque chose d'intéressant qu'il m'a dit. »

— « Hé bien, raconte alors ; j'aime mieux l'entendre raconter par toi que par lui. J'espère, Henri, que tu ne prendras jamais de tabac ? »

— « Non, non, ma chère, il n'y a pas de danger. »

— « Mais, quand tu deviendras vieux, mon frère, il y aura grand danger. Il y a tant de vieilles gens qui en prennent, et des jeunes aussi. Tiens, je vais te dire les noms de tous les preneurs de tabac que je connais. »

— « Non, non, non, ma chère Lucie, » s'écria Henri, en se bouchant les oreilles, « je t'en prie, laisse-moi plutôt te raconter mon histoire. Il est question d'un petit oiseau. »

— « D'un petit oiseau !... Oh c'est une autre affaire... Je pensais que tu allais seulement me parler de poêles. Qu'est-ce que tu as à me dire d'un petit oiseau ? »

— « J'ai aussi à te parler des poêles, ma sœur ; et il faut que tu écoutes cela, avant d'en venir à l'oiseau. Te rappelles-tu que quelqu'un a dit que le poêle donnait une odeur désagréable dans le passage ? »

— « Oui ; et l'on a commencé à discuter si c'était une odeur de fumée, ou d'air brûlé. »

— « Alors ce vieux monsieur m'a demandé si je savais ce que l'on entendait par *air brûlé*, et il a commencé à me parler d'un docteur chose...* qui essaya quelques expériences pour déterminer si le fer chauffé mêlait quelque substance nuisible à l'air qui passe dessus, et s'il lui ôtait quelque qualité, de manière enfin à le rendre peu propre à la respiration. »

— « Ainsi, il prit un oiseau, à ce que je suppose. »

— « Attends, attends ; il prit d'abord un petit cercle de fer, et le chauffa à une forte chaleur. Je suis fâché d'avoir oublié le degré. »

— « Ne t'en inquiète pas, » dit Lucie, « voyons l'oiseau ! »

— « Et il le mit dans un récipient vide. »

— « L'oiseau ! » dit Lucie.

— « Non, ma chère, le cercle de fer. Je voudrais ne t'avoir jamais dit un mot de cet oiseau ! »

— « Bien, bien, je ne serai pas comme un oiseau sans cervelle. Tu sais bien que papa m'a dit une fois que j'étais un étourneau. Mais, pardon, Henri, maintenant, conte-moi ; il prit le cercle de fer, et le mit dans le récipient vide. »

---

* Le docteur Desaguliers.

— « Oui, il plaça le cercle de fer de manière à ce que lorsque l'air entrerait, il ne pût pénétrer qu'en passant à travers un trou dans le fer chaud. »

— « Tu ne m'as parlé d'aucun trou dans le fer chaud. »

— « J'ai eu tort, j'aurais dù te dire qu'il avait fait d'abord un trou qui traversait le cercle de fer ; alors il laissa entrer l'air qui, pour pénétrer dans le récipient, traversa le fer chaud, et passa dessus : et quand le récipient fut rempli d'air, il y mit un petit oiseau qui respira sans paraître souffrir le moins du monde ; ou sentir quelque différence entre cet air là, et le grand air. »

— « Mais l'oiseau ne pouvait pas parler, et nous ne sommes pas sûrs qu'il se trouva bien là-dedans. »

— « Pas entièrement sûrs, c'est vrai ; mais maintenant, écoute l'expérience qui suit, et tu sauras ce qui arriva. L'homme fit la même expérience avec un cube de la même grandeur en cuivre chauffé, et mit le même oiseau dans le même récipient, après qu'il eut été vidé, et rempli de l'air qui avait traversé le cuivre chaud. »

— « Hé bien, » dit Lucie, » qu'arriva-t-il ? »

— « L'oiseau mourut, en peu de minutes. »

— « Pauvre oiseau ! L'homme était très-méchant ; je veux dire que l'expérience était cruelle.

— « Mais non, il l'essayait dans un but utile, pour sauver la vie et la santé de créatures humaines. »

— « A la bonne heure, mais je pense qu'il aurait pu faire l'expérience, tout aussi bien, sans tuer l'oiseau. Il aurait dû l'ôter, quand il le vit haletant pour respirer, comme je suis sûre qu'il a fait avant de mourir, et il serait revenu au grand air. »

— « C'est vrai, c'était cruel, de tuer l'oiseau, puisque ce n'était pas nécessaire. Mais, excepté cette méprise, n'était-ce pas une bonne expérience ? »

Lucie admit que c'était une bonne expérience ; mais elle fit observer que les poumons des oiseaux et des hommes sont différens, et elle en conclut que parce qu'un oiseau ne pouvait pas vivre dans telle atmosphère, il ne s'en suivait pas que cet air dût être nécessairement malsain pour une créature humaine. Sa mère à laquelle elle en appela, dit que c'était juste, et Henri fut aussi de cet avis.

« Combien nous aurons à dire et à penser sur ce qui s'est passé aujourd'hui ! » dit Lucie. « Combien de faits curieux et d'histoires amusantes nous avons entendu raconter, quoique nous fussions si contrariés quand les visites arrivèrent. »

— « Oui, » dit Henri, « j'ai pensé à cela, et je trouve que mon père a eu raison de me dire, que l'on pouvait souvent apprendre autant dans la conver-ation que dans les livres. »

———

CHAPITRE IV.

Promenade en bateau ; le barrage ; le canal les Écluses.

Le troisième et dernier jour de leur visite chez M. Frankland, Henri et Lucie furent invités à une partie sur l'eau, qu'avait arrangée leur hôte, et de laquelle ils se promettaient tous deux beaucoup de plaisir. Ils n'avaient jamais été en bateau. Celui dans lequel ils devaient naviguer, était à rames et sans voiles. Ils suivirent le bord de la rivière qui coulait à travers les terres, jusqu'à une petite crique où la barque était amarrée à un poteau. Lucie pensa qu'il pouvait être un peu dangereux de passer sur la planche qui était jetée du bord du bateau au rivage, et elle allait demander à un des matelots de la conduire par le bras, quand elle vit Henri marcher dessus hardiment ; elle le suivit sans vouloir de secours. On les engagea à s'asseoir, aussitôt qu'ils furent dans la barque, et l'on dit quelque chose sur la manière de *l'arimer*.

Comment, et pourquoi un bateau devait être *arimé*, c'était ce que Lucie ne pouvait deviner, non plus que la signification de ce mot, et elle était curieuse de voir ce qui arriverait. Mais il ne se passa rien d'extraordinaire , chacun se tint tranquille, excepté un des bateliers qui éloigna le bateau du rivage en appuyant fortement sa rame contre terre, puis la passant par-dessus la tête de Lucie, il la salua d'un brusque : « avec votre permission, mamzelle, » et il réussit ainsi à faire sortir le bateau de la petite crique où il était amarré.

Il était maintenant à flots , et tous les bateliers commencèrent à ramer, un homme s'assit au bout de la barque pour la diriger dans sa route, au moyen du timon ou *gouvernail*, dont il tenait le manche sous son bras.

Quand on eut ramé un moment, cet homme fit changer de place à un de ses compagnons avec un autre, qui semblait beaucoup plus lourd, et paraissant satisfait, il dit : « elle est bien arimée, à présent. » Lucie vit alors que *elle* voulait dire la barque, et comprit que par arimé on entendait que le poids de chaque côté du bateau, fût exactement balancé, et que l'équilibre fût parfait.

Tout était nouveau, tout était amusant

pour Lucie ; elle écoutait le bruit des rames, et suivait de l'œil les gouttes brillantes qui étincelaient, suspendues à leurs bords, à mesure que les hommes les sortaient de l'eau. Ils ne les levaient pas de côté, ils coupaient l'air avec le bord tranchant et mince, et tenant toujours la partie large, le *plat* de la rame dans une position horizontale ; Henri devina que c'était pour diminuer la résistance de l'air, lorsqu'on reportait les rames en avant, pour les replonger plus loin dans l'eau.

« Maintenant, je sais ce que veulent dire les vers de la chanson du jeune batelier, que vous aimez tant, mon papa, » s'écria Lucie.

« Le jeune batelier sait gouverner la rame
  Fidèle au bras qui la conduit ;
De son bord il fend l'air, puis il coupe la lame,
  L'onde s'ouvre, le bateau fuit. »

En avançant, ils virent une jolie maison de campagne sur les bords de la rivière. Lucie se leva tout-à-coup, et demanda à Henri s'il n'aimerait pas bien à demeurer dans ce charmant pavillon, qui avait un si joli portique décoré de fleurs !

« Tiens-toi tranquille, ma chère, » lui dit madame Wilson, « car si tu renverses le bateau, tu ne demeureras jamais nulle part. »

II.   4

Lucie, calmée par cette observation, se rassit de suite, et resta immobile, jouissant de la beauté du jour, et de la riante perspective des maisons, des jardins, des parcs, des bois qui se succédaient, tandis que le bateau glissait doucement le long du rivage, et qu'elle observait avec plaisir la réflexion des arbres et des bâtimens dans l'eau limpide. Un oiseau effleurait de ses ailes blanches, cette surface unie et argentée; Lucie aurait bien voulu le montrer à son frère, mais Henri restait collé au coude de son père, attentif à ce que M. Frankland racontait de quelques étrangers, qui, tout récemment en parcourant l'Angleterre, s'étaient arrêtés chez lui. Il leur avait fait faire cette même promenade en bateau, et en descendant cette partie de la rivière, ils avaient été particulièrement frappés, non seulement de la beauté pittoresque des sites, mais encore, des apparences de richesses, de *confortabilité*, de gaieté et d'élégance des maisons qu'habitent les gentilshommes de campagne anglais. Les *grandes propriétés*, les *palais*, comme ils les appelaient, de la haute noblesse d'Angleterre, ne les avaient pas surpris autant que la variété de jolies plaines, de maisons de plaisances, de parcs boisés appartenant aux propriétaires campagnards. Un de ces étrangers était français, l'autre italien. Les nobles d'Italie ont de délicieuses campagnes, de superbes jardins; mais en revanche, on ne voit nulle part de ces habitations commodes, qui rassemblent toutes les jouissances de la vie domestique, et qui conviennent surtout à la bourgeoisie et aux classes mitoyennes. Le Français compara ces charmantes demeures, aux anciens et incommodes *châteaux* de France, et n'hésita pas à donner la préférence aux premières *. Ces deux étrangers avaient visité plusieurs gentilshommes de campagne anglais, et goûtaient beaucoup leur manière de vivre. Ce qui frappait sur-

---

* J'ai ici des excuses à faire : il semble qu'on ne puisse altérer la moindre chose, de ce qu'a écrit une personne si remplie d'observation, d'exactitude et de philanthropie que Miss Edgeworth, sans faire tort à la fois, à elle et aux lecteurs. Cependant quelques préjugés nationaux se sont glissés dans le récit de M. Frankland, et j'ai cru pouvoir passer légèrement sur les remarques d'un français qui semblait tout prêt à donner des éloges à l'Angleterre, aux dépens de sa patrie. Il est possible que nos voyageurs poussent jusqu'à ce point l'urbanité lorsqu'ils sont dans les pays étrangers, mais on ne peut se prévaloir de leur politesse. Miss Edgeworth n'ignore pas, que le meilleur pays est celui où l'on est né, et que nos affections et nos souvenirs d'enfance embellissent.

tout l'Italien, c'était la liberté dont on jouissait, et l'égale répartition de la justice. Il savait que plusieurs des hommes les plus distingués de l'Angleterre avaient fait leur fortune, et s'étaient élevés par leurs propres talens, et par leur mérite, aux premiers rangs de la société. Il trouvait que quoique la naissance eût chez les Anglais de grands avantages, l'éducation en donnait encore plus; et que l'industrie et le génie y ouvraient à tous la route de la gloire, des richesses et des honneurs. Il concluait de là, qu'il valait mieux naître en Angleterre, même dans une condition très-basse, que parmi les plus hautés classes d'un autre pays, où les lois et la liberté ne régneraient pas également, et où l'on ne pourrait avoir d'aussi puissans motifs de développer ses facultés et son énergie.

Henri comprenait tout cela, bien que ce fût un peu au-dessus de son âge, et peut-être y prenait-il plus de plaisir par cette raison-là même; d'ailleurs, il jouissait en écoutant les louanges de sa chère vieille Angleterre.

Un des bateliers avait une belle voix, et savait plusieurs chansons de matelots; un jeune Ecossais l'accompagna sur sa flûte, et chanta à son tour plusieurs des jolis airs de l'Ecosse.

Ce divertissement fut interrompu par l'homme qui tenait le timon. Il appela , sans aucune cérémonie, le jeune garçon qui jouait de la flûte , en lui disant d'en finir avec *son bruit,* parce qu'ils avaient autre chose à faire maintenant. Ils approchaient , à ce qu'il dit , du *barrage ;* et les hommes qui s'étaient reposés sur leurs rames , laissant le bateau suivre le cours de la rivière pendant qu'ils écoutaient la musique , se remirent à ramer vigoureusement *à travers* le courant ; qui les emportait avec une vélocité croissante. Lucie pensa bien qu'il y avait quelque danger, mais quel était-il ? c'est ce qu'elle ne savait pas. Ni elle, ni Henri n'avaient jamais vu de barrage ; et quand son frère aurait su ce que c'était , le moment n'était pas favorable pour en causer avec lui. Tous étaient silencieux. L'homme qui dirigeait le bateau , paraissait s'appliquer à lui faire traverser promptement le courant, et les rameurs redoublant d'énergie atteignirent sans accident une petite crique , où ils purent amarrer la barque , en jetant autour d'un tronc d'arbre une corde attachée à bord par un anneau.

Quand ils furent tous en sûreté sur la rive , et tandis que les bateliers s'essuyaient le front , Henri s'informa s'il y avait eu du danger, et demanda ce que

l'on voulait dire par *barrage*. M. Frankland offrit de le lui montrer à l'instant;
mais on ne pouvait le voir de l'endroit où
ils avaient débarqué. Ils firent quelques
pas sur le rivage, et commencèrent à entendre un grand bruit de chute d'eau;
ils ne pouvaient distinguer d'où venait le
son. Mais, à mesure qu'ils avançaient,
il devenait de plus fort en plus fort, jusqu'à ce qu'ayant dépassé un saule dont les
branches pendantes interceptaient la vue,
ils aperçurent ce qui causait ce fracas.
L'eau s'élançait par-dessus une marche
formée par un long banc de pierre, ou
chaussée, qui traversait obliquement la
rivière. Cette digue était le barrage; et
il aurait pu y avoir quelque danger, si
le bateau avait été entraîné trop près de
cette chute par la force du courant.

Ils devaient de là se rendre à un autre
endroit, pour prendre encore un bateau,
et remonter un canal. Comme ils suivaient
la rive, vis-à-vis de la digue, ils purent
l'examiner à leur aise. L'eau, faisant
voûte sur le bord arrondi, formait une
longue cascade égale et basse, alternativement verte et blanche, étincelante au
soleil, et s'embellissant dans sa chute de
tous les accidens variés de la lumière et
de l'ombre.

Tandis que Lucie suivait de l'œil ces

changemens, et les admirait, Henri demandait à quoi pouvait servir cette marche,
ou barrage, qui n'était pas, comme il le
voyait bien, une inégalité naturelle dans
le lit de la rivière, mais qui semblait bâtie en maçonnerie dans quelque but particulier.

M. Frankland lui montra un moulin sur
la rive, et lui dit que l'usage de cette
chaussée était de retenir la rivière, de
manière à s'assurer une constante provision d'eau, et à produire et alimenter
ainsi une chute suffisante pour tenir toujours la roue du moulin en mouvement.
Henri désirait beaucoup voir cela de plus
près. Il avait visité et examiné des moulins à vent, mais il n'en avait aperçu à
eau que de la route. M. Frankland était
d'avis qu'il suffirait d'une demi-heure
pour aller et revenir, et qu'on pouvait
accorder à Henri sa demande. Madame
Frankland avait de la peine à le refuser,
et néanmoins elle paraissait indécise ; elle
regarda à sa montre ; elle craignait qu'ils
eussent à peine le temps nécessaire ; et
dit enfin, qu'elle tenait beaucoup à être
rendue chez elle à l'heure juste du dîner,
pour ne pas faire attendre un vieil ami :
que cependant, s'il ne fallait qu'une demi-
heure pour voir le moulin, elle pensait
que, sans se mettre trop en retard, elle

pouvait attendre Henri. Madame Wilson
alla s'asseoir sur un tronc d'arbre, et se
mit à dessiner la jolie vue du moulin,
pendant que son fils allait l'examiner.
Henri n'eut pas plus tôt obtenu la permission qu'il partit comme un trait, bien
sûr d'être de retour en moins d'une demi-
heure : mais le temps passe bien vîte,
quand on s'amuse, quand on se livre à son
goût favori. D'abord, il fallut voir la
grande roue avec ses *aubes* * ; et Henri
demeura quelques momens à observer
comment l'eau la faisait tourner. C'était,
à ce que leur dit le garçon meunier qui
vint à eux, une *roue de dessus***. Alors
il fallut expliquer à Henri ce que c'était
qu'une roue de dessus, et en quoi elle dif-
férait d'une *roue de dessous*.

---

* Ce sont par rapport aux moulins à eau et aux roues
que l'on fait mouvoir, ce que sont les ailes des moulins à vent. Les *aubes* sont des planches fixées à la cir-
conférence de la roue, et sur lesquelles vient s'exercer
l'impulsion de l'eau qui les chasse l'une après l'autre ;
ce qui produit le mouvement de rotation.

** Une *roue de dessus* est celle dont l'axe est au-
dessus de la chute, et dont par conséquent les aubes
inférieures reçoivent l'eau près de l'endroit d'où elle
s'élance, et sont poussées par l'impulsion qui la porte à
suivre sa pente que le barrage rend plus rapide. La
roue de *dessous* a son axe plus bas que la chute, et

C'était un moulin à grain ; Henri en avait vu de semblables mis en mouvement par le vent, et comme la construction de l'intérieur était, à ce que lui dit son père, à-peu-près la même dans celui-ci que dans ceux qu'il connaissait, ce n'était pas la peine de s'y arrêter. Henri serait bien revenu de suite, mais il voulut regarder une grue qui servait à descendre les sacs quand le blé était moulu. Il crut n'avoir mis que peu de minutes à en considérer le mécanisme, et il en passa quelques-unes de plus à voir monter un sac ; une certaine machine à bluter, dont l'opération, expliquée par le surveillant, l'intéressa beaucoup, l'arrêta encore cinq autres minutes.

Cet homme lui montra que le blé, quand il avait passé sous la meule, en sortait écrasé ou broyé ; mais que les parties les plus fines et les plus grossières de la farine, aussi bien que le son, ou enveloppe extérieure du grain, étaient mêlées ensemble. Dans cet état on l'étendait

---

l'eau tombe sur les aubes supérieures. Quelquefois pour augmenter la vîtesse, et suppléer à une plus grande quantité d'eau, on construit ces roues creuses avec des compartimens ouverts par le haut, de manière à recevoir l'eau ; on les nomme alors *roues à pots.*

d'abord dans un grenier pour le refroidir ; ensuite on le jetait par un entonnoir de bois ou *trémie* dans le bout le plus élevé du blutoir. C'était un long cylindre creux, entouré d'une espèce de toile en métal, ressemblant à de la gaze, mais de trois différens degrés de finesse. Il était disposé en pente, et l'ouvrier ayant obligeamment arrêté le mouvement de la machine, montra à Henri qu'il y avait dans le cylindre un petit axe en fer qui le traversait en entier, et qui était tout entouré de brosses, avec le poil en dehors. Le garçon meunier, en tirant une corde, mit de nouveau cet axe en mouvement ; et Henri aperçut que la farine, ainsi rejetée par les brosses qui tournaient rapidement, était chassée de force à travers les mailles de la toile métallique : la plus belle fleur de farine passant à travers la division la plus haute et la plus serrée de cette espèce de gaze, et ainsi de suite, jusqu'à ce qu'il ne restât plus rien que le son qui tombait par l'extrémité la plus basse du cylindre. * Chaque espèce de fa-

---

* Il y a des blutoirs semblables qui divisent la farine en quatre ou cinq qualités dans les beaux moulins que M. Casimir Perrier vient d'établir à la barrière des Bons-Hommes.

rine était reçue dans des boîtes séparées,
d'où elle était mise dans des sacs, pour
être ensuite employée aux différens usages auxquels on la destinait. La fleur de
farine, servant à faire la plus belle sorte
de pain, ou la pâtisserie : la plus grossière,
le pain de ménage ; et le son s'employant
à différens usages domestiques.

Ayant pris un vif intérêt à ce qu'il avait
vu, parce que le patient surveillant lui
avait tout fait comprendre à merveille,
Henri retourna en hâte vers sa mère, et
ne fut pas peu surpris en apprenant qu'il
avait été absent une heure, au lieu d'une
demi-heure.

Madame Frankland, qui espérait toujours que tout irait le mieux possible,
dit qu'en se rendant de suite à l'endroit
où ils devaient prendre le bateau, on
pourrait, peut-être, réparer le temps
perdu.

« Pas accéléré ! en avant marche ! » s'écria
M. Frankland, et ils marchèrent aussi vîte
qu'ils purent, jusqu'à ce qu'ils atteignis-
sent le canal. C'était un grand sillon ver-
dâtre, d'une eau dormante, qui n'avait
pas meilleure apparence, comme Lucie
en fit l'observation à Henri, qu'un large
fossé. Elle vit sur ce canal plusieurs grands
bateaux chargés de charbon ; d'autres portant diverses marchandises ; et quelques-

uns remplis de monde. A sa grande mortification, ils prirent un de ces derniers,
et commencèrent à avancer lentement.
Il n'y avait plus de joyeux bruit de rames :
au lieu d'être conduit par des matelots,
ce bateau était traîné par un cheval, qui
y était attelé avec une longue corde, et
qui, marchant sur un sentier près du bord,
nommé *le chemin de hallage,* tirait de
toutes ses forces, tenant sa tête basse et
avançant pas à pas, levant un pied, puis
l'autre. Lucie trouvait qu'il avait l'air
tout-à-fait engourdi, comme s'il eût marché en dormant. « Pourquoi donc fait-on
des canaux, papa? » demanda-t-elle.

Son père lui expliqua que les canaux
suppléaient aux rivières dans les endroits
où elles cessaient d'être navigables, ou
dans des lieux où leur pente ne les amène
pas naturellement. Il lui apprit que les
canaux étaient extrêmement utiles pour
transporter aisément, et à bon marché,
des marchandises pesantes et de nombreux
passagers.

Henri émit la supposition que l'on ne
pouvait faire de canaux que dans les pays
plats, et dans des terres d'un niveau parfait. Mais son père lui répondit qu'on
pouvait en ouvrir même dans des endroits tout-à-fait montueux et inégaux.

« Et comment fait-on alors, quand le

canal arrive devant des hauteurs, on ne peut pas faire monter l'eau ; nous ne pourrions pas, je suppose, descendre tranquillement une montagne en bateau, ni même des marches. Vous savez que ce matin, nous avons été obligés de prendre terre avant d'arriver à cette chaussée, ce petit degré dans la rivière, qu'on appelle le barrage. »

— « Oui, » ajouta Lucie, « un des bateliers a dit, et mon propre bon sens me le montrait bien, qu'il était très-dangereux d'en approcher ; le bateau aurait été lancé en avant, rempli d'eau, et nous aurions été tous noyés. »

— « Papa, comment est-ce que l'on fait alors sur des terrains inégaux ? » répéta Henri. « Peut-être que, comme nous avons fait aujourd'hui, on prend terre, et l'on marche, jusqu'à ce qu'on ait dépassé la hauteur, et ensuite on se rembarque. »

— « C'est ce que l'on faisait dans les premiers temps, » répondit son père, « et cette méthode est encore en usage dans quelques endroits ; par exemple, en Amérique, et même en Angleterre, dans quelques marais du Lincolnshire, on est obligé, non seulement de descendre de bateau, Henri, et de marcher, mais de prendre sa barque, et de l'emporter avec soi , tantôt à travers les terres , tantôt à travers les marais, d'un lieu où le canal s'arrête , jusqu'à un autre, où la terre étant redevenue de niveau , il peut reprendre son cours; mais si cela est désagréable , mon enfant , même à des passagers , considère ce que c'est, quand il y a des marchandises et des charges pesantes à transporter. »

— « C'est fort incommode , en vérité... Je suppose que les gens prennent grand soin de choisir les terres les plus de niveau dans le pays , pour y établir leurs canaux , et qu'ils tournent les hauteurs , au lieu de les traverser. »

— « Très-certainement, mon fils, mais quelquefois on ne peut pas les tourner. Que faut-il faire en pareil cas, Henri ? »

— « Je ne vois autre chose à faire , que de couper la montagne, comme une de ces hauteurs que nous avons vues dans notre voyage ; il était évident, par l'élévation des bords, où la route était encaissée, que l'on avait coupé plusieurs pieds de terrain, pour la tracer : la même chose doit, à ce que je pense, être faite pour les canaux ; et lorsque de grandes pierres, des rochers obstruent le passage, on doit les faire sauter avec de la poudre, de même que nous avons vu des hommes miner un grand rocher, pour établir une nouvelle route. On déblaie les décombres, les pierres et la terre, et on laisse un beau lit bien nivelé pour le canal. »

— « *Doit*, est un mot aisément dit, Henri, mais tout ce travail de creuser, de miner, de transporter des terres et des rochers, est extrêmement long, fatigant et coûteux; de sorte qu'il eût été impraticable d'ouvrir des canaux à travers certaines parties du pays, s'il avait été nécessaire d'unir ou de niveler parfaitement les lits où ils coulent maintenant. On obvie à cette difficulté par une invention ingénieuse, appelée une *écluse*. Nous allons en rencontrer bientôt une dans ce canal même, et alors tu verras comment il se fait, que nous passions sur des inégalités de terrain, sans être obligés de quitter le bateau, et sans courir le risque de sombrer. »

— « Que c'est curieux ! » dit Lucie ; « il n'y a pas de danger du tout, papa? »

— « Aucun, ma chère; si tes yeux et tes oreilles étaient fermés, tu ne t'apercevrais peut-être pas que nous traverserons une écluse. »

Henri était cependant déterminé à bien ouvrir ses yeux et ses oreilles. Ils approchaient alors de deux larges portes de bois, qui auraient arrêté le passage à travers ce canal, si elles eussent été fermées,

mais elles étaient toutes grandes ouvertes.
Leur bateau passa entr'elles, sans que les
passagers sentissent la plus légère différence dans son mouvement, ou qu'il se fit
aucun changement dans leur position.
Les portes se fermèrent alors derrière
eux, et ils se trouvèrent dans une espèce
de bassin, ou réservoir rempli d'eau,
justement assez large, pour que leur bateau pût y tenir, sans frapper contre les
bords en maçonnerie des deux côtés, ou
contre les portes de bois.

Vis-à-vis de celles par où ils étaient
entrés, il y en avait deux autres qu'ils
trouvèrent fermées ; mais aussitôt qu'ils
furent dans cette espèce de réservoir, on
leva une trappe, ou porte glissante, par
laquelle l'eau qui était dans le bassin
s'écoula graduellement, de sorte que sa
surface s'abaissa par un mouvement imper-
ceptible, et descendit tout doucement avec
le bateau qui était dessus. Lucie, comme
elle en faisait elle-même l'observation,
ne s'apercevait qu'ils avaient descendu,
qu'en regardant la hauteur derrière eux,
et en voyant les traces de l'eau sur les
murs du bassin à l'endroit où elle arrivait
quand ils y étaient entrés. Ils continuèrent
à enfoncer ainsi tranquillement jusqu'à
ce qu'ils fussent au même niveau que le
canal de l'autre côté des portes à travers

lesquelles il leur fallait passer encore ; des hommes ouvrirent alors ces portes, et le bateau poursuivit sa route sans difficulté. M. Wilson engagea Henri à regarder la partie du canal qu'ils avaient parcourue avant d'arriver à l'écluse, afin de juger de quelle hauteur ils avaient descendu.

« Maintenant, Henri, dis-moi comment il se fait, qu'en arrivant nous ayons trouvé l'eau du petit bassin de niveau avec celle qui nous avait portés jusque-là ? »

Henri répondit, qu'il supposait qu'avant qu'ils arrivassent aux premières grandes portes ; les hommes les avaient ouvertes pour que l'eau se précipitât dans le réservoir et le remplît, l'amenant au même niveau que le canal.

« Non, pas les grandes portes, Henri ; réfléchis encore : la masse entière des eaux du canal en se précipitant ainsi, aurait causé une secousse trop violente. »

Henri réfléchit de nouveau ; il pensait que de petites portes glissantes, semblables à celles qu'il avait vues s'ouvrir dans les secondes grandes portes qu'ils avaient passées, se trouvaient dans les premières, et il supposa qu'avant leur arrivée, on avait levé ces écluses et laissé ainsi l'eau entrer tout doucement dans le bassin.

Son père lui dit que c'était exactement ce qui était arrivé, et il le fit ressouvenir d'un coup de sifflet qui avait été donné par un de leurs bateliers, quelque temps avant qu'ils arrivassent à l'écluse. C'était un signal pour l'homme chargé de l'ouvrir.

Henri fut charmé d'une invention aussi ingénieuse : « cela a l'air si aisé, » dit-il, « qu'il me semble que j'aurais pu l'inventer moi-même. »

— « C'est l'effet que font presque toujours les bonnes inventions, » répondit son père.

— « Comme nous descendions gentiment et doucement dans le bateau, » dit Lucie, « sur la surface unie du bassin, tandis que l'eau s'écoulait par la trappe ! Comme le disait papa, je suis sûre que si j'avais eu les yeux fermés, je ne m'en serais seulement pas doutée. A quelle profondeur nous sommes arrivés ! quelle marche à descendre pour un bateau, Henri ! impossible sans une écluse. Mais si l'on peut monter et descendre des escaliers dans un canal ?... »

— « Des escaliers ! » répéta Henri, « je ne crois pas que cela se puisse ; à la bonne heure une marche. »

M. Wilson dit à Lucie, qu'il avait vu en Écosse, dans le canal Calédonien, sept ou huit écluses qui se suivaient immédiatement ; « les gens du pays les nommaient *les escaliers de Neptune.* (1) »

M. Franckland fut enchanté qu'Henri et Lucie eussent pris plaisir à visiter cette écluse, car c'était principalement pour la leur faire voir qu'il était revenu chez lui par le canal. Bientôt après, ils débarquèrent sur un côté de la route où ils avaient donné rendez-vous à leur voiture. Madame Frankland se réjouit de l'y trouver, et elle regarda encore une fois à sa montre, comme si elle craignait d'être en retard.

CHAPITRE V.

La Colère du vieux Monsieur; Bonté de Madame Frankland; les Billes; les Moulins.

Il était tard, et fort tard, et le vieux monsieur qui était affamé, et qui avait attendu comme il le disait lui-même, une heure et demie au-delà de l'heure ordinaire du dîner, était bourru et très-bourru. Madame Frankland supporta tous ses reproches, et sa mine refrognée, de si bonne grâce, et avec une douceur si constante, que Lucie s'émerveilla qu'il pût encore garder sa colère. Elle pensa qu'il avait apparemment une faim dévorante, et que quand le dîner serait servi et qu'il aurait mangé, sa bonne humeur reviendrait. Mais non; à dîner il fut de plus en plus insupportable; tout était mauvais : le poisson était en bouillie, le rôti desséché; et il trouvait quelque défaut à chaque chose délicate que madame Frankland lui recommandait de la manière la plus persuasive.

« Essayez de ceci, mon cher monsieur ! goûtez un peu de cela ! »

Mais rien de ce qu'on lui servait ne lui convenait. Madame Frankland prit un air de tristesse et chercha encore avec bonté à l'adoucir, mais à la fin, il dit quelque chose de sec et d'offensant sur les femmes, qui ne sont jamais ponctuelles et qui ne pensent jamais à leurs amis absens. Henri ne put se contenir, et sa timidité naturelle cédant à l'indignation, il s'écria d'une voix forte :

« C'est très-injuste ! »

Le vieux monsieur leva les yeux de dessus son assiette pour regarder Henri, qui était rouge jusqu'aux oreilles.

« A merveille, mon petit coq ! » dit-il, en riant à demi ; « qu'est-ce que vous avez à démêler dans cette affaire ? »

— « C'est que tout est de ma faute, » répondit Henri.

Il s'expliqua, et raconta qu'il était resté trop long-temps à examiner un moulin, et à parler des roues de *dessous* et de *dessus*.

« C'était fort bien pour vous, et votre moulin, » dit le vieux monsieur, d'un ton qui tenait le milieu entre la plaisanterie et la réprimande, « mais, je vous en prie, mon petit homme, que prétendiezvous dire , avec votre , *c'est très-in-juste ?* »

— « Qu'il était très-injuste d'accuser les dames de ne jamais penser à leurs amis absens, monsieur; car madame Frank-land qui est une dame , pense à ses amis absens , et particulièrement à vous. Elle s'est bien assez tourmentée pour revenir à temps, afin de ne pas vous faire attendre le dîner, car elle disait que vous n'aimiez pas cela. »

— «Qui est-ce qui aime à attendre? » s'écria le vieux monsieur, en riant; « mais puisque c'est entièrement votre faute, je dois être satisfait, et je dois aussi être fort obligé à madame Frankland de ce qu'elle a pensé à moi. Ce lièvre est très-tendre et cuit à point; ce qui, en considérant les choses, est véritablement merveilleux. Madame Frankland, me permettrez-vous de finir la querelle en buvant à votre santé? »

Le caractère parfait de madame Frank-land et son doux sourire avaient achevé de le gagner. Son front s'était déridé, il avait repris toute sa bonne humeur; et il se mit à parler de leurs anciens voisins, de son bon vieux ami Wedgewood, et du canal de Straffordshire , ou le *Grand Trunk* comme il l'appelait , pour lequel feu

M. Wedgewood avait été le premier à
proposer un projet, et qui enrichit tant
d'individus qui avaient pris des actions au
commencement de l'entreprise.

A prés dîner, quand les dames quittèrent
la table *, Henri les suivit, car il ne
comprenait rien à ce qui se disait sur les
actions dans la navigation, et sur l'intérêt qu'elles rapportaient. En prenant le
café, la conversation se tourna . ou plutôt
tomba sur le vieux monsieur de mauvaise
humeur; et une des personnes qui étaient
présentes, déclara qu'elle trouvait que
madame Frankland avait été mille fois
trop bonne, et que pour sa part, si elle
avait été à la place de la maîtresse de la
maison, elle ne se serait pas crue obligée
à plier devant un homme si bourru, et à
se soumettre à sa brusquerie et à sa mauvaise humeur : elle poursuivit, en se moquant de ses goûts épicuriens.

Mais madame Frankland l'arrêta, elle
dit qu'elle était très-attachée à ce monsieur
qui était un vieil ami de la famille de son
mari et de la sienne; qu'il leur avait

---

* En Angleterre les dames vont prendre le thé ou
le café ensemble au salon, pendant que les hommes
restent à table à causer et à boire des vins étrangers et
des liqueurs.

donné pendant long-temps des preuves
d'affection dont elle serait toujours recon-
naissante, et que le seul moyen qu'elle
eût de lui montrer sa gratitude, était de
tâcher de lui rendre la vie douce et d'en-
vironner de bonheur ses derniers jours,
ce qui ne se pouvait faire qu'en supportant
ses petites faiblesses. Sa bienveillance
réelle, son jugement excellent, son instruction effaçaient ces petites taches; ses viva-
cités duraient peu, et la tendresse, la bonté
de son cœur restaient toujours.

Lucie aima et admira encore plus madame Frankland pour la manière dont'elle
venait de parler. Elle se promit qu'en
devenant grande, elle tâcherait d'imiter
cet heureux caractère, et de supporter
les défauts de ses vieux amis, quand même
il leur arriverait d'être grognons; et par-
dessus tout, elle résolut d'être aussi ferme
que madame Frankland, à les défendre en
leur absence.

Le soir, après que le vieux monsieur
eut fait sa sieste, et qu'il se fut commo-
dément établi dans son fauteuil, au coin
du feu, comme Henri passait près de lui,
il le saisit par le bras, et lui dit d'un ton
de bonne humeur, quoique brusque :

« Contez-moi donc, mon petit homme,
pourquoi vous êtes si curieux des moulins? Voulez-vous être meunier, ou con-

structeur de moulins, je vous prie ! »

Henri, qui, en général, prenait ce qu'on lui disait à la lettre, répondit gravement qu'il ne se destinait à être ni meunier, ni constructeur; qu'il ne savait pas ce qu'il serait, mais que, quelle que fût sa situation dans le monde, il ne pourrait jamais se trouver mal d'avoir acquis autant d'instruction que possible, et que c'était pour s'amuser et s'instruire, qu'il avait voulu connaître ce qui concernait les moulins.

« Et qu'en avez-vous appris ? » continua le monsieur; « pouvez-vous me dire ce qui fait tourner un moulin ? »

— « Le vent fait aller un moulin à vent, » répondit Henri; « l'eau, un moulin à eau, et il y a quelques espèces de moulins qui sont tournés par des chevaux, d'autres par des hommes, et plusieurs par la vapeur. »*

---

* M. Casimir Périer a établi aux portes de Paris, à la barrière des Bons-Hommes, des moulins qui sont le meilleur exemple que l'on puisse citer des moulins à vapeur, ainsi que des procédés et des perfectionnemens introduits dans la mouture. Une machine à vapeur de la force de 30 chevaux, dont le four et les chaudières sont disposés au-dessous du sol, fait remonter elle-même du fond d'un puits, l'eau qui doit alimenter

II.   5

— « Sur ma parole, voilà un jeune homme qui en sait long ! »
— « Non, monsieur, je sais très-peu

---

son condensateur, qui se débarrasse à mesure de l'eau déjà échauffée. Au premier étage, les pistons montent et descendent doucement dans les cylindres polis ; des *stuffing-boxes*, espèce de boîtes doublées d'étoupes, et d'un fer aussi brillant que l'acier, ne laissent passer que l'axe du piston, et retiennent la vapeur prisonnière. L'*énorme* balancier n'est pas immédiatement attaché au piston, car en levant « *son bras puissant* » il le forcerait à décrire une courbe ; une machine en fer et en cuivre rendue souple par les jointures qui la forment, et nommée *parallélogramme*, est entre le balancier et le piston ; s'alongeant et biaisant à mesure que le bras du balancier s'élève, elle est calculée de manière à lui prêter tout ce qu'il faut de largeur pour que le piston ne soit pas contrarié dans sa marche perpendiculaire, et qu'en faisant monter et descendre le balancier, il lui laisse former la courbe qu'une branche de compas décrirait en s'élevant sur un autre : mouvement nécessaire, puisque ce bras joue sur un centre. Un savant enchaînement de roues prenant leur action à celle que tourne l'autre bras du balancier font mouvoir, de chaque côté de cette grande machine, cinq énormes meules, et deux arbres en fer qui traversent perpendiculairement tout l'édifice, et vont porter la vie à tous les étages. De larges courroies tournent les nombreuses roues ; la combinaison de grandes ou de petites roues engrenées les unes dans les autres, presse

de choses, » dit Henri d'un air honteux et
mécontent.

— « Bien; je ne vous chagrinerai pas

---

ou ralentit le mouvement. Au sommet de l'édifice, un
levier fort simple roule et déroule deux cordes qui
montent et descendent les sacs : des trappes ou portes
battantes, s'ouvrent de chaque côté, poussées par les
sacs de blé qui montent tranquillement jusqu'au
faîte, où le garçon meunier n'a qu'à les vider dans une
espèce de trémie, d'où le blé tombe dans une sorte de
blutoir, qui le débarrasse de la poussière et le livre aux
meules. La meule, après l'avoir écrasé, le verse dans des
sacs qui remontent de même, comme par magie, et
vont se vider dans des blutoirs presque semblables à
ceux que Henri a eu tant de plaisir à regarder : et le
son, le gruau, la farine sortant, chacun à part, de leur
huchoir, passent dans des sacs, et vont s'emmaga-
siner conduits par la même force qui les a nettoyés,
moulus, et séparés. Il entre pour deux millions de francs
de blé par an dans cet établissement, et il en sort
pour deux millions cinq cent mille francs de farine,
parfaitement préparée, fine et pure de son et de poussière. Seize à dix-huit ouvriers suffisent sans fatigue au
service de ce bel établissement, et se promènent dans
les salles, où les sacs montent et descendent régulièrement, où le blé, le son, la farine se broyent, se séparent, se rendent aux places qui leur sont désignées.
Les garçons meuniers ont l'air des seigneurs d'une
quantité de génies invisibles, et on croirait voir se
réaliser l'espérance d'une spirituelle anglaise, qu'un

par mes louanges, puisque je vois que vous ne les aimez pas. Venez, » ajouta le vieux monsieur, en attirant Henri vers lui ; « vous verrez cependant que nous serons bons amis. Je vous ai vu hier jouer aux billes avec mon petit-fils : savez-vous comment on les fait ? »

— « Non, monsieur, » répondit Henri, en en sortant une de sa poche, et en la regardant attentivement. « Je voudrais bien savoir comment on les rend si rondes et si polies. Je pense que ce doit être très-difficile. »

— « Oui vraiment, mon petit savant. Mon ami M. Wedgewood m'a dit que c'était une des choses les plus difficiles qu'il

---

jour, il n'y aura de peuple, de domestiques, que les machines à vapeur ; et que l'homme devenu véritablement roi de ces sujets de sa propre création, dirigera les travaux, et n'aura d'autre soin que d'éclairer son esprit et de perfectionner les serviteurs qu'il s'est faits.

M. Périer, en donnant l'exemple aux manufacturiers, et en avançant la marche de l'industrie en France, fait dans la pratique autant de bien que ses discours pouvaient en faire dans la théorie, et prouve qu'il ne faut jamais abandonner l'espérance d'être utile à son pays. Lorsqu'une route aux améliorations et aux perfectionnemens se ferme, l'amour de l'humanité et le génie savent s'en frayer de nouvelles.

eût jamais tentées. Et quand je voyageais
sur le continent, je m'informai de la manière dont on les fabriquait. »

— « Et comment est-ce qu'on les fabrique, monsieur? »

— « On coupe d'abord une certaine
sorte de pierre ou grès en morceaux d'une
forme irrégulière, n'importe comment,
mais à-peu-près de la grosseur d'une bille
ordinaire. On jette ces morceaux dans un
moulin de fer divisé en compartimens :
dans chaque compartiment, il y a une
forte râpe fixée dans une direction oblique.
Le moulin est tourné rapidement par le
moyen de l'eau. Le frottement des pierres
contre la râpe, et les unes contre les autres, les arrondit, et par degré les polit
et les unit de la même façon que le gravier s'arrondit et devient lisse, dans le
lit d'une rivière. Quand les billes ont pris
leur forme, elles tombent par des trous
ronds qui sont pratiqués au fond du moulin, juste de la grandeur nécessaire pour
les laisser passer. De Nuremberg, qui est
la ville où on les fabrique, on leur fait
descendre le Rhin jusqu'à Rotterdam,
et de là, elles sont envoyées par toute
l'Europe, dans tous les pays, dans tous les
endroits où les petits garçons jouent aux
billes, et où n'y jouent-ils pas? Maintenant, vous en savez plus sur les marbres,

que neuf sur dix dans les centaines d'enfans de votre âge qui en ont leurs poches
pleines. »

La table de trictrac où le vieux monsieur faisait ordinairement sa partie avec
madame Frankland était préparée ; mais,
au lieu d'y aller, il resta à causer avec
Henri, et lui conta plusieurs choses qu'il
avait vues en Hollande.

« Quand j'allai pour la première fois à
Amsterdam, » lui dit-il, « je me rappelle
qu'en approchant de la ville, je comptai
quarante-six moulins à vent, tous en mouvement. Les Hollandais ont été pendant
long-temps les plus habiles constructeurs
de moulins, et plusieurs des inventions
et des perfectionnemens maintenant en
usage dans nos moulins anglais, ont été
apportés de Hollande. Par exemple, il y
a une de ces inventions que vous avez pu
voir dans votre voyage ici. N'avez-vous
pas remarqué sur quelques moulins à vent
une espèce de petite roue en éventail qui
est un peu au-dessus du sommet ? »

— « Oui, je sais ce que vous voulez
dire, monsieur. »

— « Et moi aussi, » s'écria Lucie,
« quand j'en vis une d'abord, je pensai
que c'était un petit moulin à vent pour
effrayer les oiseaux, et les empêcher de
manger le blé. »

— « Et maintenant, en savez vous l'usage? »

— « Oui, » répondit Henri; « mon père me l'a expliqué en m'en faisant examiner une. Ces petites roues servent à tourner la roue à grandes ailes de toile du côté du vent, et cela, par le moyen du vent lui-même; de sorte que, de quelque point qu'il souffle, le moulin continue de travailler. Dans ceux qui n'ont pas cette ingénieuse invention, les ailes se reposent, chaque fois que le vent change, et le meunier ne peut les remettre en mouvement, qu'en prenant beaucoup de peine : il faut qu'il tourne la partie supérieure du moulin, et c'est une opération tout-à-fait gauche et difficile. »

— « Pourquoi? Comment? » demanda Lucie ; « Henri, explique-moi donc les deux manières pour tourner les moulins, ou pour faire en sorte qu'ils tournent tout seuls, et d'eux-mêmes : j'en ai bien quelque idée, mais j'ai oublié comment cela se fait exactement. »

— « Oh! je suis sûr que tu le sais, » dit Henri.

— « Peut-être que je *l'ai su ;* mais explique-le moi, comme si je ne me le rappelais pas, et commence par le commencement, s'il te plaît; par cette *opération gauche* qu'on est obligé de faire quand le moulin n'a pas la petite roue à éventail. »

— « Le moulin commun, » répondit Henri, « s'appelle moulin à pivot, parce qu'il est soutenu par un pivot qui est fortement fixé à la base, et qui traverse en long le milieu de l'intérieur de l'édifice en bois ou le corps même du moulin. Cette partie est séparée du bâtiment en maçonnerie et des meules qui sont dedans : elle est soutenue par l'extrémité du grand pivot, ou arbre long, et peut être tournée dessus à volonté. »

— « Voilà, je crois, ce que tu veux dire, » reprit Lucie, en tenant son crayon de mine de plomb droit, et en le coiffant de son dé qu'elle faisait tourner. « Comme cela, n'est-ce pas ? »

— « Oui, à peu de chose près, » répondit Henri. « Mais les grandes ailes du moulin sont fixées à cette tour de bois qui est quelquefois ronde et quelquefois carrée ; et l'on ne peut tourner horizontalement l'une, sans déplacer en même temps les autres. Supposons que le vent change du nord au sud, alors on fait tourner la tour, jusqu'à ce que les ailes soient juste du côté opposé à celui où elles étaient d'abord. »

— « Comme cela doit être incommode ! Et comment le meunier en vient-il à bout ? La tour, les ailes et tout cela, doit être d'un poids énorme. »

— « Il ne peut les mouvoir sans le secours d'un levier. Il y a une grande échelle
qui tient par un bout au haut de la tour,
et qui descend obliquement jusqu'à terre,
de façon à servir d'étai ou d'arrêt, pour
tenir le moulin fixe dans la position où il
faut qu'il reste, ses ailes faisant face au
vent. Mais le vent venant à changer, il
faut orienter le moulin ; alors le meunier
lève de terre l'extrémité inférieure de la
grande échelle, et il s'en sert comme d'un
long manche, ou levier, avec lequel il
fait tourner le moulin, jusqu'à ce que les
ailes soient de nouveau bien placées. »

— « Voilà pour le moulin à pivot :
maintenant à l'autre, celui qui a la petite
roue en éventail, comme tu la nommes. »

— « Celui-là fait son affaire adroitement, sans que le meunier, ou personne
s'en mêle. C'est le sommet, au lieu du corps
entier, qui est mobile. L'axe de la grande
roue à ailes traverse le sommet ou chapeau,
et par conséquent peut être tourné horizontalement avec lui. Ce sommet repose sur
des petits rouleaux disposés dans une rai-
nure, de façon à ce qu'ils puissent se mouvoir
aisément sur le faîte de la solide muraille
de pierres qui forme le corps du moulin.
Passons maintenant à la petite roue. »

— « Oui, à l'ingénieuse petite roue, »
dit Lucie.

5*

— « Elle est placée de manière à recevoir le vent dès qu'il ne peut plus souffler sur les ailes de la grande roue. Aussitôt donc que la *grande roue* s'arrête, la *petite roue* se met à tourner, et elle met en mouvement tout une suite de rouages qui s'engrènent les uns dans les autres, et que je n'ai que faire de te décrire. Je te dirai seulement qu'ils ont le pouvoir de tourner graduellement le sommet, jusqu'à ce que les ailes, placées dans la direction du vent, recommencent à tourner ; alors la petite roue s'étant amenée d'elle-même hors du vent, s'arrête. Son affaire est faite, et elle se repose, jusqu'à ce que son mouvement redevienne nécessaire. Quand le vent vient à changer, et à frapper de nouveau sur ses petites ailes, elle recommence à tourner, et oriente encore la grande roue, et ainsi de suite. »

— « Très-bien, » dit le vieux monsieur ; « j'affirmerai que vous comprenez cela à merveille, si je puis m'avancer autant sans que vous pensiez que je vous flatte. »

Henri se mit à rire ; « mais, » reprit-il, « il y a une chose de ces moulins à vent, que je ne comprends pas du tout. J'en ai vu quelques-uns rester tranquilles pendant que d'autres, dans la même situation à-peu-près, tournaient, et cela par le même vent : j'en ai cherché la raison, et tout ce que je puis imaginer c'est qu'il y a quelque différence dans la manière dont les ailes sont placées en biais , ou *obliquement,* comme je crois qu'il faut dire. »

— « Je présume que vous avez bien jugé, mon jeune penseur. J'avais un ami en France, un savant : il fit un moulin qui tournait lorsque tous les moulins du voisinage restaient immobiles. Les paysans avaient coutume de se rassembler autour, le regardant avec de grands yeux ébahis, et persuadés qu'il allait par sortilége , car ils ne pouvaient concevoir qu'il fallùt moins d'air à ce moulin qu'aux leurs. Cet avantage était dù à la judicieuse position des ailes, que mon ami avait disposées de façon à ce que le vent agît sur elles avec la plus grande force possible. »

—« Je voudrais bien connaître cette position exacte, » dit Henri; « j'ai souvent essayé de la trouver en faisant de petits moulins à vent; mais j'étais obligé de décider au hasard la pente que je donnais à mes ailes. J'aimerais bien à savoir exactement la règle, pour les poser, et connaître enfin quelle disposition est la meilleure, et par quelle raison. »

— « Je serais moi-même enchanté de pouvoir vous dire tout cela, mon cher, mais c'est au-dessus de ma science. Des hommes instruits ont pensé et écrit beaucoup sur cette question ; mais je ne suis ni savant, ni mathématicien, par conséquent, je ne puis la résoudre : je ne puis que vous décrire ce que j'ai vu, et ce que je comprends. »

Il raconta alors à Henri, plusieurs observations qu'il avait faites à Amsterdam. Henri savait que cette ville était bâtie sur pilotis ; Lucie se rappelait d'avoir vu le compte de leur nombre, qui était prodigieux.

Henri demanda si quelques-uns avaient cédé, ou si les maisons restaient dessus parfaitement droites.

— « Non, » dit le vieux monsieur ; « la première idée que j'ai eue en entrant à Amsterdam, c'est que plusieurs des maisons étaient sur le point de s'écrouler, tant elles s'éloignaient de la ligne perpendiculaire, et cependant elles ne tombent pas. »

Henri allait en demander la raison, mais une autre question lui vint en tête, et dans sa peur de l'oublier, il s'écria : « Je vous en prie, monsieur, savez-vous si les Hollandais connaissent l'usage de la machine à vapeur ? »

— « Oui, certainement, ils le connaissent très-bien. »

— « Pourquoi alors, » continua Henri,

« n'emploient-ils par la vapeur au lieu
du vent, pour faire marcher leurs moulins ? »

— « Pourquoi le feraient-ils, mon petit
ami ? »

— « Parce que le vent est incertain,
qu'ils ne peuvent l'avoir à volonté ; et
quand il n'y a pas de vent il faut que le
moulin se repose. S'il vient un orage, ils
ne peuvent augmenter , ni diminuer le
vent, selon qu'il leur faut plus ou moins de
force ou de vîtesse ; tandis que nous pouvons gouverner la vapeur à notre gré ,
dans toutes les époques, et par tous les
temps. »

— « Très-juste, mon petit mécanicien ;
les Hollandais commencent à se servir de
la machine à vapeur, et de plus... »

Ce qu'il y avait de plus , il le dit, mais
Lucie n'était pas pour le moment en état
de l'entendre. Tout en causant, il avait
laissé tomber une prise de tabac qu'il
roulait entre ses doigts, et la pauvre Lucie
fut saisie d'un accès d'éternuement qui
semblait ne devoir jamais finir. Quand il
fut calmé , elle entendit qu'il était question
des levées, ou larges et hautes digues, que
les Hollandais sont obligés d'établir pour
se mettre à l'abri des inondations. Ces
levées sont formées principalement par
de grandes nattes de pailles , attachées

avec des branches de saules enlacées ensemble, qui se conservent après que les nattes sont usées, et qui opposent la meilleure barrière à la force de la mer.

— « Des saules! » s'écria Lucie, « ces branches flexibles que je puis plier sans effort! et elles arrêteraient la force de la m   tout entière! »

— « Oui, précisément par cette raison-là, » dit le vieux monsieur; « parce qu'elles ne résistent pas; comme vous avez pu voir les manières aimables et gracieuses être le rempart le plus sûr contre le torrent de la colère, et les femmes les plus douces subjuguer les hommes du caractère le plus violent. »

Lucie sourit; elle était toujours enchantée des comparaisons, mais surtout de celle-ci et de son application particulière. Le cœur de Henri se dilatait : il se rapprocha du bras du fauteuil dont il s'était tenu auparavant à une certaine distance, et il commença à se livrer à son penchant pour les questions; liberté dont jusqu'à ce moment il n'avait usé qu'avec une grande réserve. Sa mère le rappela bientôt, et l'engagea à s'aller coucher ainsi que Lucie, parce qu'ils devaient se lever de bonne heure le lendemain, et poursuivre leur voyage. Ils étaient chagrins de ce prompt départ, et chacun les voyait aussi partir avec peine. Le vieux monsieur demanda quelle route ils comptaient prendre, et quand le père de Henri lui eut répondu qu'ils se dirigeraient vers Coal-brook Dale, il ajouta qu'il s'en réjouissait pour ses jeunes amis.

« Peut-être ne serai-je pas levé demain matin quand vous partirez, » dit-il à Henri, « ainsi donnez-moi une poignée de main, mon cher enfant. Bon voyage ! Il est heureux pour vous, que si jeune, vous ayez acquis un tel désir d'instruction. Vous verrez demain... »

Madame Frankland l'interrompit: «mon cher monsieur, je vous en prie, ne lui dites pas ce qu'il verra; laissez-lui le plaisir de la surprise. »

~~~~~~

CHAPITRE VI.

*Les Adieux ; le Calendrier du jeune Jardinier ;
Discussion sur la Pédanterie ; le Charretier ; la
Poudre à Canon.*

———

« Adieu ! » Le moment était venu de
se dire ce triste mot, et comme Lucie
mettait la tête à la portière, pour faire
un dernier signe d'amitié à M. et à madame Frankland , qui étaient sur les
marches du vestibule , le volet d'une
chambre à coucher, au-dessus, s'ouvrit,
la fenêtre à châssis * fut levée, et le vieux
monsieur parut en bonnet de nuit, et
répéta : « Adieu! adieu! bon voyage, mes
petits amis. »

— « Je vous remercie, je vous remercie,
mon cher monsieur ; rentrez, je vous en

————————————

* La plupart des fenêtres en Angleterre sont à châssis
qui se lèvent et s'abaissent; comme on en voit en France
dans quelques anciennes maisons , ou dans les offices
et dépendances.

prie, et fermez la fenêtre, » lui cria Lucie,
« vous pourriez attraper un rhume.
Après tout, Henri, il a été bien excellent
pour nous, » continua-t-elle, comme ils
partaient, « il t'a conté beaucoup de
choses utiles et amusantes; et à la fin, je
l'aimais tout-à-fait, quoiqu'il prît tant de
tabac. S'il a été un peu grognon hier à
dîner, en revanche il a bien réparé ses torts.
D'ailleurs, Henri, je crois qu'au fond il
aime madame Frankland de tout son
cœur. »

— « Eh! qui ne l'aimerait pas? » répondit Henri.

— « Je voudrais bien, quand je serai
grande, ressembler à cette bonne madame Frankland, » ajouta Lucie.

— « Je désire que tu le puisses, » dit
Henri d'un ton quelque peu bourru, car
c'était tout ce qu'il pouvait faire que de
prononcer ces mots, tant il était chagrin
de se séparer de ses bons amis. Lucie lui
pardonna sa taciturnité, et commença à
examiner un petit souvenir en maroquin
rouge, que madame Frankland avait mis
dans sa main en la quittant, et qu'elle
n'avait pas encore ouvert. En parcourant
les feuillets de ce petit volume, elle en
trouva quelques-uns remplis d'une écriture fine et serrée.

« Chère, bonne madame Frankland! »

s'écria-t-elle. « Voyez, maman, elle a écrit
tout cela pour nous, de sa propre main;
et que pensez-vous que ce soit?

« Le Calendrier des jeunes Jardiniers,
dédié à Henri et à Lucie, par leur sincère
amie, E. Frankland. Printemps, Eté,
Automne, Hiver; le tout en quatre petites
pages. Je me perds toujours dans les
longues explications du Manuel du Jardinier, et j'y lis des tas de choses dont je
n'ai que faire; mais ici, Henri, je vois
qu'il n'y a de nommé que les fleurs et les
plantes que nous avons, ou que nous devons avoir dans notre jardin; et, » continua
Lucie, après avoir parcouru le calendrier,
« il dit exactement tout ce que j'avais
besoin de savoir sur le temps et les saisons
pour planter, transplanter, et semer les
grains, et comment l'on peut avoir une
suite de jolies fleurs. Je vais te le lire,
Henri. » Elle lut, et quand elle eut fini,
il se joignit à elle pour louer la bonté de
madame Frankland, et il se réjouit aussi de
ce que le livre contenait tout ce qu'il leur
fallait, et pas plus.

« Sais-tu que tu lis cela beaucoup plus
couramment que tu ne lis *ordinairement*
l'écriture? » dit-il à sa sœur.

— « Parce que c'est beaucoup plus net
que l'écriture ne l'est *ordinairement*. Te
rappelles-tu, Henri, quelles bévues je

faisais en lisant ta version à maman ? »

— « Oui, certes. Je savais que tu voulais la lire de ton mieux, mais tu *ânonnais* si terriblement que le sang m'en montait à la tête. »

— « Tu n'avais pas plus chaud que moi, » reprit Lucie ; « car en vérité, je tenais beaucoup à la bien lire. »

— « C'est précisément à cause de cela, que tu ne pouvais pas en venir à bout ; tu te tourmentais, tu te mettais l'esprit à l'envers ! »

— « Mais ce qui me désolait, c'est que je ne pouvais pas distinguer les lettres. Je savais qu'il n'y avait pas un mot de bon sens dans ce que je lisais, et je ne pouvais faire autrement. Depuis que tu t'es mis en tête de te former une écriture courante comme papa, tu mêles si bien toutes tes lettres les unes aux autres, que dans une page entière, il n'y a pas un seul mot bien lisible. »

— « Ah ! ma chère ! dans cette version-là même, je puis te montrer plusieurs... »

— « C'est possible ; mais, d'abord tu fais tes *r* de trois façons, de sorte que, lorsque j'ai appris à connaître l'une, il en vient une autre toute différente ; tes *m*, tes *n*, tes *u* et tes *v*, se ressemblent tellement qu'il n'y a pas une personne au monde, qui, dans un moment de hâte, pût les distinguer les uns d'avec les autres ; jamais tu ne barres tes *t*, comment puis-je savoir que ce ne sont pas des *l* ? »

— « Au moins je mets des points sur mes *i*. »

— « Oui, mais jamais sur la lettre même ; je ne puis deviner à quoi tes points appartiennent ; et ce qu'il y a de pis, c'est que tu fais des ratures, et puis tu écris par-dessus, et tu tournes à moitié une lettre dans une autre, et puis tu t'en repens, et tu ne laisses plus de lettre du tout. Mais je prendrais encore mon parti là-dessus, si tu ne faisais pas ces traits de plumes, ces vilains paraphes ! »

— « Oh ! Lucie, sois juste ; je n'en ai pas fait un depuis que tu m'as dit que tu ne les aimais pas. Tu dois convenir que depuis ce jour-là, tu n'en as pas vu un seul de ma façon. »

— « Mais ce jour-là, c'était seulement mardi dernier. »

— « Je ne sais pas si c'était mardi, ou mercredi, » répliqua Henri ; « mais je sais que c'était le jour où tu lisais, c'est-à-dire, où tu ne pouvais pas lire ma version à maman ; je n'ai pas fait un paraphe depuis. »

— « Pauvre Henri ! pardon si j'ai si mal lu ta traduction. Je tâcherai de mieux lire la prochaine. »

— « Et moi je l'écrirai mieux, si je peux, » dit Henri. « Laisse-moi voir encore ; comment fait donc madame Frankland , pour que son écriture soit si nette ? »

— « Et si jolie en même temps ! je pense que c'est parce qu'elle est bien droite et bien égale, qu'elle fait un si charmant effet, et elle n'est si lisible que parce que... Attends, montre-moi un peu : parce qu'elle fait chaque lettre toujours de la même manière ; c'est une très-bonne habitude : car lorsque j'ai vu une fois une de ses lettres je la reconnais quand elle revient. Elle a soin aussi de laisser un petit espace entre les mots, de sorte que l'on voit que ce sont des mots séparés ; elle termine chaque lettre, et ne fait pas ses *m* et ses *n* si semblables, que les gens ne les puissent reconnaître. Ses petits *e* aussi sont différens des *i*. »

— « Oh ! très-peu, par exemple ; si je cache les autres lettres, je te défie , madame Lucie, de distinguer un *i* d'un *e*, quoique ce soit de madame Frankland. »

— « Mais vois plutôt la différence, Henri ; l'*e* forme une petite boucle en haut ; ou tout au moins je distinguerais l'*i* au point qui est toujours bien droit dessus, et je reconnais la tête par le chapeau. »

— « Vraie manière de femme de reconnaître une tête ! » s'écria son frère.

— « Henri, Henri, quand tu te mets
à te moquer des femmes, je sais fort bien
que c'est que tu n'as pas autre chose à
dire. »

— « Oh que si, j'ai bien autre chose à
dire ! » répliqua Henri ; « puisque tu es
si grande admiratrice de l'écriture de
madame Frankland, il y a ici de la pâture
pour toi : voilà une page que tu n'as pas
encore lue. »

Lucie prit le livre, mais fut désappointée, lorsqu'elle vit que cette page
n'était qu'un catalogue de tous les noms
botaniques des fleurs et des arbustes men-
tionnés dans le *Calendrier des Jeunes
Jardiniers*. Elle ne savait pas pourquoi,
dit-elle, on appelait les fleurs et les arbustes par des noms latins, quand ils
avaient des noms anglais, qui étaient bien
assez bons, et par lesquels tout le monde
pouvait les désigner. Elle avoua que la
seule chose qu'elle n'avait pas aimée, dans
tout ce que madame Frankland avait fait,
ou dit, c'était son habitude de toujours
citer le nom latin d'une fleur, après son
nom anglais.

« Tu te souviens bien du jour du jardin,
Henri ; je sais que tu es comme moi, et
que tu pensais de même dans ce moment-

là, et ça me contrariait d'autant plus que j'avais peur que tu ne trouvasses que c'était... tu sais bien quoi. »

— « Je sais, Lucie ; cela ne me plaisait pas, je te l'avoue. »

— « Demandons l'avis de maman. » dit Lucie.

Ils avaient causé ensemble pendant tout ce temps dans le coin de la voiture, tandis que M. et madame Wilson parlaient de leur côté de choses probablement aussi intéressantes pour eux. Il fallut donc attendre une pause ; à la première qui s'offrit, la question leur fut soumise, et Lucie s'expliquant avec quelque embarras, finit par dire :

« Ai-je tort, papa, de penser qu'il y avait à cela un peu de pédanterie? Ai-je eu tort, maman, d'en faire l'observation ? »

— « Tu ne peux jamais avoir tort de nous exprimer librement ton opinion, ma chère Lucie, » dit sa mère.

— « Tu serais une petite sotte, » ajouta son père, « de blâmer, sans t'informer si c'est avec raison; mais ce qui serait fort mal, ce serait de parler à des étrangers d'un défaut que tu verrais, ou croirais voir, dans ceux qui ont été si bons pour toi. »

— « Vous ne trouvez donc pas que cela soit pédant, maman ? »

— « Non, ma fille ; mais pour nous bien entendre, il faut d'abord établir comment nous comprenons le mot pédant. Qu'entends-tu par-là ? »

Lucie affirma qu'elle savait bien ce qu'elle voulait dire, mais qu'elle ne pouvait le définir exactement. Elle se tourna vers Henri : il dit d'abord, qu'être pédant c'était parler grec ou latin hors de propos ; il ajouta que l'on se montrait pédant, en affichant un savoir quelconque devant des gens qui ne le possédaient pas. Mais cela, à ce que pensa Lucie, était plutôt de la vanité et de l'ostentation que toute autre chose. Tous deux avaient entendu taxer de pédanterie, des discours ou des personnes qui ne leur avaient pas paru avoir ce défaut ; par exemple, un petit garçon avait dit une fois, que Henri était un pédant de parler du siége de Syracuse, et des machines qu'on y avait employées, mais ce petit garçon ne disait cela que parce qu'il était fort ignorant, et détestait la lecture.

« Vous voyez donc, » leur fit remarquer madame Wilson, « que la signification du mot varie selon les différens degrés d'instruction de ceux qui en font usage.

Je me souviens du temps où l'on trouvait
pédante une femme qui citait quelques
livres qui se lisent partout aujourd'hui,
et qui font le sujet de la conversation
générale. Parler d'une science inutile, ou
passée de mode, est regardé comme une
chose pédantesque : en général, il y a de
la pédanterie à afficher un genre de savoir
avec lequel la société où l'on se trouve
n'est pas familiarisée, et qui, par conséquent, ne peut lui inspirer d'intérêt. En
un mot, on peut définir le pédantisme,
une envie de faire, mal à propos, parade
de ce qu'on sait. »

— « Pour en revenir à madame Frankland, maman, » dit Lucie, « elle sait
que ces noms latins ne nous sont pas fami-
liers. »

— « Oui, mais elle ne vous considère
pas comme une *société;* elle ne déploie
pas son savoir pour exciter votre admiration; elle employait ces mots en vous
parlant, parce qu'elle pensait qu'il pouvait
vous être utile de les apprendre. La connaissance des noms botaniques des plantes,
n'est pas rare aujourd'hui, la plupart des
personnes que nous rencontrons la possèdent et l'emploient familièrement. »

— « Je ne savais pas cela, maman, et
maintenant je me rappelle que lorsque
madame Frankland parlait de plantes à

II. 6

cette dame qui fait des fleurs artificielles, et qui ne paraissait avoir aucune instruction de ce genre, elle ne les appelait que par leurs noms anglais; par conséquent, je suis sûre que, comme vous le disiez, maman, elle ne s'est servie des noms latins avec nous que pour nous instruire; si elle avait voulu faire admirer sa science, c'est en compagnie qu'elle l'aurait déployée. Il est donc prouvé, Henri, qu'elle n'est pas pédante, et j'en suis bien ravie. »

— « Mais cependant, » reprit Henri qui ne paraissait pas entièrement convaincu, « rappelle-toi que maman a dit que toute science inutile est de la pédanterie. »

— « La question revient donc à savoir si cela est utile ou non, » remarqua son père.

— « C'est vraiment-là que j'en voulais venir; c'est le fond de la question, » s'écria Henri. « A quoi servent ces éternels noms latins, lorsque chacun peut tout aussi bien distinguer les plantes dont on parle, par leurs propres noms anglais? »

— « Ces noms peuvent, il est vrai, les faire connaître, et en donner l'idée à des Anglais, mais non à des étrangers. Tous les hommes dont l'éducation a été soignée, Français, Espagnols, Allemands, Italiens, Danois ou Suédois, entendent le latin qui est devenu une sorte de lan-

gage universel dans lequel les botanistes
et tous les autres savans peuvent con-
verser les uns avec les autres. Dans tous les
livres de botanique le nom latin est mis à
côté du nom commun; et alors l'idée de la
plante que désigne ce nom peut être donnée à des hommes de différens pays.
J'avais, à Paris, une amie qui ne pouvait
comprendre à quelle fleur s'appliquait le
nom de *cowslip* *, parce qu'en français
cette plante n'a pas de nom particulier, et
se trouve comprise dans le nom général de
primevères, ou fleurs de printemps. »

— « Cependant une primevère et une
cowslip ne sont pas la même chose, » dit
Lucie.

— « Mais, » continua son père, « si
cette dame avait connu le nom botanique,
elle aurait su la différence dès qu'on aurait prononcé le nom latin, et l'insuffi-
sance du Vocabulaire Français aurait été
réparée. Je me souviens d'avoir entendu
une française parler du laurier rose, à un
monsieur qui entendait très-bien le français, mais qui se trouvait n'avoir jamais
vu de laurier rose en France, et qui, par
conséquent ne savait ce qu'elle voulait
dire. Elle en fit la description, il crut
qu'elle parlait du *Rhododendrom;* en-

---

* Sorte de primevères.

fin quelqu'un s'avisa de prononcer le nom botanique *Nerium olcander,* et du moment que ce monsieur entendit le nom latin, il comprit de quoi il était question, et sut qu'on parlait du laurier commun, qu'il avait souvent vu dans les serres anglaises.

Comprenant alors l'utilité de savoir les noms latins de la botanique, Henri fut satisfait.

« Rappelle-toi bien, mon cher Henri.» ajouta sa mère, « que je ne trouve bon qu'on se serve de ces mots latins qu'autant que cela est utile, comme langage et comme moyen d'augmenter son instruction. »

Lucie se promit d'apprendre par cœur tous les noms botaniques des fleurs communes dont il était question dans le Manuel du jardinage que madame Frankland avait eu la bonté de copier dans son petit souvenir; et elle demanda à Henri, si plusieurs de ces noms avaient des significations particulières, comme par exemple, l'*Hydrangea* qui, à ce qu'on lui avait dit, signifiait *l'amante des eaux,* et *l'Agapanthe* ou *la belle,* parce qu'en ce cas elle les apprendrait plus vîte, et les retiendrait mieux.

Henri promit de les lui expliquer, s'il le pouvait, une autre fois, car pour le moment il était tout occupé à regarder une charrette à grandes roues, qui descendait une hauteur sur la route. Et tandis qu'il examinait la forme et le mouvement des roues, et qu'il adressait à son père quelques questions à ce sujet, Lucie plaignait le pauvre chien, qui, enchaîné sous le chariot, tantôt trottait dans la boue, et tantôt se laissait traîner à demi par le cou, d'un air piteux. On lui dit, qu'il servait à garder le chariot, et qu'on l'y attachait pour qu'il fût toujours à son poste. Elle eût souhaité de tout son cœur, qu'on pût persuader à l'homme de le lâcher. Elle pensait, qu'un chien fidèle garderait le bien de son maître, sans avoir besoin d'être enchaîné. Sa mère remarqua, qu'il serait inutile de parler sentiment à un charretier anglais. Lucie aurait voulu avoir de l'argent, afin de pouvoir rache- ter le chien, et le mettre en liberté. Madame Wilson lui dit que, même en supposant que ce souhait pût s'accom- plir, l'homme en achèterait infaillible- ment un autre, et celui qu'elle voulait délivrer n'en serait peut-être pas plus heureux, car il pourrait bien ne trouver personne pour le nourrir et prendre soin de lui : « tu sais, ma chère Lucie, que nous ne pouvons l'amener avec nous. Que ferions-nous pour le premier chien que nous rencontrerons sous une autre charrette? »

Lucie sentit l'impossibilité de les délivrer tous, et elle soupira. Sa mère voyait avec plaisir qu'elle eût ces sentimens d'humanité pour les animaux ; cependant elle lui dit : « il y a beaucoup de choses semblables dans cette vie, dont nous devons supporter la vue, sans pouvoir y porter remède. Tout ce qu'il nous reste à faire, c'est de prendre le plus de soin possible des animaux dont nous avons la charge. »

Lucie rougit : « Je prendrai bien garde une autre fois, quand on me confiera encore le pauvre Azor, de ne pas oublier de lui donner à boire. Je me rappelle qu'un jour... »

Ici elle fut interrompue par une exclamation de Henri : « Papa ! je vous en prie, regardez de suite par la portière ! Ne voyez-vous pas cette traînée de poudre noire, tout le long du chemin, derrière la charrette ? J'ai vu la poudre filer hors d'un baril. N'est-ce pas de la poudre à canon ? Faut-il descendre, et s'en assurer ? »

Il parlait aussi vîte qu'il pouvait prononcer les mots ; son père appela sur le champ le postillon, fit arrêter la voiture, et sauta en bas : Henri le suivit. C'était de la poudre à canon. Ils coururent après le charretier, qui, ou ne les enten-

dait pas, ou ne voulait pas s'arrêter.
Quand ils l'atteignirent, et lui montrèrent la poudre passant à travers les planches
mal jointes du baril, il se mit en colère
comme un paysan grossier, contre le baril, puis contre l'homme qui l'avait em-
ballé; ensuite il s'emporta contre celui à
qui il était adressé : bref, il s'en prit à
tout le monde, hors à lui-même. Il n'a-
vait point d'idée claire du danger qu'il
avait couru, jusqu'à ce que M. Wilson
lui eût appris que, quelques années avant,
une charrette avait sauté, et les hommes et
les chevaux avaient été tués, justement
par un accident semblable. Un peu de
poudre ayant été secouée s'échappa d'un
baril qui était dans le chariot, et prit feu,
à ce que l'on supposait, par une étincelle
que les fers des chevaux firent sortir d'un
caillou. Le feu s'était communiqué au
baril, et tout avait sauté. Le charretier
paraissait peu disposé à ajouter foi à
cette histoire, jusqu'à ce qu'il entendît
le nom de la hauteur que descendait cette
charrette, et alors, sans autre question, comme l'observa Henri, il crut à la
vérité du fait. C'est ainsi que les ignorans croient, ou refusent de croire sans
fondement raisonnable.

M. Wilson et son fils restèrent, jusqu'à
ce que le baril fût bien empaqueté, les

cercles de fer resserrés , et le tout soigneusement arrangé. Quelques voyageurs
qui étaient assis sous le toit en grosse
toile de la charrette, et qui avaient écouté
et regardé ce qui se passait, exprimèrent
alors leur reconnaissance, disant qu'ils
auraient pu perdre la vie , si le danger
n'avait pas été découvert à temps. Les
remerciemens du charretier en devinrent
plus vifs , et comme il replaçait le baril,
il dit à Henri dans son patois :

« C'est z'un joliment bon tour que vous
nous avez fait là , not' maître , et si j'
pouvions vous donner aussi queuq' coup
d' main , j' ne resterions pas en arrière,
voyez-vous : mais nous aut' pauvres gens ,
nous ne pouvons guères rian pour des
richards comm' vous. »

Henri le remercia : il n'avait besoin de
rien , dit-il, et il se trouvait très-heureux
que l'homme et sa charrette fussent en sûreté.

« Quel bonheur ! papa , » dit-il, comme
ils retournaient à leur voiture , « que j'aie
vu tomber cette poudre , et que je me
sois ressouvenu de l'accident que vous
m'aviez raconté. »

— « Oui , » reprit son père , « tu vois
combien il est utile d'observer tout ce
qui se passe, et de se rappeler à propos
de ce que l'on sait. »

Quand Lucie fut au fait de ce qui s'était passé, elle se réjouit de ce que l'homme et le chariot avaient échappé au danger; mais elle regretta qu'Henri n'eût pas profité de la reconnaissance du charretier, pour lui dire un mot en faveur du chien.

« Je l'ai oublié, » s'écria Henri. « Papa, voulez-vous m'attendre ici trois minutes? je vais courir, et parler pour la pauvre bête. »

Son père sourit, fit un signe d'approbation, et Henri partit comme un trait. Nous ne pouvons rapporter exactement ce qu'il dit, ni la réponse du charretier, car il ne put jamais s'en ressouvenir; mais, pour résultat de sa course, comme il en instruisit Lucie, le chien fut détaché, et l'homme promit de le laisser en liberté pendant le jour, et de ne le mettre à la chaîne, que la nuit.

Lucie, fière du rôle que son frère avait joué dans cet évènement, continua à parler de tout ce qui lui venait à l'esprit, et de tout ce qu'elle voyait sur la route, comme elle avait toujours coutume de le faire quand elle était contente : tandis qu'Henri, aussi, selon son habitude, lorsqu'il était parfaitement satisfait de lui-même, ne disait mot. Après que Lucie eut épuisé tous les sujets, elle remarqua le silence de Henri.

C*

— « A quoi penses-tu donc , Henri ? songes-tu encore au chien et au charretier ? » demanda-t-elle.

— « Non', car il n'y a plus rien à faire pour eux, » dit Henri.

« Je cherchais à deviner quelle peut être cette chose si brillante, que je vois là-bas , étinceler à la clarté du soleil. »

— « Oh je la vois , » s'écria Lucie ; « on dirait un énorme diamant, scintillant entre les arbres. Qu'est-ce c'est, papa ? regardez donc. »

Son père supposa que c'était la réflexion de la lumière sur quelque girouette , ou globe poli placé au haut d'un bâtiment. En approchant davantage , ils virent que c'était les rayons du soleil réfléchis par les vitraux d'une serre.

« La réflexion de la lumière ! » répéta Lucie ; « que voulez-vous dire , papa ? et quelle différence y a-t-il entre la réflexion et la réfraction, car j'ai aussi entendu employer ce mot-là. ».

— « Quand les rayons lumineux sont renvoyés par la surface de quelque substance lisse, par exemple, d'un morceau de miroir ou de métal poli, cela s'appelle être *réfléchis :* quand les rayons passent *à travers* quelques corps transparens et qu'ainsi ils sont détournés de leur chemin direct , ils sont *réfractés ;* et l'on appelle la lumière qu'ils produisent ainsi *réfrac-tion.* »

— « Te rappelles-tu, Lucie, qu'hier dans le bateau, tu observas que, dans la rivière, la rame avait l'air d'être cassée? c'est parce que tu la voyais au travers de l'eau. M. Frankland te dit que c'était l'effet de la réfraction. »

— « Je me rappelle fort bien qu'il me dit cela, et je me souviens aussi que je n'en étais pas plus avancée, mais alors, j'avais honte de le questionner davantage là-dessus, et depuis je l'ai oublié ; mais toi, Henri, ne peux-tu pas m'expliquer cet effet-là, dis donc? »

— « En vérité, je ne saurais pas. »

— « Mais vous, papa, vous serez bien assez bon pour me le faire comprendre? »

— « Ma chère enfant, je ne puis pas être assez bon pour te faire entendre cela, jusqu'à ce que tu sois plus instruite. Je suis bien aise cependant, Lucie, que tu aies observé l'apparence de la rame dans l'eau, et que tu désires connaître les raisons de ce que tu vois. Quelquefois de légères observations de ce genre, conduisent aux plus grandes découvertes. »

— « Vraiment, papa? » s'écria Lucie.

— « Oui; mais plus souvent encore, ces mêmes observations qui, si elles étaient

suivies, conduiraient aux découvertes les
plus importantes, restent inutiles pendant des siècles, parce que les gens ne
font aucun effort pour trouver la raison
de ce qu'ils ont vu. C'est Aristote qui,
il y a plus de deux mille ans, dans son
ouvrage sur l'histoire naturelle, demande, entre autres questions, pourquoi
un bâton paraît plier quand on l'enfonce
obliquement dans l'eau? Cette demande
n'a obtenu de réponse juste que de Pto-
lémée, environ quatre cents ans après.
La renommée de plusieurs grands philosophes, parmi les modernes, est due à
leurs découvertes des règles et des lois
pour mesurer cette réfraction de la lumière, qui fait que le bâton semble courbé
dans l'eau : et ce n'est que du temps
de notre Newton, que le tout a été expliqué d'une manière satisfaisante, et que
les connaissances auxquelles cette découverte peut conduire, ont été obtenues.
Ce fut ce grand homme, qui, en poursuivant cette légère observation, et d'autres
semblables, fit la belle découverte de ces
lois de la lumière, que nous appelons les
lois de la réflexion et de la réfraction.
En considérant les couleurs variées d'une
bulle de savon, ce que tant d'autres avaient
observé avant lui sans en tirer aucune

onséquence, il arriva aux plus importantes conclusions par rapport à la vue et
aux couleurs. »

Mais ici toute cette conversation phi-
losophique fut interrompue par le son du
cor d'une malle-poste. Henri et Lucie
mirent tous deux la tête à la portière,
car quoique ce plaisir se renouvelât bien
des fois, jamais Lucie ne manquait vo-
lontairement le passage d'une voiture,
d'un courrier ou d'une diligence. Comme
Henri l'avait deviné, c'était la poste royale,
avec son garde, par derrière, et l'homme
en veste écarlate, avec le chapeau galonné
d'or, sonnant d'un air fier la trompette
pour qu'on fît place sur la route. Orgueilleux comme un roi sur son trône, siégeait
le cocher, enveloppé de triples manteaux,
et d'une profusion de cravattes, dirigeant
ses quatre beaux chevaux qui allaient au
grand trot sans s'inquiéter de la charge
qu'ils tiraient ; le fouet restait oisif dans
les mains du conducteur, excepté une fois,
où du bout seulement il toucha à peine un
cheval négligent pour le rappeler au devoir, et le ramener à un trot égal et vif.
Lucie, en voyant rapidement filer l'équipage, admira les beaux chevaux, mais encore plus les beaux harnais.

« Ils sont si élégans! » dit-elle, « plus
élégans que les harnais d'aucune voiture

bourgeoise. De brillans anneaux de cuivre parent les têtes des chevaux, avec de jolis petits glands qui étincellent aux rayons du soleil. »

Peu touché des harnais, et des jolis glands, Henri n'avait d'yeux que pour les chevaux.

« Quelles beaux animaux ! et quel train ils vont ! oh, papa ! regardez donc, comme ils tournent le coin, » s'écria Henri, s'avançant hors de la portière pour les suivre de l'œil jusqu'à ce qu'ils fussent entièrement hors de vue.

Pendant le reste de cette poste, la route, comme le fit observer Lucie, n'était qu'une assommante ligne droite. Elle ne put rien trouver à faire, si ce n'est de compter combien de voitures ils rencontrèrent dans les cinq derniers milles. Son père lui dit que sur la route de Bath, il avait rencontré une fois onze voitures en cinq milles. Mais Lucie dans la même distance ne put compter qu'une charrette de roulage pesamment chargée, et douze chariots de charbon. Henri s'émerveillait qu'elle eût toujours la tête à la portière, quand il n'y avait rien à voir que des voitures de charbon ; mais elle dit qu'elle avait ses raisons pour cela, et Henri la laissa prendre son temps pour les révéler : ce qu'elle ne fit pas encore à ce relai.

CHAPITRE VII.

La Promenade ; Frayeur de Lucie ; les Vers ; l'Amphigouri ; la Tour brûlante.

« Henri, te rappelles-tu que madame Frankland a dit, hier soir, que nous aurions une *surprise* avant la fin de notre voyage d'aujourd'hui ? »

— « Je m'en souviens ; mais j'ai été si heureux toute la journée, que je n'y ai pas pensé le moins du monde jusqu'à présent. »

— « J'ai été fort heureuse aussi, et pourtant j'y ai songé plus d'une fois : et maintenant que nous avons dîné, et que la soirée s'avance, c'est le moment d'y penser. Je ne peux deviner, Henri, ce que ce peut être. »

Lucie était alors debout dans le salon de l'auberge où ils avaient dîné, et tout en parlant elle promenait ses regards autour de la chambre, et hors de la fenêtre.

« Il n'y a rien de surprenant ici, j'en
suis sûre, » ajouta-t-elle, « et cependant
j'ai entendu papa donner l'ordre que les
chevaux ne soient attelés que dans deux
heures. Dis donc, Henri, sais-tu pourquoi? »

— « Je crois que nous devons nous
promener dans quelque parc près de la
ville, » répondit son frère, « et la voiture
viendra nous prendre à la porte la plus
éloignée; nous avons aussi une maison à
voir. Viens, Lucie, viens vîte! papa nous
appelle pour que nous allions avec lui. »

Lucie suivit son frère avec une vive
joie, enchantée de ce qu'ils allaient enfin
être surpris. Ils montèrent une avenue
de hêtres, et atteignirent la maison sans
avoir rien rencontré d'extraordinaire; et
à son grand désappointement, la pauvre
Lucie découvrit que son père et sa mère
n'étaient venus là, que pour voir des
tableaux. Ni Henri, ni sa sœur, n'avaient
de goût pour la peinture, et leur mère les
engagea à s'amuser à courir dans le jardin
et les parterres; promenade dont ils
eurent la permission de jouir, quand elle
se fut faite caution, qu'ils ne toucheraient
ni aux fleurs, ni aux arbustes. Ils exa-
minèrent d'abord toutes les plates-bandes;
puis, ils parcoururent le parc, suivirent
les bords d'une jolie rivière, montèrent

tout au travers d'un bois qui couvrait une colline, jusqu'à ce que la lumière rougeâtre du soleil couchant qu'ils voyaient briller sur le tronc des arbres, les avertit qu'il était temps de retourner d'où ils venaient. Ils craignaient d'arriver trop tard, et de faire attendre leurs parens; mais ils rencontrèrent heureusement le garde champêtre qui, en revenant de sa tournée, leur montra le plus court chemin pour se rendre à la maison. Au lieu d'être en retard, ils trouvèrent qu'ils auraient aussi bien fait de ne pas courir si vîte, car M. et madame Wilson n'avaient pas encore fini de regarder les tableaux.

« Asseyons-nous donc, et reposons-nous tranquillement, » dit Lucie, « car j'ai bien chaud. Pense donc, Henri, papa et maman qui sont restés tout ce temps-là à regarder de la peinture! bon Dieu, que j'aurais été fatiguée, s'il m'avait fallu demeurer ainsi des heures entières, le col bien droit et les yeux tout grands ouverts fixés là-dessus. Henri, crois-tu que lorsque nous serons grands, et que nous commencerons nos voyages, nous soyons jamais assez passionnés de la peinture pour nous résoudre à la regarder ainsi, pendant des demi-journées? »

— « Peut-être bien, quoique nous ne

nous en souciions guères aujourd'hui. Je
me rappelle qu'il n'y a pas encore bien
long-temps, il ne m'arrivait jamais de
m'occuper d'autres gravures que de planches de machines ; mais depuis que j'ai
vu les vignettes de Don Quichotte, j'en
suis venu à les aimer beaucoup. »

— « Oui ; te souviens-tu comme nous
nous sommes amusés ensemble, à regarder
les planches du microcosme de Pyne? »

— « Vraiment, je les oubliais. Oh !
celles-là ont tant de ressemblances avec
les choses et les gens que nous voyons
tous les jours, qu'elles m'ont plu de tous
temps. »

— « Et les gravures des contes arabes,
quoiqu'elles ne ressemblent, ni à ce que
nous voyons tous les jours, ni à ce que nous
verrons jamais, tu les aimes, j'espère,
Henri ? »

— « J'en aime; oui, quelques-unes. »

— « Quelques-unes, » répéta Lucie.
« Tu as raison, moi j'aime surtout celles
qui sont semblables à l'idée que je me suis
faite des sultans, des visirs, de leurs
turbans, des Fatimes et de Codgi-Hassan.
Mais il y en a d'autres qui ne me plaisent
pas tant, par exemple celle du génie de la
lampe d'Aladdin, et du magicien africain,
parce qu'elles ne me montrent pas ce que

mon imagination s'était figuré. Henri,
conte-moi donc un peu quelle idée tu t'es
faite du magicien africain. »

C'était une tâche difficile, et Henri fut
content d'en être soulagé, par les ordres
de son père, qui l'envoya voir à la porte
du parc, si la voiture était arrivée. Elle
les attendait, et dans le temps qu'ils mirent à la joindre, le soleil se coucha, et
le crépuscule devint de plus en plus sombre. Avant qu'ils eussent atteint la poste
prochaine et prit le thé, la nuit était entièrement venue. Cependant ils avaient
encore un relai à faire. Lucie, qui n'aimait pas beaucoup à voyager dans l'obscurité, fit remarquer, au moment où sa mère
remontait dans la voiture, que les lan-
ternes n'étaient pas allumées.

« Ne t'en inquiète pas, mon enfant, »
dit M. Wilson, « nous aurons bientôt
assez de lumière. »

— « Bientôt ! oh non, papa, je vous
demande pardon, » s'écria Lucie. « Il
n'y aura pas de lune avant deux heures.
Je peux vous montrer quand la lune
se lèvera, dans mon nouveau calendrier. »

— « Je n'en doute pas, ma chère ;
mais, Lucie, ne reste donc pas ainsi à parler sur le marche-pied. »

A l'instant où son père lui donnait cet

avis, un des chevaux fut effrayé par une clarté soudaine, et causa une violente secousse à la voiture ; Lucie fut jetée en arrière, hors du marche-pied, et serait tombée sous la roue, si son père ne l'eût saisie dans ses bras, et remise sur ses pieds. Elle monta de suite dans le carrosse, et tandis qu'elle tremblait encore de l'effroi qu'elle avait eu, son père répéta son avis.

« Tant que vous vivrez, enfant, ne restez jamais de cette manière sur un marche-pied, sans vous tenir à quelque chose. Je t'assure, Lucie, que tu te mettais là dans un danger beaucoup plus éminent, qu'il n'est vraisemblable que tu en puisses courir dans toute cette nuit, quelque grande que soit l'obscurité. »

Lucie se flattait que son père ne la prenait pas pour une poltronne, et après s'être tû par soumission pendant quelques minutes, elle exprima cette espérance, et commença à prôner son courage, en rappelant à Henri tous les exemples dont elle pouvait se souvenir, et qui prouvaient qu'elle n'avait *jamais* eu peur en voiture. Henri ne répondait rien, « je ne puis pas voir ta figure, Henri ; mais j'espère que tu conviendras que je dis la vérité. »

— « Non, ma pauvre sœur ; je ne puis m'empêcher de rire : car il me semble que

tu as passablement peur maintenant. Tu
te colles, tant que tu peux, contre moi,
parce que nous descendons. »

— « En ce cas, pense et parle de
quelqu'autre chose, » reprit sa mère ;
« ne donne pas à entendre à Lucie qu'elle
est peureuse, car ce serait le vrai moyen
de la rendre telle. Lucie, ma chère, il n'y
a pas le moindre danger. Mais quand
même il y en aurait beaucoup, ta frayeur
ne le diminuerait pas. »

— « C'est vrai, maman ; mais seulement que le postillon n'aille pas tout-
à-fait si vîte. Voulez - vous le lui dire,
maman? »

— « Non, je ne puis pas lui apprendre
à conduire ; le peux-tu, Lucie ? »

— « Non, en vérité, maman, » répon-
dit-elle, en riant, ou en essayant de rire.

— « Nous ferons donc mieux de laisser
le postillon faire son métier, puisqu'il le
sait, et que nous n'y entendons rien. »

— « Très-bien, maman ; je sais que
vous avez raison, et qu'il n'y a pas de danger maintenant. Nous sommes au bas de
la descente, je le sens, et la route est toute
unie à présent. Mais, maman, supposons
qu'il y eût du danger, et que les chevaux
eussent réellement pris le mords aux
dents, qu'auriez-vous fait ?•»

— « Je serais restée tranquille : seule

précaution qu'il y eût à prendre, pour ne
pas accroître le péril. »

— « Est-ce que vous ne pourriez pas
sauter hors de la voiture, maman? »

— « Je le pourrais peut-être, mais je ne
le tenterais pas; car je sais que c'est la
chose la plus hasardeuse que l'on puisse
faire. »

— « Oui vraiment, » ajouta M. Wilson,
« je crois qu'il n'y a pas eu autant de personnes tuées, et de membres rompus par
les accidens arrivés aux voitures, que par
l'imprudence de ceux qui cherchent à
s'élancer dehors lorsque les chevaux s'em-
portent. Tous les gens qui ont quelque expérience vous diront, que la meilleure
chose que l'on puisse faire en pareil cas
est de rester tranquillement dans la voiture, jusqu'à ce que les chevaux s'arrêtent,
ou soient arrêtés. Si vous faites quelque
bruit, si vous jetez un cri, ou parlez à celui
qui conduit, vous augmentez votre danger, puisque vous pouvez ainsi distraire
son attention, et qu'il est bien certain
qu'il fait de son mieux, car très-proba-
blement il prise autant sa propre vie, que
vous estimez la vôtre, et probablement
aussi ses talens pour conduire surpassent
ceux dont vous pourriez faire preuve. »

— « Certainement, papa; mais *si*... »
et Lucie s'arrêta.

— « Si, quoi ? »

— « Je ne sais pas si c'est bien de le dire, papa; mais j'ai entendu affirmer, que les cochers et les postillons sont quelquefois ivres, et *si* le nôtre était ivre, il ne saurait plus conduire. »

— « Et penses - tu que son ivresse t'apprendrait à guider ses chevaux ? » lui demanda M. Wilson.

Lucie se mit encore à rire, parce que son frère riait.

« Mais, papa, au moins le saurais-je un peu mieux que lui, s'il avait tout-à-fait perdu la raison. »

— « Oui; mais je ne te conseillerais pas, en ta qualité de petite fille, ou même quand tu serais femme, de tenter de diriger un homme ivre, ou de discuter avec lui ; indépendamment du risque de recevoir une réponse grossière, le cocher, ou ne voudrait pas écouter, ou serait trop ivre pour comprendre; aussi long-temps qu'il peut concevoir quelque chose, il est probable que ce sera ce qu'habituellement il connaît le mieux, c'est-à-dire de mener ses chevaux. S'il est soûl au point de n'en être plus capable, il pourra encore bien moins comprendre tes raisons et tes avis, en supposant même qu'ils fussent toujours bons.

— « C'est vrai, » dit Lucie, et elle

déclara qu'elle ne penserait plus à raison-
ner avec un cocher, ou un postillon ivre,
mais qu'elle espérait n'être jamais à leur
merci.

Sa mère se joignit à elle dans ce
souhait. « Lucie, ma chère, » ajouta-
t-elle, « quand j'étais enfant, j'avais peur
en voiture, et je te dirai ce qui m'a
guérie. »

— « Quoi donc, maman? »

— « Je fus délivrée de mes craintes
pour moi-même, par de plus grandes inquiétudes pour une autre. On m'envoyait
souvent prendre l'air avec une dame qui
avait perdu l'usage de ses jambes : j'étais
tellement effrayée pour elle, que je ne
m'occupais plus de moi; elle était très-
peureuse, et je ne songeais qu'à calmer
ses appréhensions. Je pus voir que neuf
fois sur dix, ses alarmes n'étaient point
fondées; cela m'encouragea pour la seconde promenade, et ainsi de suite : d'ailleurs le sentiment que, s'il y avait eu
quelque danger, je devais agir et penser
pour elle, me forçait à conserver toute
ma présence d'esprit. »

— « Oh! quant à cela, » reprit Lucie,
« je crois, ou du moins je crains que l'effet
n'eût été tout contraire sur moi. Avec
cette pauvre personne percluse, j'aurais eu
dix fois plus peur. »

— « Pour mon compte, » dit Henri, « j'aurais senti précisément comme ma mère. »

— « Qu'est-ce qui arrête? qu'y a-t-il? » s'écria Lucie.

— « Ce qu'il y a? rien au monde, ma chère, » répondit son frère en riant; « seulement nous attendons que la barrière soit ouverte, et qu'un vieux homme avec une lanterne, ait pu fourer la clef dans la serrure. »

Lucie se joignit de tout son cœur à la gaieté de Henri, et dit enfin : « c'est une très-bonne chose que le rire pour guérir les gens de ces sottes frayeurs. Quand tu ris, mon frère, je sais qu'il n'y a pas de danger, ou que tu ne serais pas si joyeux. Et à présent..., c'est bien drôle!... mais je n'ai pas plus peur que toi, Henri, et je te le prouverai, en pensant à tout ce qu'il te plaira; et, si tu veux, nous répéterons alternativement des vers : celui qui ne répétera pas, mettra la rime au bout des vers que dira l'autre. »

— « Non, grand merci, ma chère. Je ne sais pas assez de vers pour faire assaut avec toi : le peu que j'en sais est de Shakspeare, et ce sont des vers blancs* ;

---

* Ces vers ont la mesure, mais ne riment pas entre eux.

il n'y a donc pas moyen de mettre la rime »

— « Mais ils seront toujours bons à répéter. Récites-en de la querelle de Brutus et de Cassius, que nous avons lue ensemble. »

— « J'essaierai; mais où veux-tu que je commence, Lucie ? »

— « Commence au discours de Brutus. »

« Ami, quoi ? l'un de nous !
Du plus grand des mortels, n'avoir tranché la vie
Que pour soutenir des brigands !
Pour souiller notre main des dons de l'avarice ! »

Henri répéta ces vers en amateur, et il continua à réciter tout le rôle de Brutus dans la querelle, assurant qu'il ne pouvait en rien oublier, parce qu'il le sentait bien. Il admirait Brutus, et Lucie plaignait Cassius. Madame Wilson fit tout haut l'observation que son fils aimait mieux la poésie dramatique, que la poésie descriptive. Lucie pensait, que celle-ci avait cependant quelquefois son mérite, et elle répéta à son frère la description de la reine Mab, et de son charriot taillé dans une noisette par l'écureuil menuisier, « de tout temps carrosier des fées. » Henri aimait cela; il aimait aussi quelques-uns des légers esprits dans « le Rêve d'une nuit d'été, » quand :

> « Leurs torches s'allument, brillantes,
> Au feu des yeux du ver luisant. »

Henri admirait dans « La Tempête, » Ariel dont les gracieuses affaires, sont :

> « D'unir la vase au sein des mers profondes,
> La foulant sous ses pas légers :
> Sur l'aigre vent du nord chevauchant dans l'espace
> De courir, le guidant au loin ;
> De plonger dans le feu, galoper sur la nue,
> Ceindre le globe, en un moment,
> Du cercle, qu'en son vol tracent ses aîles bleues.

Et il concevait le plaisir du sylphe Ariel, quand il tue le ver qui ronge les boutons de rose, ou

> Quand il fuit sur le dos de la chauve-souris ;
> Ou, dans un liseron, dort, bercé par Zéphire.

Mais pour l'élégant Ariel de Pope, et ses « cinquante nymphes d'illustre origine, » il s'en souciait fort peu : il savait très-bien que sa mère les admirait, mais il avait une honnêteté trop naïve et trop brusque, pour pouvoir affecter une admiration qu'il ne sentait pas. Il s'accusait de ce manque de jugement ; madame Wilson le rassura, en lui disant, que peut-être plus tard, il aimerait ces mêmes vers, et qu'il ne devait pas désespérer de son goût pour la poésie.

Henri fit la remarque qu'il lui était bien plus facile de retenir les choses dont il comprenait le sens, que d'apprendre par cœur des listes de noms. Il se rappelait d'avoir lu dans la vie du baron de Trenck, que le roi de Prusse voulant éprouver la mémoire de cet officier, lui donna à apprendre une liste de soixante noms bizarres des soldats d'un de ses régiments. Trenck les apprit très-vîte.

« Je suis bien aise, » ajouta Henri, « de n'avoir pas été à sa place, car sa majesté m'aurait pris pour un imbécille, et aurait jugé que je n'avais pas du tout de mémoire. Il est beaucoup plus difficile d'apprendre les choses qui ne signifient rien, que celles dont le sens est suivi; il y a dans le sens un je ne sais quoi, qui vous aide à poursuivre. »

— « Oh! quand ce sont de drôles de choses, des amphigouris plaisans, » dit Lucie, « cela se retient encore ; pour moi, l'amusement que j'y trouve me le fixe dans l'esprit. »

Henri en doutait.

M. Wilson offrit, s'ils y prenaient plaisir, d'en faire l'épreuve, en leur récitant quelques amphigouris assez drôles, que M. Foote, écrivain facétieux, avait réunis pour éprouver la mémoire d'un homme qui se vantait de pouvoir apprendre par cœur, quoi que ce fût, après l'avoir entendu seulement une fois.

« Oh écoutons cela ! et essayons, » s'écria Lucie.

— « Soit, » reprit son frère, « essayons ; mais je suis sûr que je ne serai pas capable d'en apprendre deux mots de suite. »

— « Ce ne sera pas un grand malheur pour toi, » dit M. Wilson.

— « Maintenant Lucie, reste donc tranquille, et écoutons. »

Mais le pouvoir d'attention de Henri, qu'il se préparait à exercer dans toute son étendue, fut complètement en défaut, quand son père, avec autant de rapidité qu'il pouvait en mettre à prononcer les mots, répéta l'amphigouri suivant, et commença brusquement ainsi :

« Elle s'élança donc dans le jardin pour couper une feuille de chou, afin d'en faire une tourte aux pommes ; et dans le même temps une grande ourse remontant la rue, plongea sa tête dans la boutique. « Quoi ! point de savon ? » Il en mourut, l'infortuné,

et très-imprudemment elle épousa le barbier ; là, furent présens les Petisoisonis et
les Joblilies et les Garyulies, et le grand
Panjandrum lui-même , avec son petit
bouton rond sur la tête ; et tous se mirent
à jouer au jeu d'attrappe qui peut, et si fort
que la poudre à canon s'en allait par les
talons de leurs bottes. »

— « La poudre à canon par les talons
de leurs bottes! horrible bêtise! » s'écria
Henri ; tandis que Lucie, redoublant ses
éclats de rire en écoutant les expressions
d'indignation de son frère , desirait seulement qu'il fît un peu plus jour, pour
voir la mine qu'il faisait.

« Hé bien, l'un de vous peut-il se rappeler et répéter quelque chose de cela ? »
demanda leur mère.

Sans le grand Panjandrum lui-même ,
Lucie était presque sûre qu'elle aurait
été en état de réciter le tout ; mais elle
avait été si étonnée de le rencontrer là,
encore ; lui, le grand Panjandrum ! et si
divertie par son petit bouton rond sur la
tête, qu'elle n'avait pu penser à rien autre chose ; d'ailleurs, le rire l'avait em-
pêchée d'entendre le nom de toute la
compagnie qui était présente au mariage
du barbier. Cependant, elle se rappelait
parfaitement des Petisoisonis; et elle savait
bien pourquoi, c'était parce que leur nom

sonnait un peu comme petits oisons; et que ça l'avait fait souvenir d'une drôle d'histoire d'un nègre, qui, pour dire à son maître qu'un M. Loison était venu le voir un matin, assura, ne pouvant se rappeler le nom, que le monsieur s'appelait « *petit enfant d'oie.* »

— « Tu vois donc, Lucie, » reprit son père, « que toi-même, qui semble faire un peu partie de la grande famille des Petisoisonis, tu ne peux te souvenir d'un amphigouri que par quelque rapport de sons ou d'idées qui aide à te le fixer dans la mémoire. »

— « Oh papa, ayez la bonté de nous le répéter. Maintenant, Henri, je t'en prie, essayons encore une fois. »

— « J'aimerais mieux apprendre un verbe grec; au moins y a-t-il quelque bon sens. Papa, pouvez-vous nous en dire un? »

— « Je le puis, mon enfant, mais je ne le veux pas. Laisse ta sœur s'amuser du grand Panjandrum, et ne fais pas trop l'homme raisonnable, Henri. Il est bon quelquefois de dire des bêtises; et toujours de la science et du bon sens, feraient de Jacques, un ennuyeux garçon*. »

---

* Les futurs commentateurs, observeront que

Le grand Panjandrum fut récité de nouveau, et cette fois Henri ayant fait de son mieux, se rappela « qu'elle fut dans le jardin pour couper, une feuille de chou, afin de faire une tourte aux pommes; » et il avait noté dans sa mémoire la grande ourse et l'absence de savon, mais faute de savoir qui mourut, il ne put arriver jusqu'au mariage du barbier. Lucie, moins scrupuleuse sur le nominatif, alla son train rondement et joyeusement, « et très-imprudemment elle épousa le barbier. » Mais à l'instant où d'un air de triomphe, elle énumérait toute la compagnie présente aux noces, et qu'elle en était aux Joblilies, Henri, dont l'attention n'avait pas été si complètement absorbée qu'il fût sans yeux pour ce qui l'entourait, s'écria :

« Papa! papa! regardez! regardez! à cette portière. Le feu! le feu! ce doit être un horrible incendie. Tout le ciel est rouge de ce côté là. »

— « Oh c'est terrible! » dit Lucie, regardant avec anxiété. » Il faut que ce soit une ville qui brûle. »

M. Wilson fait ici allusion à l'ancien adage anglais : *Tout travail, sans plaisir, ferait de Jacques un ennuyeux enfant; tout amusement, sans travail, n'en ferait qu'un jouet.*

— « Papa ! » répéta Henri , très-étonné du silence et de la tranquillité de son père, « ne voyez-vous pas cela ? »

— « Je le vois , mon enfant, mais ce n'est point une ville en feu. Dans un moment, tu sauras ce que c'est. »

Un profond silence s'établit ; et le grand Panjandrum fut oublié, comme s'il n'en n'eût jamais été question. La voiture avançait : Henri se tenait la moitié du corps hors d'une portière , et Lucie se penchait à l'autre, tandis que de peur d'accident , sa mère la retenait par sa robe.

« Henri, que vois-tu? moi, je vois du feu, des flammes...! des étincelles qui vont jusqu'au ciel. Maintenant , j'aperçois..... Oh ! maman, regardez donc une maison qui brûle... là , là , maman, là bas; les flammes sortent tout en haut ! »

— « De mon côté, ce sont des feux qui jaillissent de terre , » dit Henri. Lucie se jeta à la portière où se tenait Henri, le priant de regarder sa maison incendiée.

« Tout est brûlant ! le pays entier est en feu, » s'écria-t-elle.

— « Je suppose qu'on brûle des herbes, ou bien un bois, » dit Henri, cherchant à reprendre sa gravité accoutumée, et à se rendre compte de ce qu'il voyait; « mais pourtant, il y a bien sûr une maison qui brûle, papa! c'est comme

7*

une grande tour très-haute, et des flammes rouges comme le sang s'élancent du faîte ! »

— « Et de moment en moment, nous en approchons davantage, » dit Lucie. « La route, je le vois, passe tout au travers de ces feux ; oh papa ! maman ! parlez au postillon, il se trompe sûrement. »

— « Non, ma fille, il suit le bon chemin, » répondit madame Wilson ; « sois tranquille, il n'y a aucun danger, comme tu peux t'en assurer, en voyant, que ton père et moi, ne sommes alarmés ni pour vous, ni pour nous-mêmes. »

Ces mots prononcés avec calme appaisèrent les craintes de Lucie, et Henri se détermina à attendre l'événement, sans prononcer un mot de plus, quelque chose qu'il pût voir. La sérénité de son père lui prouvait qu'il n'y avait pas l'ombre d'un risque pour eux, ni pour personne ; mais, à mesure qu'il se tranquillisait, sa curiosité devenait plus vive. Il se demandait qu'est-ce qu'ils allaient voir, comment cela finirait, et par-dessus tout, qu'est-ce que ce pouvait être ?

Ils suivaient alors une route élevée, bordée de feux de chaque côté ; à une distance de cent pas, des flammes semblaient s'élancer de terre : leur couleur d'un rouge sombre, et leur forme en

langues pointues se détachait sur un
fond noir, l'obscurité de la nuit envelop-
pant tous les autres objets, tandis que
ces feux jetaient sur la route, aussi loin
que l'œil pouvait atteindre, un éclat aussi
vif que celui du jour.

« Papa avait bien raison de dire que
nous aurions assez de lumière, » pensa
Henri.

Lucie s'étonnait de ce que les chevaux
ne paraissaient pas effrayés. Pendant quelque temps, la crainte qu'ils s'élançassent
hors de la route élevée, et que la voiture
fût précipitée et versée sur un des bas
côtés du chemin, qu'ils prissent le mords
aux dents, et que le postillon ne fût désar-
çonné, lui faisait presque perdre la respiration. Mais quand elle vit que rien de
tout cela n'arrivait, et que le postillon
était si à son aise qu'il se penchait en
avant pour caresser ses chevaux; lorsqu'enfin, il poussa l'insouciance jusqu'à
ôter son chapeau, en resserrer le ruban,
l'essayer, l'ôter, l'essayer encore, jusqu'à
ce qu'il allât à sa guise, Lucie commença à
respirer librement, et à remarquer comme
elle voyait bien l'homme, et les chevaux,
et la belle ombre noire que la voiture
faisait sur la route.

Voulant alors trouver quelque chose à
dire pour montrer qu'elle n'avait pas

peur, elle chercha des yeux la tour brûlante, mais elle était cachée par un coude
que formait le chemin, où elle se confon-
dait dans l'éloignement avec les autres
flammes.

« C'est comme la contrée des adora-
teurs du feu, dans les Contes Arabes, »
dit-elle enfin, « et on croirait les voir
eux-mêmes. » Elle montrait du doigt un
groupe d'hommes, près de la route ; leurs
figures pâles comme des spectres, étaient
fortement éclairées par la lumière d'un
de ces étranges feux. Lucie pouvait distinguer les bras nuds d'un de ces hommes,
et la pelle avec laquelle il remuait la masse
brûlante. « Et, tenez, voilà un petit garçon debout, à côté, et une femme avec un
enfant dans ses bras ; c'est tout juste
comme un tableau que j'ai vu quelque
part. »

— « Mais jamais nulle part tu n'as en-
trevu un semblable spectacle, » reprit
Henri, « en réalité du moins. Tous ces
feux isolés, brûlants sur une surface de
plusieurs milles, et pourquoi ? c'est ce
que je ne puis imaginer. »

— « C'est comme les régions infer-
nales! n'est-ce pas, Henri ? »

— « Je ne les ai jamais vues, non plus
qu'aucune chose qui ressemble à ceci.
C'est merveilleux ! pourquoi ces feux ?...

seraient-ce des signaux? » non, pensa Henri, il y en a trop, et sur un terrain plat.

« Les feux pour des signaux sont toujours sur des hauteurs, n'est-ce pas, mon papa? A présent, je crois voir que ces flammes sortent de petits tas ou monceaux de terre. » Mais étaient-ils naturels ou artificiels? faits par la main des hommes, ou poussés en dehors par des feux souterrains? Henri ne pouvait le deviner. Il ne voulait pas qu'on le lui apprît, tant il desirait faire cette découverte lui-même, mais il commençait presque à en désespérer.

« Papa, j'ai lu dans quelques livres de voyages, qu'il y avait des feux qui sortaient de terre, d'eux-mêmes; et j'ai entendu parler de quelques lacs de poix, ou de.... comment cela s'appelle-t-il? »

— « Est-ce de bitume, que tu veux dire? »

— « C'est cela même, papa; sont-ce des feux de ce genre, de bitume, ou s'élancent-ils d'eux-mêmes, de la terre? »

— « Ce n'est exactement ni l'un, ni l'autre, mon enfant; mais tous deux seraient possible, ce n'est donc pas trop mal deviné. »

— « Encore la tour brûlante, mon frère! » s'écria Lucie. Ils en étaient alors assez près pour voir sa longue forme conique, et pour entendre le rugissement du feu. Le corps de la flamme entier, sans augmenter ni diminuer, sortait comme un jet énorme de cette tour noire; le vent l'agitait, et le poussait à droite, à gauche, sans que personne s'en approchât, ou y fît attention. Quand ils eurent dépassé la tour, et que de la route, ils aperçurent son autre face, ils virent une voûte rouge, ouverte au-dessous, et qui semblait remplie d'un lit de feu en pente.

Henri avait vu souvent des fours à chaux, brûlant de nuit.

« C'est un four à chaux, je crois, » dit-il, « mais d'une autre forme que ceux que je connais. »

« Non, » répondit son père; « cependant tu approches de la vérité. »

— « C'est une fonderie! j'y suis, maintenant! je me rappelle la gravure dans notre Encyclopédie. C'est une fonderie pour fondre du fer, ou du cuivre. Oh je commence à tout comprendre. »

— « Et voilà d'autres fours tout pareils, mon frère. Qu'est-ce que c'est donc que cette grande chose noire qui se lève et se baisse régulièrement, et sans s'arrêter, comme une machine à vapeur? »

— « Comme le grand balancier. C'est

une machine à vapeur, » s'écria le triom-
phant Henri ; « j'en vois encore d'autres !
elles sont toutes à l'ouvrage, travaillant
tout le long de la nuit, faisant toujours
leur devoir d'elles-mêmes, et par elles-
mêmes ; oh comme c'est.... »

— « Sublime ! » dit Lucie.

M. Wilson confirma Henri dans sa
pensée. C'était effectivement des fonderies. Quant aux feux bas, la plupart étaient
des sillons de charbons dont on faisait du
coke pour le service des forges. Le procédé était très-simple : après avoir allumé
le charbon de terre, un ouvrier s'occupait
à le couvrir avec des cendres, à travers
lesquelles la fumée pût s'échapper jusqu'à
ce qu'il fût suffisamment brûlé. Il leur apprit que le coke donnait une chaleur plus
forte et plus intense quand on en avait
extrait le gaz et la fumée. « Quelques uns
de ces feux, » ajouta-t-il, « proviennent
aussi de petits amas de charbon de rebut,
qui sont sujets à s'enflammer spontané-
ment, et qu'on laisse brûler, parce qu'on
n'a aucun danger à en redouter dans cette
terre déserte. »

L'intérêt et la curiosité de Lucie di-
minuèrent un peu par cette explication,
qui détruisait tout le mystérieux, tout le
merveilleux de la scène ; tandis que le

plaisir de Henri s'accrut en considérant cette étonnante réalité.

« Je serais bien content de voir tout ce pays-ici au grand jour, » dit-il, « et d'apprendre combien il y a de machines à vapeur à l'ouvrage. »

— « Il faut remettre cela à demain, » répondit son père.

CHAPITRE VIII.

La Mine de Charbon ; les Chemins en Fer ; la Paie des Ouvriers.

Le matin, quand ils visitèrent la terrible lande, ils ne virent qu'un désert noir et stérile, couvert de tas moitié brûlans, moitié fumans, de mâche-fer, de charbon et de fraisil *. Des nuages de fumée de toute couleur, blanche, jaune et noire, tournoyant au-dessus des cheminées des fonderies et des forges, obscurcissaient l'air. Il n'y avait point de vue. Le pays d'alentour était plat et morne. L'athmosphère était épaissie, et chargée de fumée et d'odeur de charbon. Le peu de gazon, de haies, d'arbres qui survivaient encore, étaient tout noircis. Les mains et la figure des hommes, des femmes et des enfans

---

* C'est le nom de la cendre de charbon de terre qui s'aglomère.

étaient barbouillées de suie ! Il n'y avait
pas jusqu'aux troupeaux de moutons qui
ne fussent noirs : pas un agneau qui eût
un flocon de laine blanche, ou un air de
propreté. C'était la contrée la plus effrayante que Lucie eût jamais vue. Henri
avouait bien qu'il n'y avait rien là de
gracieux ou de joli : mais tout y était merveilleux ; c'était un *genre de sublime*. Et
comment eût-il pu s'empêcher de sentir
une profonde vénération pour l'endroit,
où les machines à vapeur semblaient abon-
der, et où elles gouvernaient un monde
qui leur appartenait presque exclusivement ? Elles travaillaient sans cesse , et
vaquaient à de grands ouvrages variés à
l'infini , remplissant les vastes soufflets
des forges, des fournaises, des fonderies ;
élevant de minute en minute des tonnes
d'eau pour dessécher les profondeurs des
mines de charbon. Les coups des balan-
ciers frappaient l'oreille à des intervalles
réguliers, et dans l'éloignement, on entendait le bruit du feu sortant par bouf-
fées des fournaises. En approchant des
fonderies, le fracas devint de plus en plus
fort, et quand ils entrèrent dans le bâtiment , c'étaient d'effroyables mugisse-
mens de machines et de feux. Lucie retint
son souffle, elle leva les yeux sur son père ;
elle voyait remuer ses lèvres , mais ne

pouvait entendre ce qu'il disait. Elle se
saisit de sa main, et demeura immobile.
Elle vit une immense fournaise, pleine,
à ce qu'elle pensait, d'un feu liquide;
mais c'était du fer fondu tout rouge. Un
homme avec des bras couleur de bronze
nus jusqu'aux épaules, et une figure
toute luisante de transpiration, portait
cette effrayante liqueur dans un grand
sceau; un autre la versait dans des moules
de sable. Quelques hommes, la tête couverte de chapeaux blancs, leurs pâles figures reflétées par le feu, couraient çà et
là, portant dans d'énormes pinces à longs
manches de grosses masses de métal rougi
au feu. D'autres, que l'on voyait à quelque distance dans la forge, traînaient des
barres de fer rouge, tandis que deux ouvriers, armés de marteaux, les tenaient
levés, attendant le moment de donner alternativement leurs coups. Lucie essaya
de faire entendre à Henri que ces hommes
lui faisaient l'effet de Cyclopes; mais
elle ne put en venir à bout. Il semblait
que là, c'était une vaine entreprise pour
une créature humaine, que de chercher à élever la voix. Le vent, le feu,
les marteaux, les soufflets, les machines
seules, jouissaient du privilége d'être en-
tendues. Les hommes vaquaient en silence
à leurs affaires, faisant signe seulement de

s'écarter quand on se trouvait dans leur chemin.

Tandis qu'ils étaient à regarder la fonderie, ils rencontrèrent M. Watson, le propriétaire, pour qui le père de Henri avait une lettre de recommandation. Il s'excusa de n'avoir pu jusqu'alors les accompagner lui-même; mais maintenant il avait quelques heures à leur donner, dit-il, et avec une franche hospitalité, il les engagea à se rendre à sa maison qui était peu éloignée, et il les présenta à sa femme et à ses sœurs. Lucie et sa mère restèrent avec ces dames, tandis que M. Watson s'empara d'Henri et de son père, pour leur faire voir sa mine de charbon. Il fallait descendre les uns après les autres, au moyen d'une espèce de seau suspendu à une corde, dans les profondeurs de la mine, dont l'entrée ressemblait à un large puits. M. Watson, tournant les yeux vers Henri, demanda à son père, si l'enfant ne serait pas effrayé. Henri, en rougissant jusqu'aux oreilles, répondit pour lui-même : « Non, monsieur ; je n'ai point peur d'aller, partout où va mon père. »

M. Wilson entra d'abord avec un des charbonniers dans le seau qui fut descendu à l'aide d'une corde déroulée par la machine à vapeur; en peu de secondes,

Henri le perdit de vue, et bientôt le seau reparut, ramenant seulement le charbonnier.

« Maintenant, descendez, ou non, à votre volonté, » dit M. Watson.

— « Je descendrai, » répondit fièrement Henri.

— « Allons, ne vous pressez pas tant; laissez-moi vous mettre dans le seau. »

Il le prit par le bras, le souleva, et le fit entrer dedans. Le charbonnier lui recommanda de rester tranquille, il le fit, et le seau descendit. Plus ils avançaient, plus l'obscurité s'accroissait, jusqu'à ce qu'enfin, ils ne virent plus au-dessus d'eux qu'un petit point lumineux, comme une étoile. Tout ce qu'Henri pouvait faire, c'était de distinguer dans les ténèbres la main et le bras de l'homme qui repoussait les parois du puits pour tenir le seau au milieu, et afin qu'il ne pût frapper contre les côtés. Enfin, ils prirent terre au fond, sans accident. Une lampe éclairait la voûte, et Henri s'élança de sa singulière voiture, avec l'assistance de la main de son père, et se réjouit d'avoir eu le courage de descendre.

Aussitôt que M. Watson fut arrivé en bas, et les eut rejoints, il les conduisit à travers les galeries et les différens passages des mines de charbon, et montra à

Henri, où, et comment les hommes travaillaient. Henri fut surpris de voir le
grand nombre d'ouvriers et de chariots
qui étaient employés à transporter le
charbon. Il eut aussi le plaisir de voir là
ce qu'il avait tant désiré connaître, la manière dont on se sert de la machine à vapeur pour pomper l'eau qui s'amasse dans
les mines. L'inspecteur lui dit qu'avant
que la vapeur eût été appliquée à cet
usage, il fallait des années de travaux pénibles pour faire ce qui s'exécute maintenant en quelques jours.

Son père s'arrêta à examiner une espèce de lampe employée depuis quelque
temps pour l'éclairage des mines, et que,
d'après sa construction particulière, on
nomme *lampe de sûreté*, attendu qu'elle
prévient complètement les funestes accidens qu'occasionnait autrefois l'explosion
des vapeurs inflammables, lorsqu'elles
étaient allumées par la flamme d'une chandelle. Henri souhaitait beaucoup qu'on la
lui expliquât, mais son père lui dit qu'il
le ferait une autre fois, et qu'il ne pouvait s'arrêter davantage, car le temps de
M. Watson était précieux ; ce que ce dernier ne nia pas. Cependant il ne les pressa
point, mais il parlait peu, et marchait
vîte. Quand ils eurent fait le tour de la
mine, il cria à l'homme qui était au haut de

l'ouverture , de faire descendre le sceau.

Ils remontèrent, comme ils étaient descendus, et Henri fut bien aise de respirer de nouveau l'air frais, et de retrouver la clarté du jour , quoiqu'il en fût d'abord ébloui. Ils virent ensuite les routes à rainures de fer*, sur lesquelles de petites charrettes chargées de charbon , étaient aisément poussées par un homme, quel-

---

* Il y a deux manières de construire ces routes ; la première, en y enchassant des sillons creux en fer, ou des rainures comme des espèces d'ornières , dans lesquelles des roues faites exprès s'enchassent et glissent : mais on a reconnu à cette méthode des inconvéniens assez graves, et on l'a remplacée par des barres de fer saillantes et arrondies; les roues qu'on y adapte sont creuses, et se mettent comme à cheval dessus : rien n'arrête alors le mouvement ; tandis que la boue ou le gravier entrant dans les rainures entravaient quelquefois la marche ou fatiguaient le fer par un frottement inutile. Enfin, comme l'esprit humain ne s'arrête pas quand il est sur la voie des perfectionnemens, on a imaginé depuis peu d'économiser encore les moyens, en ne mettant qu'une seule barre de fer arrondie, sur le milieu de la route, au lieu des côtés; les voitures sont alors fort basses , et d'une forme différente. Le milieu , garni en fer , est creux en dessous , et s'adapte parfaitement à la ligne de fer sur laquelle il doit glisser. *Note du Traducteur.*

quefois même par un enfant qui les gui-
dait ou les suivait. Ils arrivèrent bientôt à
ce que M. Watson appelait le *plan in
cliné*. Henri vit deux routes en fer, placées à côté l'une de l'autre, et suivant une
pente assez roide. Sur l'une, étaient plusieurs charrettes à charbon vides, attachées ensemble ; et sur l'autre, un chariot chargé, qui, à mesure qu'il descendait la pente, faisait remonter les charrettes vides. Cela s'effectuait au moyen
d'une chaîne, qui était attachée par un
bout au chariot chargé, et par l'autre,
aux charrettes vides, et qui passait autour d'une grosse poulie, au haut de la
pente, ou plan incliné ; de sorte que le
lourd chariot, descendant par son propre
poids sur une des routes, tirait en haut
les autres chariots.

« Mon petit homme, vous pouvez faire
une course du haut en bas, et du bas en
haut, si vous voulez, vous serez assez en
sûreté ; et je vois que vous n'êtes pas un
petit poltron, ni un beau monsieur qui
craigne de s'asseoir dans une charrette à
charbon, et qui soit l'esclave de son habit
ou de sa culotte. »

Henri sauta dans une des charrettes
vides.

« Jetez-lui une botte de foin ; il sera

assis comme un roi. Là, tenez-vous ferme,
vou gare au départ! Garçon, ayez l'œil sur
lui. Bon voyage! »

Henri monta ; arrivé en haut, il regarda son père, qui était resté en bas , et
pendant un moment, il eut peur de redescendre : la route lui paraissait si rapide! Un petit garçon, fils d'un des charbonniers, qui se trouvait là, lui dit qu'il
montait et descendait par le même chemin, bien des fois par jour, sans qu'il lui
fût jamais rien arrivé. Henri se dit à lui-
même : « S'il n'arrive rien aux autres,
pourquoi m'arriverait-il quelque chose à
moi ? » Et domptant ainsi la peur par la
raison, il s'assit et redescendit.

« Papa ! » s'écria-t-il, aussitôt qu'il
eut une jambe hors du chariot, « je suis
bien aise que Lucie ne soit pas venue avec
nous. Elle aurait été horriblement effrayée, en me voyant redescendre si
vîte. »

— « Prenez garde à vous , jeune
homme , et tirez votre autre jambe du
chariot, » dit M. Watson, « car il va remonter. »

— « Il est heureux que je me sois ôté
du chemin à temps, sans quoi j'aurais été
jeté hors de la charrette avec ce tas de
charbon, » reprit Henri.

— « Il faut avoir soin de ses jambes et

II.   8

de ses bras ici, » dit M. Watson, « et c'est
une précaution qu'il est utile de prendre
partout. »

Tout brusque qu'était M. Watson,
Henri l'aimait parce qu'il était bon
homme, et que lorsqu'il avait le temps de
penser à Henri, il avait soin de lui désigner ce qui valait la peine d'être vu :
mais une fois il faillit le jeter dans un
fossé, en voulant le faire sauter par-dessus
une barrière : à la seconde, Henri lui dit,
« j'aimerais mieux passer seul, monsieur,
s'il vous plaît. »

— « Passez mon petit ami, je croyais
que vous ne le pourriez pas, mais je vois
que vous savez vous tirer d'affaire, ainsi
je ne m'inquiéterai plus de vous.

Ils atteignirent la maison de M. Watson
juste à l'heure du dîner. L'on se mit à
table. Henri et Lucie firent honneur au
repas, surtout Henri, dont l'appétit était
encore aiguisé par l'exercice qu'il avait
pris. Le dîner était abondant, quoique
simple ; il y avait des crêmes et des fruits
confits en grande quantité, car le maître
du logis les aimait, et sa femme et ses
sœurs étaient fort habiles dans l'art d'apprêter toute espèce de friandises. Au milieu du dessert, M. Watson se leva de
table, après avoir bu un verre de vin à la
santé de ses hôtes. « Il faut que je vous

quitte, » leur dit-il, « pour aller à mes affaires. »

Henri sauta en bas de sa chaise, et le suivit jusqu'à la porte ; mais sa mère le rappela en lui disant qu'elle craignait qu'il ne fût importun.

« M. Watson ne t'a pas prié d'aller avec lui, mon cher ? »

« C'est vrai ; je n'ai pas pensé au petit garçon, » reprit M. Watson, en se retournant. « Je ne vais qu'assister au paiement de mes ouvriers qui a lieu tous les samedis soir ; ce ne serait pas bien divertissant pour vous, mon enfant. »

— « Oh, si, monsieur, » dit Henri ; et il allait ajouter, « pourvu que cela ne vous gêne pas. » Mais M. Watson continua sa route.

— « Suivez-moi, en ce cas. Je vous réponds que vous ne me serez pas du tout incommode : je ne penserai pas plus à vous que si vous n'étiez pas avec moi. »

Tant mieux, se dit Henri, qui n'aimait rien tant que de pouvoir tout entendre et tout voir sans que personne s'occupât de lui. M. Watson s'enveloppa de sa redingotte comme il parlait, et en jeta les pans sur les yeux de Henri ; mais Henri n'était pas à cela près, et il n'en ralentit pas même sa marche. M. Watson traversa la cour à grandes enjambées, et

monta les escaliers du bureau , trois marches à la fois. La pièce où l'on payait était
remplie d'hommes, qui se séparèrent de
suite pour laisser passer le maître de la fonderie ; mais la foule s'étant rapprochée de
nouveau , Henri eut de la peine à se frayer
un chemin. Cependant, à force de se faire
mince , et de se faufiler petit à petit sous
les coudes des plus grands ouvriers, il
atteignit un coin tout près de la table du
commis , qui était assis, et qui avait devant lui un grand livre ouvert et un sac
d'argent. Henri savait qu'il ne fallait dé-
ranger personne , aussi ne fit-il point de
questions. Mais il monta sur un grand
tabouret recouvert en cuir qui était à
côté de la chaise du payeur, et de ce
poste, il regardait tout ce qui se passait.
Il s'amusa à examiner toutes les figures
des hommes qui venaient chacun à leur
tour se présenter devant le commis; il
remarqua que M. Watson mettait une
grande exactitude à s'assurer qu'on leur
payait bien tout ce qui leur revenait. Une
fois, il y eut quelque difficulté de la part
d'un vieillard sourd et stupide , qui pré-
tendait que la *balance* de son compte
n'était pas juste; M. Watson vérifia lui-
même les livres, et recommença le calcul
pour voir lequel avait raison, du vieux
ou du commis. Henri , qui écoutait d

toutes ses oreilles et regardait de tous ses
yeux, aurait bien voulu savoir ce qu'on
entendait par la *balance du compte.*
M. Watson fut plus complaisant qu'il ne
l'avait annoncé ; car, pendant l'intervalle
qui s'écoula entre le départ d'une classe
d'ouvriers, et la venue d'une autre, il
trouva le temps d'expliquer la chose à
Henri, qui, penché sur l'épaule du commis, s'était aventuré à dire à demi-voix,
« où est donc la *balance* dont on parle? »

— « Regardez ici : voilà tout le mystère. Vous voyez au haut de ces pages et
de toutes les pages du livre, D^r. et C^r.,
ce qui veut dire, *Débiteur* et *Créditeur.*
Débiteur sur la page à gauche : Créditeur
sur la page à droite. Tout ce que cet
homme *me* doit est mis sur le compte du
Débiteur, ou sur le côté gauche du livre ;
tout ce qui *lui* est dû, à lui, doit être
mis sur le compte du Créditeur, ou sur le
côté droit du régistre. Additionnez ensemble toutes les sommes qui appartiennent au compte du Débiteur, et toutes
celles qui appartiennent au compte du
Créditeur, et voyez quelle est la plus
lourde, ou la plus considérable ; dé-
duisez-en la somme moindre, ou plus
légère, et la différence, quelle qu'elle
soit, se nomme la *balance.* On peut considérer un régistre comme une paire de

balances, et les sommes inscrites de chaque côté comme des poids : les deux côtés
se contrebalancent mutuellement. Par
exemple, voici le compte de Jean Smith :
côté du Débiteur, deux louis (48 francs);
côté du Créditeur, quatre louis huit
schellings* ; à présent, mon enfant, vous
pouvez facilement trouver la balance, et
me dire ce que je dois lui payer. Ecrivez
votre réponse sur ce bout de papier,
quand vous aurez fait votre calcul. Mais
ôtez-vous de là, car il faut que j'expédie
mon travail. »

Henri écrivit sa réponse avec un crayon,
et la mit sur le pupître devant M. Watson, mais il se passa du temps avant qu'il
la vît ou qu'il y pensât.

« Deux louis huit schellings (2 louis et
9 fr. 12 sous), est la balance qui reste
due à Jean Smith. »

— « Très-juste, » reprit M. Watson.
« On suit toujours la même méthode pour
établir toute espèce de compte. L'argent
payé par la personne qui tient le compte
se met du côté du Débiteur, et l'argent
reçu par elle, du côté du Créditeur. »

---

* Le schelling vaut vingt-quatre sous de France. La
somme totale fait donc 4 louis ou 96 francs, et 9 francs,
12 sous de notre monnaie.

— « Est-ce là tout? » demanda Henri.

— « Tout, dans les comptes simples, reprit M. Watson. Mais la *tenue des livres*, quoique d'après le même principe, est beaucoup plus compliquée. »

Henri prit beaucoup d'intérêt à tout ce que M. Watson dit aux ouvriers. Il s'informait de leurs affaires domestiques, et ils lui racontaient tout ce qui les concernait, entrant dans le détail de leurs besoins, de leurs espérances et de leurs craintes.

Plusieurs laissaient une partie de leur argent entre ses mains, afin qu'il le mît pour eux à la *Caisse d'Épargne**. Henri comprit que par cette sage précaution, les ouvriers amassaient un petit fonds pour le temps de la maladie et de la vieillesse. Il y avait parmi les autres, un homme en guenilles, d'un aspect sale et négligé;

---

* Les caisses d'épargne existent depuis long-temps en Angleterre. On en a fondé aussi une à Paris où l'on reçoit les plus petites sommes et où elles rapportent cinq pour cent d'intérêt. Cet établissement, dû à la bienfaisance de quelques-uns de nos capitalistes, a déjà été une ressource immense pour la classe ouvrière. *Voyez* pour plus de détails, le joli conte de M. Lemontey intitulé : *les Trois Visites de M. Bruno*, ou les bons effets de la caisse d'épargne et de prévoyance.

quand il s'approcha pour recevoir son
paiement, M. Watson fronça le sourcil,
et lui dit : « N'avez-vous pas de honte,
Jacques, d'être tout déguenillé comme
vous voilà, quand vous gagnez tant? si
vous mettiez moins d'argent dans votre
verre, vous en auriez plus dans votre
poche, et sur votre dos. »

Henri comprit ce que cela voulait dire,
et l'homme déguenillé s'en alla tout honteux, tandis que ses compagnons riaient
à ses dépens. M. Watson était aussi ferme
que bon maître pour ses ouvriers; il en-
courageait l'industrie et la frugalité, mais
les paresseux et les ivrognes ne trouvaient point grâce devant lui; il les répri-
mandait avec sévérité. Du reste, il veil-
lait sans cesse à ce que justice fût faite à
tous également, et au lieu de se contenter
de donner sur ce point des ordres, souvent
mal suivis, il prenait la peine d'y voir
lui-même.

CHAPITRE IX.

La Cristallisation; l'Expérience; les Dragées.

Tandis que Henri assistait à la paie des ouvriers, et s'instruisait sur la balance d'un compte, Lucie apprenait de son côté une foule de choses également intéressantes pour elle, concernant les dragées et le sucre candi; une des sœurs de M. Watson possédait à fond, en pratique, et en théorie, l'art du confiseur. Dès que Henri rentra, Lucie courut à lui pour lui dire ce qui l'occupait dans le moment, et il fut obligé de remettre à une autre fois l'histoire des calculs du créditeur, du débiteur, et de tout ce qu'il avait vu.

« Henri, mon cher Henri! tu sais bien ces petites, petites dragées roses, bleues et blanches, qui ne sont pas plus grosses que la tête d'un camion?... »

— « Je crois que je connais les dragées que tu veux dire, » reprit Henri; « on les appelle de la nomparcille; mais je ne con-

8*

nais pas un camion, ni la grosseur de sa tête. »

— « C'est vrai, je ne pensais pas que tu étais un garçon, et que tu ne pouvais pas connaître les camions si bien que moi. Ce sont de petites épingles à attacher la dentelle. Quant aux dragées, tu en as vu aujourd'hui même, sur les œufs à la neige. »

— « Je sais, » dit Henri. « Eh bien? »

— « Eh bien, tu ne peux pas te faire d'idée de toute la peine qu'il faut prendre pour faire ces petites dragées. Miss Watson m'a expliqué comment on fait du sucre au gingembre, et je lui ai demandé ensuite si elle pourrait me dire, ou me montrer, comment on faisait ces petites dragées. Elle m'a répondu qu'elle ne pouvait pas me le montrer, parce qu'il lui était impossible de supporter le degré de chaleur nécessaire à leur cuisson. Elle m'a dit aussi que la bassine dans laquelle on les faisait bouillir, se mettait sur un feu très-ardent, et qu'il fallait continuer à remuer toujours le sucre, malgré la grande chaleur. C'est ordinairement un homme qui se charge de remuer avec une spatule, ou un grand écumoir à long manche, et il arrive souvent que les plus robustes se trouvent mal. »

Henri s'étonna qu'on n'eût pas inventé quelque manière de faire brasser le sucre

dans la bassine par quelque machine ingénieuse, et il allait continuer à questionner
Lucie là-dessus, mais elle était trop pressée d'en venir au sucre candi.

« Henri, sais-tu comment se fait le
sucre candi? je vais te le dire, car je viens
de l'apprendre tout-à-l'heure. Quand le
sucre est dissous, on le verse dans des
pots où l'on a mis, en travers, de petits
morceaux de bois très, très-minces, ou des
fils tendus à une petite distance les uns
des autres. Ces espèces de moules, ou
pots, qui renferment le sucre liquide,
doivent tous être bien recouverts , et
tenus dans un endroit très-chaud pendant
un certain temps, sans que personne y
touche. On les place dans une chambre
chauffée comme une étuve par un grand
poële; on prend bien soin qu'il n'y entre pas
d'air, car on dit que le moindre déran-
gement gâte tout, et empêche le sucre de
se former en jolis cristaux bien réguliers,
comme tu en as vu dans le sucre candi.
Si on ne dérange pas les pots, ces petits
cristaux se forment autour des morceaux
de bois dont j'ai parlé, ou sur les fils. Je
parierais que tu te souviens d'avoir souvent trouvé du fil dans le sucre candi; et
à présent, tu sais à quoi cela sert. »

— « Mais qu'entends-tu par des cristaux ? Explique-toi au moins. »

— « Je croyais autrefois, » dit Lucie, « que par cristaux, on n'entendait que des morceaux de cette chose blanche et transparente qui ressemble à du verre ; mais miss Watson m'a expliqué qu'il y a des cristaux de différentes espèces, et de diverses substances, de sucre par exemple, comme ceux du sucre candi, et de je ne sais combien de sortes de sels ; enfin de toutes les substances qui peuvent se *cristalliser :* ce sont ses propres paroles, et je crois bien me les rappeler. »

— « C'est très-probable, » reprit Henri ; « mais je ne comprends pas encore exactement ce que tu veux dire par ce que tu appelles se *cristalliser.* »

— « Se changer en cristaux. Que veux-tu de plus ? Voici ce qu'on nomme un cristal de sucre candi : voilà ses côtés réguliers, ou ses facettes ; tu sais que les cristaux ont toujours des facettes régulières, et en nombre égal. Regarde-le, touches-y, et goûte-le si tu veux. »

Henri regarda, toucha et goûta ; mais, n'étant pas encore complètement satisfait, il dit : « Je voudrais bien savoir quelle différence il y a dans une chose, avant et après sa cristallisation. »

— « La différence est très-simple. Avant que la chose fût cristallisée, elle était en sirop, c'est-à-dire en sucre et en eau, et maintenant tu vois qu'elle est devenue solide. »

— « Très bien, je comprends cela; mais comment, ou pourquoi, les fluides se cristallisent-ils? »

Lucie avoua qu'elle n'en savait rien, et fut charmée que la conversation en restât là. Quelques instans après, elle remarqua un ornement sur le manteau de la cheminée : c'était une petite corbeille, qui semblait composée de cristaux en verre, ou de spath blanc.

Miss Watson lui dit, que ce n'était ni du verre, ni du spath; et elle ajouta : « c'est moi qui l'ai faite. »

— « Vous ! comment avez-vous pu y parvenir? » demanda Lucie, « et de quoi est-ce donc fait? cela ressemble bien un peu au sucre candi blanc; peut-être est-ce fait de la même manière. C'est peut-être aussi une espèce de sucre candi? »

— « Le goût décidera bientôt la question, » dit Henri. « Puis-je y goûter avec le bout de ma langue? »

Miss Watson lui en donna permission, mais elle l'avertit qu'il pourrait bien ne pas le trouver bon.

« Oh ! je devine ce que c'est, » dit enfin Henri, après avoir appliqué sa langue sur un des cristaux ; « au goût je suis sûr que c'est de l'alun. »

Il ne se trompait pas. Lucie avait vu des morceaux d'alun, mais aucun ne lui avait semblé assez grand pour qu'on pût le creuser, et en faire une corbeille semblable à celle de miss Watson, et il eû été difficile de le tailler en formes aussi régulières. Elle en revint donc à sa première idée de la ressemblance avec le sucre candi, et elle continua à penser que cela s'opérait par les mêmes moyens. Miss Watson lui dit, que jusque-là elle devinait juste ; que, de même que le sucre candi, cela se faisait par la cristallisation. Elle lui montra tout le procédé, qui est fort simple. D'abord, elle mit de l'eau dans un pot de terre, avec autant d'alun que cette quantité d'eau en pouvait dissoudre ; elle le fit bouillir jusqu'à ce que l'alun fût fondu ; elle apprit alors à Lucie qu'elle avait obtenu une *solution saturée* d'alun, c'est-à-dire qu'il s'était dissous autant d'alun que l'eau pouvait en contenir. Miss Watson prit ensuite un petit panier d'osier, et le suspendit par l'anse sur un bâton posé en travers à l'ouverture du pot, de manière à ce que le panier et l'anse fussent tout-à-fait plongés dans l'alun, sans pourtant toucher par aucun point au fond du vase. Comme le panier était fort léger, il ne se serait point enfoncé dans l'eau, sans un petit poids qu'on avait eu soin d'y mettre. Le tout fut ensuite recouvert d'un morceau de drap de coton grossier, et déposé dans un endroit frais, où personne ne devait entrer. Miss Watson conseilla à Lucie de n'y point regarder pendant un jour et une nuit, pour donner à la cristallisation le temps de se faire lentement, et de former des cristaux parfaits, ce qui ne peut s'obtenir que par l'évaporation lente et régulière de l'eau.

Lucie semblait encore avoir la tête préoccupée de quelque difficulté qu'elle ne pouvait résoudre, et regardant Henri, elle dit :

« Je crois que nous pensons tous deux à la même chose, Henri ; je voudrais bien savoir exactement ce qu'on entend par *cristallisation.* »

— « C'est à quoi je réfléchissais, » reprit Henri, « et je souhaitais avoir un livre que nous avons laissé chez nous, dans lequel je sais qu'il y a une explication là-dessus. »

Miss Watson demanda si ce livre ne serait pas par hasard *les Conversations sur la Chimie.*

« C'est cela même ! » s'écria Lucie, « comme vous l'avez deviné tout de suite ! et vous l'avez ? quel bonheur ! » Miss Watson prit le livre dans la bibliothèque,

et le donna à Lucie, qui chercha le passage dont Henri venait de parler. Il commençait ainsi :

« *Je ne comprends pas tout-à-fait le
sens du mot cristallisation,* » *dit Émilie**.

— « Voilà precisément ce que j'ai
éprouvé, » reprit Henri.

— « Et ce que j'aurais dû éprouver
aussi, » dit Lucie. « Mais je n'ai vu que
je n'y comprenais rien, que lorsque tu
m'as demandé de te l'expliquer, Henri.
Continuons à lire. »

Après quelques lignes elle en vint au
mot *calorique*, et demanda si cela signifiait la même chose que chaleur.

« Pas exactement, » dit miss Watson ;
« mais la différence est expliquée dans ce
livre même. »

Elle feuilleta le volume, et montra à
Lucie le passage qui définit la différence
entre la chaleur et le calorique **. Le
sujet était neuf pour Lucie, et presqu'à chaque ligne elle avait besoin d'explication.
Elle s'arrêta et murmura tout bas à Henri,
qu'elle n'était pas sûre de savoir ce qu'on
entendait par les *parties intégrales d'un*

---

* Conversations sur la Chimie, vol. 1, page 341,
huitième édition.

** *Ibid.* vol. 1, page 35.

corps. Miss Watson ouvrit le livre au commencement, et lui montra une explication parfaitement claire des *parties intégrales**.

« Oh ! mon Dieu, comme vous connaissez bien tout cela ! » reprit Lucie, « vous savez où trouver tout, dans ce volume. »

Miss Watson dit que cela n'était pas étonnant, parce qu'elle l'avait lu et relu bien des fois.

« Mais, d'abord, à la première lecture, cela ne vous a-t-il pas semblé bien difficile ? » demanda Lucie.

Elle répondit que non; qu'au contraire il lui avait paru clair et très-facile à comprendre.

« Ah ! parce que vous ne l'avez lu que depuis que vous êtes grande, à ce que je suppose ? »

Miss Watson dit qu'elle ne croyait pas que ce fût là la raison qui le lui avait fait aimer, attendu qu'elle avait vu beaucoup de jeunes personnes de l'âge de Lucie le comprendre à merveille.

« C'est pourtant bien singulier que je sois obligée de m'arrêter, comme vous

---

* Conversations sur la Chimie, vol. 1, page 9, huitième édition.

voyez, deux ou trois fois, avant d'avoir
lu une seule page, pour demander le sens
des mots. »

— « Parce que vous avez ouvert le livre au milieu ; vous n'avez pas lu l'ouvrage dès le commencement ; sans cela,
vous auriez vu que tous les termes sont
expliqués à mesure qu'on avance. »

— « Même comme cela je les aurais
oubliés, » reprit Lucie en soupirant ; « il
faut que vous ayez une bien bonne mémoire pour vous les rappeler tous. »

Miss Watson lui dit, que non seulement
elle avait lu le livre dès le commencement, mais que souvent, elle remontait
aux définitions des mots, et aux explications, lorsqu'elle ne se trouvait pas
bien au fait.

La conversation tourna ensuite sur di-
férens sujets qui n'intéressaient pas Lucie ;
elle suivit donc Henri, qui, tenant toujours son livre, alla s'installer dans un
coin de la chambre, où il pût être tranquille ; là, selon sa manière lente, mais
sûre, il se mit à réfléchir sur ce qu'il lisait, afin de le mieux comprendre. Lucie
était plus vive et moins appliquée, et
lorsque sa mère et Miss Watson passèrent
près d'eux, elle saisit la première par sa
robe, et dit :

« Je comprends ce passage sur la cristallisation à présent, je crois. C'est fort
clair. »

— « Je ne doute pas que cela ne soit
très-clair, ma chère, » reprit sa mère ;
« mais es-tu bien sûre de l'entendre ? »

— « Oui, maman, si vous voulez seulement regarder dans le livre. Tenez, voilà
le passage : « la cristallisation est simplement... »

— « Je ne veux pas le lire, ma chère
Lucie, ni te l'entendre lire ; raconte-le-
moi de toi-même. »

— « Mais, maman, quoique je le com-
prenne bien, vous savez qu'il est impossible que je vous le dise aussi bien que
dans le livre. »

— « Je sais cela, Lucie, mais expli-
que-le-moi, n'importe comment, pourvu
que tu exprimes bien ce que tu veux dire ;
alors, tu seras certaine de ce que tu sais,
ou de ce que tu ne sais pas. »

— « Eh bien, maman, d'abord, sup-
posez un corps, c'est-à-dire, une substance... »

— « Quelle espèce de corps ? Quelle
espèce de substance ? » demanda sa
mère.

— « Il faut que ce soit un fluide, » dit
Lucie. « Oui, maman, avant de se cristalliser, il faut que ce soit un fluide. Com-

mencez donc par supposer un fluide... Non,
non, je crois qu'avant tout, avant de devenir
fluide, ce doit être un corps solide. Hein,
Henri ! Que dirai-je à maman de supposer, un fluide, ou un corps solide? »

— « Décide cela toi-même, ma chère
Lucie, » reprit sa mère; « cela ne peut
dépendre de ce que pense Henri, mais de
ce qui est réellement le fait. »

— « Je me le rappelle tout, maman, »
dit Lucie, après une courte pause, « et je
vais commencer par un corps solide, maman. Supposons donc qu'une substance
dure, du sucre, par exemple, ou de l'a-
lun, soit dissoute par la chaleur ou par
l'eau; et supposons qu'aucune de ses parties *originaires*, c'est-à-dire, les parties
dont elle était originairement composée,
ne se soient perdues en se dissolvant, mais
soient seulement séparées, pour ainsi dire,
par l'eau ou par la chaleur qui les a dis-
soutes. Alors, maman, si vous pouviez
ôter la chaleur ou l'eau, les parties originaires de la substance, de l'alun, par
exemple, se rapprocheraient et se réuni-
raient, dès que ce qui les séparait, serait
ôté : c'est là la cristallisation. Vous pouvez ôter la chaleur, en laissant refroidir,
et les premières parties se réunissent et
reprennent une forme solide. Ou vous
pouvez faire évaporer l'eau par la cha-

leur, et c'est la même chose : les parties se rejoignent et se cristallisent. De quelque manière qu'on s'y prenne, soit par le chaud, soit par le froid, si l'opération n'est pas troublée ou dérangée par quelque accident, les facettes se forment, et la cristallisation s'opère. »

— « Tu t'es passablement bien tirée de ton explication, Lucie, » dit sa mère.

— « Mais il y a encore une chose que tu aurais dû dire, » reprit Henri.

— « Quoi donc ? »

— « C'est que différentes substances se forment en crsitaux de différentes coupes. Mais les cristaux de certaines substances, comme je viens de l'apprendre, » continua Henri, « ont toujours le même nombre régulier de côtés ou facettes ; de sorte qu'en voyant un morceau de cristallisation, vous pouvez dire, après avoir compté les facettes, de quoi il se compose ; ou bien encore, l'on peut prévoir d'avance le nombre de faces, et la forme des cristaux que donnera un sel, ou une substance connue, qu'on a fait dissoudre, et qu'on veut faire cristalliser. »

— « De l'alun, par exemple, » s'écria Lucie. « Nous savons que l'alun qui a été fondu dans l'eau chaude, et que miss Watson a serré pour qu'il se cristallise, aura des cristaux de la même forme que ceux de cette corbeille qui est sur la cheminée, et qui est faite depuis long-temps. Je vais compter les facettes, et je t'en dirai le nombre. »

Henri fit l'observation que miss Watson pourrait, si elle le voulait, en dire le nombre sans les compter : ce qu'elle fit aussitôt.

— « Comme il doit être difficile d'apprendre par cœur, et de retenir le nombre de faces qui appartient à toutes les diverses espèces de cristaux ! »

— « Ce n'est pas nécessaire, » dit miss Watson ; « on en trouve la liste dans plusieurs livres qu'on peut consulter au besoin. »

— « Mais vous saviez le nombre pour l'alun, sans le chercher dans un livre. »

— « Oui, parce que je suis accoutumée à voir ses cristaux. Comme je vous l'ai déjà dit, plusieurs faits de chimie ou de minéralogie qu'il serait difficile de se rappeler séparément, ou pour les avoir lus, ou entendu raconter, se gravent aisément dans la mémoire, lorsqu'on essaie de faire soi-même des expériences, et qu'on les rattache à d'autres faits, ou à ses propres observations. »

Miss Watson raconta à Lucie qu'elle avait pris un goût particulier pour cette étude, parce que son père étant chimiste, il lui arrivait souvent de rester dans son laboratoire, pendant qu'il travaillait. « A moins d'avoir vu les choses mêmes, » ajouta-t-elle, « je suis sûre que je ne me serais jamais souvenue des descriptions qu'on m'en avait faites. D'ailleurs, je prenais un si vif intérêt aux expériences de mon père, j'étais si curieuse de savoir si elles réussiraient, comme il l'avait prévu, que tout m'est resté dans l'esprit. Si je n'avais pas rencontré ainsi dans ma famille une personne dont je partageais les projets et les goûts, et dont les découvertes m'intéressaient si vivement, il est probable que j'aurais oublié le peu que j'avais appris. »

— « Mais cela vous rend bien heureuse, n'est-ce pas? » demanda Lucie.

— « Etes-vous plus heureuse, ou moins heureuse, que si vous ne connaissiez pas cette science? » dit Henri.

Miss Watson sourit de la vivacité avec laquelle ils la questionnaient tous deux : elle répondit qu'elle se croyait fort heureuse d'avoir cette occupation qui ne l'empêchait pourtant jamais de se livrer aux choses qu'elle jugeait plus nécessaires. Son frère joignit son témoignage au sien.

« Pour être tant soit peu chimiste, » dit-il, « elle n'en est pas moins bonne pâtissière et bon confiseur. Au contraire, elle y a gagné de savoir toujours la raison de ce qu'elle fait. Tous les confiseurs et tous les cuisiniers font plus ou moins de chimie; mais ils ne connaissent pas les causes qui les font réussir un jour, et manquer l'autre. Avec eux, tout va au hasard, selon la bonne ou mauvaise chance. Leur plus grand savoir est ce que nous nommons la *pratique*, ou l'habitude de faire toujours de même, quand une fois on a réussi.

« Voyez, » continua M. Watson, « voici un vieux livre de recettes qui appartenait à la grand' grand' mère d'une famille noble, célèbre sans doute dans son temps pour ses gâteaux, ses poudings et ses confitures, ainsi que pour la guérison de toute espèce d'entorses, de coups, de meurtrissures, etc. Lisez-en quelques lignes, et vous verrez que, parmi d'assez bonnes choses, il y a bien de la graine de niais. Que d'ingrédiens inutiles sont mis dans ces recettes, soit pour embarrasser et étourdir ceux qui voudraient en deviner le secret, soit par ignorance et par une sorte de croyance superstitieuse, qu'il fallait du *mystère* dans la manière d'apprêter ces drogues. »

Henri et Lucie s'amusèrent à parcourir quelques-unes de ces vieilles ordonnances, qui étaient cependant assez difficiles à déchiffrer. L'encre était jaune, les mots vieux, et l'orthographe incorrecte.

Le lendemain était un dimanche. Les deux enfans accompagnèrent leurs parens, M. Watson et sa famille à l'église qui était dans le village. Comme on retournait au logis, M. Watson leur demanda s'ils désireraient visiter quelques-unes des maisons où demeuraient ses ouvriers, et les chaumières du voisinage. Henri et Lucie acceptèrent avec empressement cette proposition, et Henri se tint près de M. Watson pour mieux observer.

Dans la première maison où ils entrèrent, le maître du logis, homme très-gros et très-grand, était à table, et se préparait à dîner. Un canard rôti et un plat de choufleurs fumaient devant lui; tandis que sa femme pâle, et avec l'air affamé, se tenait debout derrière sa chaise pour le servir : ses enfans étaient entassés dans un coin, à quelque distance; il ne souffrait jamais qu'aucun d'eux mangeât avec lui. Quand les étrangers arrivèrent, il posa un moment sur la table son couteau et sa fourchette, et s'efforça d'adoucir, autant qu'il pût, son air bourru et sournois. M. Watson parla avec bonté, à la femme et aux enfans, mais il n'adressa rien à l'homme qu'il affecta de ne pas

II.   9

remarquer ; cependant, en s'en allant, il dit, assez haut pour être entendu de lui :

« Je n'aurais guère d'appétit pour dîner, même avec un canard rôti, si j'étais forcé de le manger seul, sans que ma bonne femme ou mes enfans en eussent leur part. »

Lucie s'étonna de ce que M. Watson n'avait pas insisté pour que le mari fît asseoir auprès de lui, sa femme et ses pauvres enfans.

Mais M. Watson répliqua qu'il n'avait pas ce droit-là, chaque homme étant libre d'agir, chez lui, comme bon lui semblait, et de mener à son gré ses propres affaires. Il ne pouvait intervenir entre le mari et la femme que comme il l'avait fait, en se moquant et en méprisant l'humeur sournoise de l'homme, et en lui en faisant honte devant le monde. Il dit, « qu'il l'avait vu acheter pour lui, les premiers petits pois de la saison, raretés alors fort chères, tandis que ses enfans n'avaient pas de quoi se couvrir. »

— « Le vilain égoïste ! » dit Lucie.

— « Quelle brute ! » s'écria Henri.

Le soir, comme ils se promenaient dans une jolie allée, près de la maison de M. Watson, ils rencontrèrent un homme qui venait devant eux ; malgré ses efforts, il ne pouvait marcher droit : il était tel-

lement ivre qu'à peine savait-il ce qu'il
faisait. Lorsqu'il fut nez à nez avec M. Watson, il tressaillit, balbutia, essaya d'ôter
son chapeau, et de se ranger en côté du
chemin, mais il ne put en venir à bout.
Lucie en fut effrayée et dégoûtée. M. Watson passa chez le commis, à son retour,
et donna ordre que cet homme, Jean
Giles, fût rayé de la liste des ouvriers,
et ne fût point admis à la fonderie la
semaine prochaine; il désigna Markham,
homme rangé et sobre, pour le remplacer.

Henri pensa qu'il avait eu raison, et
approuva fort, en lui-même, une con-
duite si juste; mais, peu de temps après,
la femme de l'ivrogne vint supplier
M. Watson de pardonner à son mari, et
de lui redonner du travail; elle dit que
s'il n'y consentait pas, elle et ses enfans
en souffriraient, que son mari la battrait,
et s'adonnerait d'autant plus à boire qu'il
prendrait le chagrin à cœur. Ses larmes
continuèrent à couler en abondance, quand
elle eut fini de parler. Henri ne comprenait pas pourquoi M. Watson persistait
dans son refus, car ce n'était pas la faute
de la femme si le mari s'enivrait.

A neuf heures, rentré dans la chambre
de son père, Henri lui demanda s'il pensait que M. Watson eût tort ou raison.
Son père était du dernier avis; il ne trou-

vait pas son refus cruel, mais ferme :
parce qu'il était de son devoir de faire ce
qui était juste pour un grand nombre de
gens, aussi bien que pour cet homme en
particulier. « S'il employait un ivrogne,
de préférence à un ouvrier sobre et rangé,
ce serait encourager les mauvais sujets aux
dépens des bons. »

— « Je ne voudrais, certes, jamais encourager l'ivrognerie et la paresse dans
aucun cas, » reprit Henri, « aussi pen-
sais-je que M. Watson avait eu tout-à-fait
raison d'abord, en ordonnant que ce Jean
Giles ne fût point admis à la fonderie
pendant une semaine. Mais, n'aurait-il
pas dû lui pardonner en faveur de sa
pauvre femme ? »

— « Alors tout autre ouvrier pourrait
s'enivrer, et espérer que sa femme ré-
parerait ses sottises, et obtiendrait son
pardon. »

— « Mon père, » dit Henri après un
long silence, et d'un air très-sérieux, « je
croyais qu'un grand mécanicien n'avait
qu'à inventer des machines, et à les faire
marcher, pour gagner de l'argent, et
fabriquer à bon marché ; mais à présent,
je m'aperçois qu'il s'agit encore de bien
d'autres choses, et si jamais je deviens
homme, et que j'aie à conduire quelque
grande fabrique, j'espère être aussi bon

pour mes ouvriers que M. Watson l'est pour les siens. Je serai aussi juste et aussi ferme, si je puis. Mais, papa, il n'est pas si facile d'être juste que je l'avais cru d'abord ; il y a beaucoup à réfléchir et à considérer, comme je le vois, d'après tout ce que vous dites sur les conséquences qu'entraînerait le pardon de cet ivrogne, accordé à sa femme. Je sens que j'ai bien plus à apprendre que je ne m'en serais douté. »

— « Je voudrais bien, Henri, que tu fusses te coucher et dormir, » reprit sa mère ; « car je suis sûre que tu dois être fort las, après tout ce que tu as vu, entendu et pensé aujourd'hui. »

— « Pas le moins du monde, maman ; je n'ai jamais été plus éveillé. Cependant, j'irai me coucher, puisque vous le desirez. »

Nos voyageurs devaient partir le lendemain avant le déjeûner, et de très-bonne heure. Leurs hôtes promirent qu'ils ne se leveraient pas pour leur dire adieu, de crainte de retarder leur départ. Lucie n'oublia pas de s'informer du panier d'alun, quand elle souhaita le bonsoir à miss Watson.

« Si l'expérience a bien réussi, vous trouverez le panier demain matin dans le vestibule, » dit la bonne miss Watson ; « mais hier un des domestiques a secoué

le vase qui le renfermait, et a empêché
par-là les cristaux de se former régulièrement. J'ai été obligée de recommencer toute l'opération, et cette fois,
j'ai fermé la porte à clef, pour être sûre
que personne ne la troublerait. »

— « Que vous êtes bonne! » s'écria
Lucie, et lui sautant au cou, elle prit
congé d'elle après l'avoir embrassée à plusieurs reprises.

A peine était-elle habillée le lendemain,
qu'elle courut dans le vestibule, pour
voir si le panier y serait. Il était effectivement sur la table, auprès de son chapeau.
L'osier ne s'apercevait plus nulle part ;
l'anse, les côtés, le fond, tout était couvert de cristaux d'alun qui paraissaient
fort réguliers. Elle ne prit pas le temps
de l'examiner exactement, ni de compter les facettes, travail long et ennuyeux :
mais, voyant un billet à son adresse, attaché à l'anse avec un peu de fil, elle l'ouvrit aussitôt, et dans sa hâte, elle le dé-
chira à moitié. Il lui annonçait que ce
panier lui appartenait, s'il était à son
goût.

« Si!... Certes, oui. Il est à mon
goût. »

Miss Watson avertissait Lucie que, si
elle voulait essayer d'en faire un semblable, il fallait qu'elle mît dans la solution

d'alun un peu d'ocre qui donnerait
aux cristaux une jolie teinte jaune, ou
qu'elle pourrait y mêler toute autre couleur qu'elle préférerait.

Lucie trouva soigneusement rangés
dans la corbeille plusieurs petits cornets
de papier, remplis de dragées et de pastilles à la rose, au citron et à l'épine vinette, avec des recettes pour les faire,
écrites dans les papiers qui les envelop-
paient.

Elle était si enchantée de ses cornets,
de ses bonbons, et du joli panier d'alun
cristallisé, et surtout de l'excellente personne qui avait apprêté de si bonnes choses, et qui les lui avait données, que
pendant plus d'une heure, elle ne put
penser qu'à cela.

« Oh! maman, goûtez donc ces pastilles à la rose! N'est-ce pas qu'elles sont
excellentes?.. Et celles-ci au citron sont
encore meilleures! Oh! maman, ne pouvez-vous en goûter davantage?.. En voilà
de sept autres espèces. »

Il était impossible à madame Wilson
de goûter de toutes avant le déjeûner,
même pour obliger Lucie, et en l'honneur
de Miss Watson. Mais le zèle de Henri
était infatigable. Il continua donc à ava-
ler dragée sur dragée, et pastille sur pastille, mais sans leur donner le tribut d'é-

loges que Lucie attendait. Enfin, pressé
par la demande répétée de Lucie: « N'est-
ce pas excellent, Henri? » Il avoua que
les différens goûts des pastilles étaient
tellement mêlés dans sa bouche, qu'il ne
pouvait plus les distinguer l'un de l'autre.
Lucie ferma ses cornets, et réserva ses
richesses pour un instant plus propice.
« Maman, » dit-elle, « quand tout sera
mangé, maintenant que j'ai les recettes,
je puis en faire autant que je voudrai. »

— « Il n'est pas tout-à-fait certain, »
reprit sa mère, « que, parce que tu as
les recettes, tu puisses faire d'autres
dragées également bonnes, quand tu voudras. »

Un peu piquée par cette observation, et
par un sourire de Henri, Lucie commença
à former différens projets d'expériences
pour faire des pastilles à la rose et à l'é-
pine vinette, et des fruits confits, comme
ceux qu'elle avait goûtés chez Miss Watson, et que tout le monde avait trouvés
bons. Elle nomma un si grand nombre de
choses qu'elle comptait faire, qu'à la fin,
Henri se mit à rire, et lui dit :

« Ma chère, tu vas donc devenir cuisi-
nière et confiseuse, et laisser là tout le
reste? »

Madame Wilson fit la remarque qu'il
était nécessaire de savoir comment on s'y

prenait pour faire tout cela ; mais que la convenance de le faire soi-même, ou d'en surveiller l'exécution, dépendait des circonstances dans lesquelles on était placé, et du rang que l'on occupait. « Ceux qui ont assez de domestiques pour que tous les détails du ménage se fassent à l'office, agiraient follement en perdant ainsi le temps qu'ils peuvent mieux employer. Miss Watson, n'a peut-être pas des domestiques assez adroits ou assez nombreux pour faire toutes ces friandises, et elle agit avec sagesse et bonté quand elle les apprête elle-même pour ceux de ses amis qui les aiment ; condescendre à faire cela est de sa part une preuve d'obligeance, d'autant plus grande qu'elle a d'autres goûts, de l'instruction, et un esprit très-cultivé. Cependant, Lucie, si tu persistes dans ton dessein d'apprendre à fond l'art du confiseur, tu pourras, à une certaine époque de l'année, voir et aider la femme de charge à faire des confitures, et autres provisions d'hiver. »

Cette promesse satisfit Lucie ; elle eut alors le loisir d'écouter Henri, qui, de son côté, était fort impatient de devenir chimiste, et qui avait été frappé de l'idée qu'une personne qui possédait un laboratoire, et qui pouvait se livrer à des expériences chimiques, était au comble du

9*

bonheur. Son père l'assura qu'il n'était
pas nécessaire d'avoir un laboratoire et
un grand appareil pour s'occuper de cette
science. Comme l'a remarqué un des plus
ingénieux philosophes et des plus habiles
chimistes que l'Angleterre ait eu, « plusieurs expériences aussi utiles qu'importantes peuvent se faire d'une manière facile et simple. »

Ici, M. Wilson fut interrompu par une
exclamation de Lucie, à la vue d'un grand
poteau à deux branches, sur l'un des
côtés duquel elle lut : *Route de Birmingham.*

Henri et Lucie regardèrent avec inquiétude si le postillon prenait ce chemin ; ils avaient tous deux un desir ardent
d'aller à Birmingham, voir quelques-unes
des manufactures dont ils avaient entendu
faire de si intéressantes descriptions.
L'étonnement de Lucie avait été excité
par des ciseaux que M. Frankland lui
avait montrés, qu'elle avait essayés, et
qui, quoique n'étant pas du plus beau
poli, coupaient fort bien ; et cependant,
chose qui lui avait semblé incroyable !
M. Frankland lui avait dit, que cette
paire faisait partie d'une douzaine qu'il
avait achetée un schelling, (24 sous.)

La curiosité de Henri avait aussi été
éveillée, en entendant parler d'un couteau

qui avait cinq cents lames, et qui se voyait à Birmingham.

Le couteau lui revint d'abord à l'esprit ; cependant, il dit un moment après : « mais il y a là, des choses qui valent encore mille fois plus la peine d'être vues. »

« Oh! papa, » s'écria-t-il en se tournant vers son père, « j'espère que nous irons à Birmingham, et que nous verrons les grandes fabriques de M. Boulton à Soho * ; j'en ai lu la description chez M. Frankland, dans une des notes du *Jardin Botanique*, pendant que Lucie regardait le vase Barberini. On dit qu'il y a un magnifique appareil pour faire de la monnaie, tout est mis en mouvement par une machine à vapeur qui coupe les sous dans des lames de cuivre, et d'un seul coup frappe à la fois les deux faces et le cordon de la pièce. »

— « Oui, je me rappelle que tu me l'as lu, » reprit Lucie ; « et il était dit, que quatre jeunes garçons de dix à douze ans,

---

* Village situé à une petite lieue de Birmingham, qui sert en quelque sorte d'atelier à cette ville, et où se fabrique au plus haut degré de perfection, des ouvrages en argent, en acier, écaille, cuivre, compositions métalliques, plaqués ou argentés.

pas plus grands que Henri, maman, pouvaient, à l'aide de cette machine, mise en
jeu par ce grand enchanteur, par ce géant,
la machine à vapeur, faire.....· devinez
combien de guinées en une heure?....
trente mille, maman. N'est-pas Henri? »

— « Oui, trente mille, » répéta Henri;
« et en outre, on dit que la machine tient
un compte exact de ce qu'elle fait. »

— « Un compte exact, et sans la
moindre erreur, » reprit Lucie, « de tout
l'argent qu'elle frappe. Papa, j'espère
que nous allons à Birmingham. Oh! quel
plaisir, maman, de voir tout ce qui est
décrit dans ces vers! vous vous rappelez
bien :

« Le métal applati, qu'en rond elle façonne,
Sous le poids de l'acier qui bientôt s'y cramponne,
Quand les marteaux massifs tombent avec effort,
Reçoit la riche empreinte. . . . . »

Son père l'interrompit pour lui apprendre qu'on ne se servait plus de ces lourds
marteaux à Soho, et qu'on avait établi
depuis peu à la monnaie de Londres, un
appareil beaucoup plus magnifique pour
frapper l'or, l'argent et le cuivre. « Il espérait, » ajouta-t-il, « leur montrer un
jour toutes les merveilles des mécaniques
dont ils avaient déjà lu des descriptions
en prose et en vers ; mais pour le moment ,

il était forcé de tromper leur attente. Il
ne pouvait aller à Birmingham, il lui
fallait poursuivre sa route jusqu'à Bristol,
et s'adressant à leur mère, il lui dit que
dans leur propre intérêt, il ne se souciait
point de visiter encore Birmingham. Il
pensait que les principes généraux de
quelques grandes inventions, avaient été
clairement compris par eux, et s'étaient
fixés dans leur mémoire, par ce qu'ils
avaient déjà vu. Il était bien aise qu'ils
eussent pris plaisir à suivre l'histoire des
progrès et des conséquences de ces nobles
découvertes; il tenait donc à ne point
troubler ces premières notions dans leur
esprit, en leur montrant les détails d'une
foule de petites inventions ingénieuses,
dans les boutiques et les manufactures de
Birmingham; ou en éblouissant leurs yeux
par le spectacle d'une magnificence au-
dessus de celle des Contes Arabes, dans
les salles d'exposition de la « *grande
boutique à joujoux* » de l'Europe. Henri
et Lucie n'avaient pas été tellement gâ-
tés par l'indulgence de leurs parens qu'ils
ne pussent supporter une contrariété.
Lucie donna pourtant un soupir à la
grande boutique à joujoux de l'Europe * ;

---

* Voyez les notes à la fin du volume.

Henri prit son parti en brave, car puisque la machine à frapper la monnaie ne se pouvait voir, il se souciait peu du reste. Tous deux convinrent que papa « savait mieux qu'eux ce qu'il fallait faire. »

Et ce n'était pas de leur part une phrase de flatterie, ni d'hypocrisie, mais l'expression d'un cœur honnête et franc; car ils étaient convaincus, par l'expérience, de la vérité de ce qu'ils disaient.

~~~~~~

CHAPITRE X.

La Tour penchée ; le Centre de gravité ; les Embarras.

« Quel est le nom de la ville à travers laquelle nous allons passer bientôt , maman ? » dit Lucie.

— « Bridgenorth , ma chère. »

— « Bridgenorth, » répéta Lucie, « je suis sûre d'avoir entendu dire quelque chose sur cette ville, mais je ne puis me rappeler ce que c'est. »

— « Je crois que je le sais, » reprit Henri; « il y a une tour penchée très-célèbre. »

— « Oui, c'est précisément cela ! Je me souviens d'avoir lu dans mon histoire d'Angleterre que cette tour de Bridgenorth n'avait pas toujours été penchée. Autrefois, il y a bien, bien long-temps, elle était droite, et comme toutes les autres tours ; mais elle fut ébranlée jusque dans ses fondemens , lorsqu'on la bombarda, pendant un siége qui eut lieu lors des guerres civiles. N'est-ce pas, maman ? Je vous l'ai lu : et elle est restée dans la même position inclinée depuis, paraissant toujours prête à tomber, et cependant ne tombant point. Je suis bien aise que nous traversions Bridgenorth, et que nous puissions la voir de nos propres yeux. »

— « J'aimerais bien à l'examiner, » dit Henri.

Leur père pria le postillon de ralentir le pas de ses chevaux, lorsqu'il entrerait dans la ville, et Henri et Lucie mirent d'abord la tête à l'une des portières, puis à l'autre, impatiens d'apercevoir les premiers la tour penchée.

« La voilà, » s'écria Henri.

— « Elle est de brique rouge ! » dit Lucie. « Je la vois ; je m'étais figuré qu'elle était de vieille pierre grisâtre. Je m'attendais à voir une belle tour vénérable, couverte de lierre du haut en bas. »

— « Mais, ma chère, ôte donc ta tête de devant moi, car je ne puis voir ce que je voulais regarder. »

— « Oh mon Dieu ! prends-la toute pour toi, mon cher Henri, je la trouve trop laide. »

— « Personne n'a jamais dit qu'elle fût jolie, je crois, mais c'est une chose curieuse. »

— « Pas à beaucoup près aussi curieuse que je m'y attendais, » reprit Lucie, « ni d'un aspect aussi effrayant que je
me l'imaginais. J'avais espéré que j'oserais à peine respirer en la regardant, et
que nous ne pourrions passer auprès,
sans craindre qu'elle nous tombât sur la
tête. »

Henri n'avait eu ni espérances, ni craintes si vives, parce qu'il se rappelait distinctement la description qu'il en avait
lue. Il savait qu'il existe à Pise une
tour qui penche de quatorze pieds, ce qui
est beaucoup plus que celle de Bridgenorth.

Son père lui demanda s'il pourrait lui
dire pourquoi ces tours inclinées conti-
nuaient à rester debout. « Sais-tu ce qui
les empêche de tomber, Henri ? »

Henri dit qu'il croyait le savoir, parce
qu'il avait lu dans les Dialogues Scientifiques le passage qui y avait rapport, et
une explication du principe d'après lequel elles restent debout.

« Je sais, » dit son père, « que tu l'as
compris à l'époque où tu l'as lu : mais,
voyons si tu le comprends maintenant. »

— « Papa, il est très-difficile de l'expliquer en paroles, comme dit Lucie,
mais si j'avais ici mes petites briques, je
pourrais aisément vous montrer la chose. »

— « Oui, » interrompit Lucie, « nous avons bien souvent bâti des tours qui penchaient et qui restaient debout ; et nous avions coutume d'essayer combien nous pourrions les faire incliner sans qu'elles tombassent. Je me rappelle cela parfaitement, quoique je ne sache pas la cause qui les empêchait de tomber. »

— « Si j'avais mes petites briques ici, je pourrais te le montrer et te l'expliquer, » dit Henri.

— « Mais comme tu ne les as pas, » reprit M. Wilson, « et que tu ne peux pas toujours porter avec toi une charge de petites briques, essaie de nous l'expliquer en paroles ; c'est ce que nous avons toujours à volonté. »

— « A volonté ! je le voudrais bien, » dit Henri.

— « Commence, Henri, par penser à ce que tu veux exprimer, jusqu'à ce que tu sois tout-à-fait sûr de bien savoir ce que tu veux dire, et compte qu'alors tu trouveras facilement des paroles. Les gens s'imaginent souvent qu'ils ont de la peine à trouver les mots, quand le véritable obstacle c'est qu'ils n'ont pas une idée claire des choses. »

— « Hé bien, papa, il faut, s'il vous plaît, me donner du temps. »

— « Oh ! tant que tu voudras, » dit

son père, « et afin de ne pas te presser, je vais continuer à lire ce livre. »

Lucie prit la parole, et remercia son père pour Henri.

Celui-ci regarda la tour penchée qu'on avait dépassée, mais qui était encore visible ; et après qu'il eut réfléchi, jusqu'à ce qu'il fût certain de ce qu'il voulait dire, il fit un appel à l'attention de son père, sans s'arrêter aux paroles qui vinrent d'elles-mêmes, dès qu'il commença à parler : « Papa! »

M. Wilson leva les yeux, et mit son livre de côté, tandis qu'Henri continuait, sans se troubler :

« Supposons qu'on fasse descendre un fil d'à plomb du centre de gravité de la masse entière de cette tour penchée, le petit poids ou morceau de plomb attaché au bout de la ficelle tombera dans la base, ou dans les fondemens : si le fil d'à plomb s'écartait un peu de la base, la tour devrait nécessairement tomber ; mais tant que le centre de gravité est soutenu, la partie supérieure peut pencher, et même sortir beaucoup de la ligne perpendiculaire (pourvu cependant que les matériaux soient bien joints ensemble), sans que la tour s'écroule. »

— « Je crois comprendre cela, » dit

Lucie, « mais ce n'est pas encore tout-à-fait clair dans ma tête. »

— « Si tu ne sais pas ce qu'on entend par le *centre de gravité*, » reprit M. Wilson, « il est impossible que ce soit clair pour toi ; tu ne peux pas même le comprendre du tout. »

Lucie se rappelait d'avoir vu Henri, quand il était petit garçon, s'asseoir sur les genoux de son père, et se pencher si fort d'un côté qu'elle avait peur qu'il ne tombât. « Et vous souvenez-vous, papa, de m'avoir expliqué qu'il pourrait se pencher encore bien davantage sans risque. Vous m'avez dit aussi quelque chose du centre de gravité, mais il y a si long-temps que je ne me le rappelle pas bien. »

— « Ni moi non plus, » dit Henri : « mais papa nous a souvent montré que le tournoiement de notre toupie dépendait du centre de gravité. Et à présent que j'y pense, il y a une manière de trouver le centre de gravité d'un corps quelconque, ou d'un objet, quelle que soit sa forme. »

— « En vérité ! je ne me souviens pas que papa nous ait jamais montré cela. Comment le sais-tu, Henri ? peux-tu me l'enseigner, si ce n'est pas trop difficile ? qui te l'a donc appris ? »

— « Un livre ; mes excellens « *Dia-*

logues Scientifiques. » Si j'avais un morceau de carte, un bout de fil, une épingle,
et un crayon, et si nous n'étions pas en
voiture, je crois que je pourrais te faire
voir comment il faut s'y prendre. »

Comme tous ces *si* étaient autant d'ob-
stacles qu'on ne pouvait lever, la chose
fut remise pour le moment, et bientôt
oubliée comme tant d'autres bonnes choses
qui ne se font plus dès qu'on diffère. Il
ne faut pas s'étonner de ce que le philo-
sophe Henri, lui-même, fût distrait de
cette expérience par le mouvement qu'il
vit dans la ville où ils devaient passer
la nuit. C'était un jour de foire, et les
rues bordées des deux côtés de boutiques,
et de petites échoppes recouvertes en
toile, étaient si embarrassées et si remplies de monde, qu'il semblait d'abord
impossible que les chevaux et la voiture pussent se frayer un chemin sans
écraser quelqu'un, et sans renverser
quelques-unes des tentes. Le postillon
s'arrêta, et pria honnêtement les gens
de lui faire place: il y eut beaucoup de
confusion; mais enfin, les mantelets rouges
se rangèrent d'un côté, les hommes en
vestes et en redingottes de l'autre, et
ceux qui se trouvaient en avant, se disper-
sèrent en passant sous le nez des chevaux
à mesure que ceux-ci avançaient pas à pas.

Lucie avait baissé les glaces, elle regardait tout avec beaucoup d'intérêt, non sans un mélange de frayeur, et elle écoutait de toutes ses oreilles, les

« Bruyans charivaris
De sons étourdissans, de voix, de joyeux cris. »

Pendant que la voiture s'ouvrait, petit à petit, une route au milieu de la foule pressée, elle vit plusieurs personnes échapper miraculeusement à des périls qu'elle jugeait éminens, et qui la firent tressaillir, et s'écrier plus d'une fois, « oh! » et « ah! » pour ceux qui oubliaient le danger, dans l'ardeur qu'ils mettaient à leurs marchés et à leurs achats, dans le plaisir du commérage, la véhémence de la dispute, la stupéfaction de la curiosité, ou les inquiétudes de la tendresse maternelle. Ici, une mère traversa la rue devant le timon de la voiture qui faillit la frapper à la tête, pour tirer du chemin deux marmots qui restaient immobiles; l'un occupé à mordre dans une pomme, l'autre à souffler dans un nouveau sifflet. Une autre fois, la voiture passa tout près d'une jeune fille aux joues fraîches et vermeilles, qui marchandait avec tant de vivacité un ruban rose à une vieille femme dans son échoppe, que la roue aurait infailliblement écrasé

son pied, à ce que pensait Lucie, si, levant
la tête juste à temps, elle ne se fût un peu
retirée, tenant toujours son cher ruban à
la main, et continuant à en offrir un prix
plus en proportion de sa petite bourse
que de l'envie qu'elle en avait. Après, ce
fut un groupe de vieilles femmes, ap-
puyées sur leurs bâtons, leurs bonnets
si rapprochés qu'ils se touchaient tous,
parlant, et écoutant quelque chose avec
tant d'attention qu'elles n'entendirent
pas venir la voiture, jusqu'à ce que la
roue passa sur le bout d'un de leurs bâtons, et barbouilla de boue la mante de
celle qui parlait avec le plus d'action,
avant qu'elle eût pu se mettre à l'abri.

Ensuite vint un grand rustre à cheval,
à l'air gauche, les coudes en dehors, tirant
de toutes ses forces la bride de sa jument,
à crinière longue et mal peignée. Le
cheval ne savait pas plus que son cava-
lier de quel côté tourner : la bouche ouverte, les yeux ternes et prêts à sortir de
sa tête, il semblait avoir envie de courir
droit contre la portière de la voiture.
Lucie voyant cela, fit aussitôt le plongeon ;
elle n'imaginait pas comment ils avaient
pu parvenir à passer ; mais quand elle
regarda, ils étaient déjà loin, et Henri le
corps à moitié dehors de la portière, examinait les opérations de l'homme et du

cheval, arrêtés à quelque distance. Le pauvre animal ruait et luttait avec son maître au détour d'une rue : enfin ils disparurent, avant qu'on pût savoir auquel des deux la victoire était demeurée.

Lucie apperçut alors sur une nouvelle place, une grande maison de bois, portée sur des roues : on lisait écrit à l'extérieur, les noms des bêtes sauvages qui y étaient logées, et une invitation à entrer les voir pour la somme d'un schelling (24 sous). Au bas et au-dessus de cette inscription, étaient suspendus les portraits, coloriés au naturel, d'un lion rampant, d'une hyène furieuse, d'un tigre et d'un chat des montagnes, avec d'énormes moustaches.

Lucie commença à craindre que les *pauvres* chevaux ne fussent très-effrayés. Mais, soit qu'ils ne trouvassent pas les portraits d'une ressemblance frappante, soit qu'ils ne connussent pas assez les originaux et leur histoire particulière, ils ne montrèrent aucun trouble. Ils passèrent fort tranquillement à côté de ces terribles représentations, mais bientôt après, ils eurent *sottement* peur, comme le remarqua Lucie, d'un pauvre petit garçon qui sortit tout-à-coup de dessous la tente d'un théâtre de marionnettes. L'un des chevaux se cabra, l'autre refusa d'avancer, mais le postillon usant modérément du fouet, les remit en belle humeur, et les amena sans accident à l'auberge. En tournant sous la porte cochère, ils surent où ils étaient; ils cessèrent de dresser les oreilles, et se tinrent tranquilles dans la cour, hennissant de temps en temps pour saluer leurs anciennes connaissances qui leur répondaient de l'écurie.

Lucie trouva sur la cheminée de la salle où ils devaient dîner, un avertissement adressé au public, et ainsi conçu :

« Il est dernièrement arrivé dans cette ville une nouvelle magicienne, surpassant de beaucoup la vieille magicienne Corse qui parut en Angleterre dans le dernier siècle, et qui fut honorée de l'approbation de la noblesse et des personnes de marque. La nouvelle magicienne a un pouce de moins que l'autre. Elle parle trois langues : le Français, l'Anglais et l'Italien ; danse à exciter l'admiration, et valse d'une manière inimitable, lorsqu'on l'en prie. »

Tandis que Lucie lisait cette affiche, Henri en parcourait une autre qu'il avait trouvée sur la table, et qui prévenait aussi le public, que le même soir, à six heures, une compagnie de sauteurs exécuterait sur le théâtre de la ville, pour l'amusement des spectateurs, plusieurs sauts périlleux, et des danses sur la corde.

II.   10

Un homme promettait de porter une échelle en équilibre sur son menton. Un autre de faire tenir une table sur la corde, et même une chaise dans laquelle il serait assis, avec une bouteille de vin devant lui, dont il boirait un verre tout-à-fait à son aise, et avec autant de facilité que s'il était à terre.

Henri était fort curieux de ce spectacle : il assura Lucie que ce seraient d'excellens exemples de tout ce qu'ils avaient dit le matin sur le centre de gravité : ces merveilleux tours de force ne pouvant s'exécuter, qu'en sachant se maintenir en équilibre. Plus il y pensait, plus il désirait voir les sauteurs. Lucie ne partageait pas sa curiosité : si elle avait eu le choix, elle eût bien mieux aimé voir la nouvelle magicienne de Corse.

Leurs parens s'étaient décidés à coucher dans l'auberge où ils étaient descendus, et ils annoncèrent à Henri et à Lucie que le soir même ils les mèneraient voir la magicienne ou les danseurs de corde, à leur choix, mais qu'ils ne pouvaient les mener aux deux spectacles, qui étaient dans des quartiers tout-à-fait opposés. La petite fée Corse devait se montrer dans les entr'actes d'un concert. Lucie aimait la musique, Henri ne s'en souciait pas.

« Eh bien ! que préférez-vous ? » dit

leur père ; « je vous donne cinq minutes pour y penser : décidez-vous, car il faut aller retenir nos places, ou prendre des billets à temps. »

Lucie se rappela la résolution qu'elle avait prise, en partant pour ce voyage, d'imiter toujours la bonté et la complaisance de sa mère, dont elle avait vu tant d'exemples : elle abandonna donc généreusement son désir d'entendre le concert, et de voir la fée : elle le fit de si bonne grâce, qu'elle mit son frère tout-à-fait à l'aise. Une fois le sacrifice fait, elle n'y pensa plus, et jouit avec Henri de tous les plaisirs du spectacle, qui, au lieu de lui donner des regrets, la laissa parfaitement contente des autres et d'elle-même.

CHAPITRE XI.

Les Bassins de Bristol ; de la Fabrication du Sucre dans les Colonies ; de la Clarification, etc.

———

Nos voyageurs arrivèrent à Clifton le lendemain soir. Henri et Lucie furent enchantés de l'aspect de ce joli endroit, et se réjouirent d'apprendre qu'ils devaient y passer quelques jours, pour que leur mère pût s'y reposer. Le lendemain de leur arrivée, ils allèrent se promener sur les dunes : du haut d'une montagne escarpée, ils virent la rivière de l'Avon* qui coulait au-dessous. Ils descendirent pour gagner les bords de l'eau, par une nouvelle route qu'on venait d'ouvrir, et à laquelle travaillaient encore un grand nombre d'ouvriers. Quelques-uns s'occu-

————————

* Elle arrose une partie du Comté de Glocester, et se jette dans l'embouchure de la Sévern au-dessus de Bristol.

paient à briser des pierres creuses, qui
s'étaient détachées des rochers qui bordaient le chemin. L'intérieur de ces
pierres était garni de cristaux brillans.
Lucie en ramassa quelques morceaux dans
l'intention de les ajouter à la collection
qu'elle avait faite à Matlock. Les pierres
qui étincelaient de cristaux se nommaient,
à ce qu'on lui apprit, cailloux de Bristol,
et les cristaux mêmes, *Diamans de Bristol.* Lucie vit ensuite chez une dame de
Clifton, une croix faite avec ces diamans,
et une de vrais brillans: en les mettant
toutes deux l'une à côté de l'autre, on pouvait à peine en distinguer la différence.

Après une demi-heure de marche, ils
parvinrent aux bords de la rivière, où
ils restèrent quelque temps à admirer la
hauteur appelée Rocher de Saint-Vincent.
Ils allèrent ensuite visiter une vaste carrière, où des mineurs faisaient sauter des
quartiers de roc avec de la poudre à canon.
Ils s'informèrent de l'inspecteur des travaux, à quel usage on employait ces pierres.
Il leur en montra qui étaient taillées en
bloc, et qu'on destinait à paver les rues
de Bath et de Bristol. Les éclats n'étaient
point abandonnés comme inutiles. Après
les avoir brisés en très-petits cailloux,
on s'en servait pour raccommoder et entretenir les routes. Le roc était de pierre

calcaire : Henri en vit qu'on brûlait dans un four : on lui dit que cette pierre était dure, et que, taillée et polie, elle ressemblait au marbre, et pouvait le remplacer. Il y en avait de rougeâtres, de grises et de noires; mais toutes, en brûlant, se changeaient en une chaux très-blanche.

« La chaux que nous faisons ici, » dit l'inspecteur, « est fort recherchée, non-seulement dans le voisinage, mais aussi dans les pays étrangers. Nous en expédions des tonneaux jusqu'aux Indes occidentales. »

— « Savez-vous, mes enfans, » dit le père, « quel usage on fait de la chaux dans les Indes occidentales ? »

Henri et Lucie répondirent qu'ils supposaient que la chaux servait là, comme en Angleterre, à faire du mortier, et à engraisser les terres.

« On l'emploie aussi à faire le sucre, » reprit leur père.

Henri et Lucie le prièrent de leur expliquer comment.

« Je suis bien aise, » répliqua-t-il, « que notre visite à cette carrière ait attiré notre attention sur la manière de fabriquer le sucre ; car nous aurons de fréquentes occasions pendant notre séjour ici, de nous instruire à fond sur ce sujet.

Nous verrons dans le port de Bristol des vaisseaux arrivant des Indes occidentales, débarquer leurs cargaisons de sucre ; et nous serons peut-être assez heureux pour trouver à bord de ces navires quelques tiges de la plante appelée canne à sucre. Dans les manufactures que nous visiterons, nous pourrons examiner l'appareil, ou machine à faire le sucre, qui doit être transportée sous peu dans les Colonies ; il y a de plus ici d'immenses raffineries, où l'on extrait du sucre brut cette substance si pure et si blanche, qu'on nous sert tous les matins à déjeûner. Rendons-nous de suite à Bristol , en nous promenant , et essayons de satisfaire notre curiosité. Mais, dites-moi, enfans, avez-vous déjà quelques idées sur la manière dont on fait le sucre ? »

Ils avaient lu dans un voyage aux Indes occidentales par Edwards, une description des plantations de la Jamaïque, des cannes et des moulins à sucre.

Lucie, à qui son père s'adressa d'abord, se rappelait que la canne à sucre est une espèce de roseau ou jonc à nœuds , d'un jaune pâle, couleur de paille , dont l'épaisseur varie depuis la grosseur d'une canne ordinaire, jusqu'à celle d'un gros bambou. « Elle croit, en général, à hauteur d'homme ; à l'extrémité de la tige, sont des feuilles comme des pavillons. Les cannes se coupent en automne, et le temps où l'on fait le sucre, est une époque de réjouissance et de festins pour l'homme et pour les animaux, surtout pour les pauvres nègres, qui travaillent aux plantations. »

Ici Lucie faillit s'écarter de son sujet, et laisser là la fabrication du sucre pour parler des pauvres nègres. Mais son père l'arrêta par une question : « Que fait-on des cannes après qu'elles sont coupées ? »

— « On les lie par petits paquets en fagots, et on les porte au moulin qui en fait sortir tout le jus en les pressant... » Lucie regarda Henri, comme pour l'appeler à son aide à l'endroit difficile.

— « Le moulin se compose, » reprit ce dernier, « de trois grands cylindres en fer qui tournent par le moyen du vent, ou de l'eau, de chevaux ou de bœufs; peut-être qu'a présent, on a appris à les faire marcher par la vapeur. Les paquets de cannes passent entre les cylindres, qui les serrent si bien, et à tant de reprises, que tout le jus s'en écoule. Il tombe dans une gouttière en bois doublée de plomb, et se rend dans l'endroit où on le fait bouillir. Il est, dit-on, d'une grande importance de le faire bouillir aussi vîte que possible, mais je ne sais pas pourquoi. »

— « De peur qu'il ne fermente, » répliqua son père. « Sais-tu dans quelle intention on le fait bouillir, Lucie ? »

— « Afin que l'eau qui est mêlée au jus puisse s'évaporer, et qu'en laissant refroidir la liqueur, le sucre *se cristallise*, l'eau étant en trop petite quantité, pour qu'il reste fondu ou dissous ; justement comme nous avons vu se cristalliser l'alun de ma corbeille. »

— « Il est aussi nécessaire de le faire bouillir, » dit son père, « pour que les parties végétales contenues dans le jus, s'en séparent, et forment l'écume qu'on enlève à la surface avec un écumoir. C'est alors que la chaux est d'un grand secours en purifiant complètement la liqueur des matières étrangères qui s'y trouvent mêlées : elle rend aussi le liquide plus clair et moins visqueux, de sorte que les particules de sucre, pouvant se mouvoir librement, se réunissent plus tôt, et se cristallisent plus vite. Te souviens-tu, Henri, du nom de cette portion du sirop qui file, et ne peut pas se cristalliser ? »

— « C'est la *mélasse*, » répondit Henri. « Quand le sucre est cristallisé, on le met dans des tonneaux percés de trous au fond, et la mélasse s'égoutte, et filtre au dehors par ces trous. »

10*

Henri, Lucie, et leur père discutaient encore sur la manière de faire le sucre, quand ils arrivèrent au port de Bristol. Ils s'arrêtèrent à examiner un vaste bassin plein d'eau, et connu aux marins anglais et français, sous le nom des *Wet-Docks* de Bristol. On l'avait formé en plaçant des écluses au travers de l'ancien lit de l'Avon, (le cours de la rivière ayant été changé et dirigé dans un canal artificiel); les écluses empêchaient l'eau qui était dans l'intérieur du bassin de redescendre avec le reflux, de sorte que les vaisseaux étaient toujours à flot, même à marée basse.

Nos voyageurs y trouvèrent une foule de bâtimens. Ils distinguèrent ceux qui arrivaient des Indes occidentales par les tonneaux de sucre que l'équipage était occupé à débarquer, et par les noirs qui étaient à bord. Des matelots et quelques mousses suçaient de temps en temps des morceaux de canne à sucre tombés sur le pont, ce qui n'échappa pas à l'attention des deux petits observateurs. Henri remarqua aussi, tout en marchant le long du quai, les parties d'un moulin à cylindre pour écraser les cannes, et des chaudières de fer et de cuivre propres à bouillir le jus, qu'on emballait et qu'on chargeait à bord pour les Iles. Ils continuèrent leur promenade jusqu'au bout du bassin, puis ils reprirent le chemin de Clifton, charmés de tout ce qu'ils avaient vu dans leur course.

Le lendemain matin, comme ils se mettaient à table pour déjeûner, ils reprirent la conversation de la veille sur la manière de faire le sucre.

« L'art, tel qu'il se pratique dans les Iles, ou Indes Occidentales, est encore fort imparfait, » dit leur père : « une grande partie du sucre mêlé avec le jus, se perd par des procédés maladroits. Le jus contient deux substances douces : le sucre qui se cristallise aisément, et la mélasse qui reste toujours liquide. Le planteur, ou propriétaire de cannes, doit essayer de tirer du jus tout le sucre qu'il renferme, à la première opération, en y laissant entrer aussi peu de mélasse que possible. Mais en étant trop chauffé, le sucre perd la faculté de se cristalliser, et se change en une substance, ressemblante à la mélasse. En faisant bouillir le jus trop rapidement, on s'expose donc à gâter beaucoup de sucre, et la quantité ainsi sacrifiée augmente la mélasse en proportion. »

— « J'ai souvent fait brûler un morceau de sucre à la chandelle, » reprit Henri. « Après l'avoir passé au feu, il reste doux, mais il devient brun , mou et gluant. »

— « Le même changement a lieu, » poursuivit son père , « lorsqu'on fait chauffer dans un vase sur le feu, une forte solution de sucre. Dès qu'il est un peu plus chaud que l'eau bouillante, il rougit, et devient, comme tu le décris ; de sorte qu'une partie perd la propriété de se cristalliser en refroidissant. »

Henri et Lucie furent très-fâchés d'apprendre que tant de sucre, dû aux pénibles travaux des pauvres nègres, fût ainsi gaspillé, et ils exprimèrent l'espérance qu'on trouverait remède à ce mal.

« Une grande partie du sucre apporté en Angleterre était effectivement gaspillée de cette sorte ; mais cela n'arrive plus, grâce à de nouveaux perfectionnemens, dans cette fabrication. »

— « Et quels sont donc ces perfectionnemens, papa ? » demanda Henri.

— « C'est ce que je me propose de vous montrer ce matin même ; car je compte vous faire voir les nouveaux procédés en usage dans une des premières rafineries de Bristol. C'est là-dessus qu'il faut que nous causions , afin que vous puissiez comprendre ce que font les ouvriers. Avez-vous lu, ou appris quelque chose sur la manière de raffiner le sucre ? »

Henri avait ouï dire qu'on se servait de

sang de bœuf dans les raffineries; mais
comment, et pourquoi, c'est ce qu'il ne
savait pas.

« Quand le sucre brut a été dissous
dans l'eau, » dit son père, « on emploie le
sang de bœuf pour le clarifier, c'est-à-dire,
pour en séparer toutes les matières étrangères. Il faut que le sang soit liquide,
au moment d'être mêlé avec la solution
froide de sucre. Il se coagule à une chaleur modérée, et s'élève à la surface; c'est
l'écume qu'on a soin d'enlever, et qui en-
traine avec elle tout ce que le sirop
contient de moins pur. Mais dans la raffinerie que nous allons visiter, cette méthode de clarification a été abandonnée,
parce qu'on a trouvé que beaucoup de
sucre se perdait, en se mêlant à l'écume,
de laquelle on ne pouvait ensuite le séparer. »

— « Ne te souviens-tu pas, Henri, »
dit Lucie, « d'une histoire sur un procédé
appelé *terrer*; et du hasard qui fit découvrir que certaine qualité de terre était
bonne pour le sucre; je veux dire, bonne
pour blanchir le sucre? »

— « Non, en vérité. »

— « Tant mieux, car j'aurai le plaisir
de te le raconter. C'est très-singulier: il
y est question d'une poule... »

— « Je te conseille de nous le conter,

ma chère Lucie, » reprit sa mère, « sans
exciter d'avance notre curiosité, de peur
que tu ne puisses ensuite la satisfaire complettement. »

— « Eh bien, maman, vous saurez qu'un
jour, une poule qui avait marché dans
un terrain humide et gras, et qui avait
de la terre glaise aux pattes, s'avisa d'aller
se percher sur un pain de sucre. On remarqua bientôt après, je ne sais comment,
que les endroits où elle avait passé, étaient
beaucoup plus blancs que le reste. D'après
cette observation, on imagina de faire des
expériences, et de se servir de cette terre
pour blanchir le sucre. »

— « C'est très-curieux ! » dit Henri ;
« et Lucie se l'est rappelé juste à propos ;
n'est-ce pas, maman ? je l'avais tout-à-fait
oublié : mais je m'en souviens à merveille
à présent. On met le sucre dans un vase
qui a la forme d'un cône, ou pain de sucre,
et qu'on place de manière à ce que le
petit bout soit en bas. Alors, on met une
couche de terre détrempée avec de l'eau,
sur le large bout du pain, et l'eau se dé-
gage peu à peu de la terre, et filtre très-
doucement au travers du sucre. Elle se
mêle à la mélasse, la délaie et l'entraîne
avec elle. J'aurais dû te dire qu'il y a toujours un trou au fond de la forme. On le
bouche d'abord avec un tampon, que les

ouvriers appèlent *tappe,* puis, vient un ouvrier qui ôte le tampon, et tout ce qui a filtré jusqu'en bas, s'écoule, et tombe goutte à goutte. »

— « Ainsi, c'est une poule qui a appris aux hommes à *terrer* le sucre : nous devons bien lui en savoir gré, maman; pour ma part, je ne me doutais pas que je lui eusse une si grande obligation. La prochaine fois que je verrai du sucre bien blanc, je dirai en moi-même; « grand merci, bonne poule. »

— « Tu lui feras beaucoup plus d'honneur qu'elle n'en mérite, » répliqua M. Wilson. « Car dans la raffinerie où je vais vous conduire, l'opération dont parle Henri, est tout-à-fait mise de côté. L'art de raffiner, tel qu'il se pratique maintenant, est une nouvelle découverte, qui n'est pas due à un simple hasard heureux, mais à une sage combinaison de principes savans, joints à une observation exacte et éclairée. »

— « Comment cela? » demanda Henri, en rapprochant sa chaise, et en écoutant de toutes ses oreilles.

— « C'est une des plus heureuses applications de la science aux choses ordinaires de la vie et à nos besoins journaliers, » reprit M. Wilson. « Car perfectionner

la fabrication d'une substance si agréable,
et qui nous est devenue presque nécessaire, est un service rendu à toute la
société. Nous avons appris hier comment
on extrait le sucre brut du jus de la canne
à sucre. Il nous reste à savoir comment on
convertit ce même sucre brut, en cristaux durs, et blancs, comme ceux que
nous mettons tous les jours dans le thé
ou le café. Il faut connaître la nature
et les propriétés des ingrédiens étrangers
qui se trouvent dans le sucre brut, pour
pouvoir parvenir à les en séparer. Outre
différentes matières, le sucre brut se
compose, comme je vous l'ai déjà dit,
de deux substances douces: le *sucre* qui
se cristallise, et la mélasse qui reste toujours à demi liquide; cette dernière se
combine avec une matière brune colorante qui donne à la cassonnade la teinte
jaunâtre que vous lui voyez. La mélasse
diffère du sucre en ce qu'elle ne peut,
comme lui, se consolider. Maintenant,
si l'on ajoute une petite quantité d'eau
à un mélange de mélasse et de sucre,
toute la mélasse deviendra fluide, tandis
que le sucre sera plus long et plus difficile à fondre : de sorte qu'au moyen de
l'eau, on peut séparer les parties qui
constituent le sucre brut. »

— « Je vous comprends, » reprit Henri : « en mêlant un peu d'eau à du sucre brut, et en mettant ce mélange dans un moule, comme ceux dont on se sert pour *terrer*, je viendrai à bout de dégager mon sucre d'une grande partie de sa mélasse. »

— « Très-bien : je vois qu'en t'expliquant un petit nombre de faits, et en te faisant quelques questions, je pourrai t'amener à inventer seul les nouveaux perfectionnemens. »

— « Oh ! essayez, je vous en prie, mon papa. Il n'y a rien qui me fasse plus de plaisir que d'apprendre les choses de cette manière-là. »

— « C'est un excellent exercice pour toi, et pour tout le monde, » dit son père.

— « Pourvu que vous nous aidiez, papa, quand nous ne pourrons pas avancer seuls, » ajouta Lucie.

— « Eh bien donc, pour avancer seuls, quelques explications vous sont encore nécessaires. Ce ne sont que les petits cristaux contenus dans le sucre brut que nous avons appris à dégager de la mélasse. Pour arriver jusqu'à la matière liquide renfermée au-dedans des gros cristaux, il faut commencer par les faire dissoudre complettement dans l'eau, et avant qu'ils soient recristallisés, le sirop doit être purgé de tout corps étranger et de toute matière brune. Mais comment s'y prendre, pour séparer du sirop cette substance colorante ? »

— « Je sais que les teinturiers se servent d'alun pour séparer les couleurs des liquides, » reprit vivement Lucie.

— « En effet ; cette propriété dépend de la terre que contient l'alun, » dit M. Wilson ; « et cette terre, se mêlant au sirop, attire à elle la couleur qui le brunit. Du charbon fait avec des os brûlés, et qu'à cause de cela, on appelle *charbon animal*, s'emploie souvent dans le même but. Ajouté aux vins les plus foncés, il peut, selon la quantité, les décolorer complètement.

« Quand ce procédé est fini, on enlève la terre d'alun ou le charbon, ainsi que les autres malpropretés, en faisant passer la liqueur par un filtre : il faut ensuite faire évaporer l'eau. »

— « Je sais, papa, » interrompit Lucie, « d'après ce que vous-même nous avez expliqué, qu'il ne faut pas faire chauffer le sirop dans un vase ou dans une chaudière à même le feu. Et cependant, je ne puis imaginer comment on peut faire bouillir l'eau, afin qu'elle s'en aille en vapeur, autrement que sur le feu. »

— « Je t'ai dit, » reprit son père, « que le sucre serait gâté, si on l'exposait à une chaleur plus forte que celle de l'eau bouillante. »

— « Je crois que je sais à présent, comment je m'en tirerais. Je le ferais cuire, comme on fait cuire les crêmes, au bain marie, ou bien encore à la vapeur. Il me semble vous avoir entendu dire, papa, qu'il y avait de grands édifices chauffés par la vapeur. Je ne sais pas trop exactement comment je m'y prendrais : mais je persiste à croire qu'on pourrait faire bouillir le sucre par la vapeur. »

— « Ce n'est pas si mal pensé, » dit Henri. « Moi, je conduirais la vapeur à travers des tuyaux, jusque sous la chaudière où serait le sucre. »

— « Vous êtes tous deux sur la route du principal perfectionnement adopté pour la cuisson* du sucre ; mais cependant vous n'avez pas encore vaincu la plus grande difficulté. Avec votre méthode, on pourrait parvenir à chauffer le sucre, mais non, à le faire bouillir. Car vous savez qu'une solution de sucre, si elle est dans un vase découvert, a besoin pour bouillir, d'une beaucoup plus grande chaleur que l'eau. »

— « Mais, je croirais, » reprit Henri,

---

* En terme de raffinerie, la *Cuite*.

« qu'en renfermant la vapeur, on pourrait la rendre beaucoup plus chaude que l'eau bouillante, et dans ce cas, je pourrais faire bouillir le sirop, à force de comprimer la vapeur. »

— « Tu le pourrais sans doute. Quelques personnes emploient même ce moyen pour la cuite : mais la vapeur à *haute pression* (c'est ainsi qu'on la nomme,) est fort dangereuse à diriger, et de plus, on risque dans cette opération, de trop chauffer le sucre, et de le changer en caramel. Tourne donc tes idées d'un autre côté, et au lieu d'élever la température de la vapeur, réfléchis, et cherche les moyens de faire bouillir du sirop, ou tout autre fluide, en l'exposant à une température au-dessous de celle de l'athmosphère, ou air extérieur. »

Henri réfléchit pendant quelque temps, et dit enfin : « Je ne suis pas certain que cela pût réussir pour le sirop ; mais j'ai vu de l'eau qui n'avait qu'une chaleur modérée, bouillir, dès qu'on la mettait sous le récipient d'une pompe à air. »

— « Et pourquoi cela arrivait-il ? » demanda son père.

— « Parce qu'il y avait un vide, » répondit Henri, « et que l'athmosphère ne pesait pas dessus. Si nous pouvions placer la chaudière sous le récipient d'une pompe à air, peut-être parviendrions-nous à mettre le sucre en ébullition : mais la quantité est ce qui m'embarrasse. Les chaudières sont, je crois, fort grandes. Je n'en pourrais faire bouillir qu'une petite quantité à la fois dans une pompe à air ; de sorte qu'après tout, cela ne pourrait pas servir. »

— « Et pourquoi pas ? » dit M. Wilson : « n'abandonne point tes idées trop vîte ; ne cours pas à autre chose, avant d'être bien sûr que tes projets sont inexécutables. Il ne faut pas fixer ton imagination sur le récipient de la seule pompe à air que tu aies vue, comme s'il n'y avait que celui-là dans le monde entier. Assurément, tu ne pourrais pas, malgré tous tes efforts, faire entrer une chaudière à sucre sous le petit récipient de la pompe à air de ton oncle. »

— « Non, bien sûr ; » répliqua-t-il, en riant : mais il reprit son air grave, et se remit à penser : « Voyons, comment m'y prendrai-je ? il est impossible de souffler une cloche de verre assez grande pour servir de récipient à une chaudière. »

— « Pourquoi t'attacher à l'idée d'avoir un récipient en verre, Henri ? Crois-tu essentiel pour produire un vide, que la cloche soit de verre ? »

— « Non, certainement : ce n'est pas

essentiel du tout. Seulement, je pensais à l'avoir ainsi, parce que le seul récipient que j'aie vu, était en verre. Mais je crois que toute autre substance impénétrable à l'air, sera tout aussi bonne. Que j'étais donc sot !.. Je me rappelle à présent le corps de pompe, et le cylindre de la machine à vapeur, dans lequel se fait le vide. Il est assez grand, j'espère, et on pourrait faire un récipient en fonte, ou en cuivre, de la même dimension; plus ou moins large, selon qu'il le faudrait. »

— « T'y voilà, enfin ! On fait bouillir le sucre dans un vide; et l'on produit ce vide au moyen d'une pompe à air. Je ne connais pas les détails précis de cette opération, ne l'ayant pas encore vue par moi-même, mais j'espère en pouvoir juger aujourd'hui. Prenez donc vos chapeaux, et partons. »

CHAPITRE XII.

La Raffinerie : les nouveaux Procédés; la Pompe à Air.

La raffinerie que Henri et Lucie allaient visiter , était un grand édifice, haut de huit étages. La première circonstance qui les frappa, en y entrant et en traversant plusieurs salles spacieuses, où la besogne semblait marcher, fut le petit nombre d'ouvriers. Lucie supposa que c'était l'heure du dîner, et qu'ils étaient absens pour leur repas , comme dans d'autres manufactures qu'elle avait vues ; mais on lui dit que non, et que tous les hommes employés habituellement dans la raffinerie étaient présens. Il en fallait fort peu, tant les machines faisaient de choses , et ce peu même semblait presque inutile, ou du moins d'une très-petite importance. On eût dit que les ouvriers n'étaient que les domestiques en sous ordre des machines; qu'on ne les chargeait que des bagatelles , auxquelles le mécanicien et le chimiste n'avaient pas pensé , et pour lesquelles ils ne s'étaient pas donné la peine d'inventer des moyens plus sûrs et plus expéditifs.

Lucie remarqua que les grandes salles et jusques aux corridors étaient chauffés, et cependant, elle n'apercevait de feu nulle part. Elle demanda comment cela se faisait ; on lui répondit qu'elle le saurait bientôt, car on allait les conduire à l'endroit d'où venait toute la chaleur. Leur guide, le contre-maître qui avait la bonté de leur montrer l'établissement, les mena en effet à un bâtiment séparé, où était une machine à vapeur. Le feu sous les chaudières était le seul allumé dans la fabrique. Toutes les pièces étaient chauffées par la vapeur qui passait à travers des tuyaux dans les murs, ou sous les planchers.

Henri fut enchanté, et prit un air orgueilleux et ravi, en entendant détailler tout ce que faisait une seule machine à vapeur. Elle distribuait dans ce vaste édifice, une chaleur égale, et fournissait toute l'eau dont on avait besoin pour les diverses opérations : elle mettait en mouvement un moulin pour écraser le sucre et d'autres substances dont on se sert pour le raffiner ; et elle soulevait et abaissai' les pistons d'une immense pompe à air.

Après avoir vu, ou entendu conter
tout ce que faisait cette merveilleuse machine, la grande puissance active dont dépendait tout le reste, nos curieux suivirent leur guide dans une espèce de dépen-
dance, ou chambre basse, dans laquelle
on préparait l'alun, en ajoutant à la solution de la chaux vive.

Ils entrèrent ensuite dans la partie du
bâtiment, où se faisaient les opérations
préparatoires au nettoyage du sucre. Ils
virent d'abord quelques ouvriers, les bras
nus, et très-peu vêtus, à cause de la chaleur du travail, occupés à remuer avec
d'énormes pelles dans une grande chaudière, le sucre brut, tel qu'on l'apporte
des Indes occidentales. Ils le brassaient
avec une petite quantité d'eau, trop petite pour le dissoudre. Ce mélange ressemblait à de la thériaque. On le versa
ensuite dans des moules de terre qui
étaient rangés là en grand nombre, et qui
avaient la forme d'un pain de sucre,
comme ceux que leur père leur avait dé-
crits. Au fond de chacun, il y avait un
trou, tout-à-fait à la pointe qui était tournée en bas; on devait laisser le sucre dans ces
moules pendant vingt-quatre heures. Au
bout de ce temps la mélasse coulant dans
des pots placés sous les moules, le sucre,

resté dans les formes, se changeait en pains solides d'un brun clair. On mit dans la main de Lucie un peu de sucre ainsi purifié; elle sentit qu'il était assez mou pour s'écraser facilement. Il restait à le dissoudre dans de l'eau, qu'on avait chauffée en faisant passer de la vapeur au travers. La terre d'alun s'ajoutait à cette solution, et le tout était fortement remué et brassé par des courans de vapeur qu'on faisait circuler dedans.

Ce procédé s'exécutait dans une grande cuve, qui avait un double fond, et de doubles côtés, comme une seconde enveloppe; entre les deux parois, était ménagé un espace suffisant pour y introduire la vapeur. Le fond et les côtés de la chaudière intérieure étaient percés de très-petits trous, par lesquels la vapeur passait dans le sucre liquide. Henri et Lucie entendirent une suite rapide d'explosions, occasionnées par la condensation soudaine de la vapeur: et lorsque la solution s'échauffa, ils virent d'immenses nuages s'élever au-dessus. Après cette opération, on laissait couler le sirop sur le filtre, qui, à l'extérieur, semblait être un grand coffre carré: mais l'intérieur était divisé en compartimens parallèles, par du drap ou de la grosse toile tendue sur des cadres de cuivre. La liqueur coulait dans chaque compartiment, et se filtrait en passant d'une cellule à l'autre. Le sirop qui s'en écoulait à la fin, était un fluide transparent, d'un jaune pâle.

On les introduisit dans l'endroit qui renfermait la partie la plus remarquable du nouvel appareil, les chaudières à évaporation, dans lesquelles l'eau était dégagée du sirop. Elles étaient aussi à double fond, afin de pouvoir admettre la vapeur entre les parois, pour chauffer le sirop : ces chaudières étaient couvertes de dômes en cuivre. Ces dômes, ou cloches, communiquaient avec la pompe à air, dont les grands pistons étaient tenus continuellement en action par la machine à vapeur. Ils servaient à pomper l'air, de manière à maintenir, autant que possible, un vide au-dessus du liquide : un baromètre indiquait la perfection du vide. Le contre-maître de la raffinerie leur apprit qu'il fallait cent degrés de chaleur de moins pour faire bouillir le sucre dans le vide, que par la méthode ordinaire, et que la cuite s'accomplissait en moins d'un cinquième du temps qu'on y employait auparavant.

Après avoir fait évaporer toute l'humidité, on amenait peu-à-peu la chaleur du sucre à une certaine température qu'on avait reconnue par expérience, être la plus

propre pour le disposer à se cristalliser :
on le versait dans des moules de terre,
toujours en forme de cône ou de pain de
sucre; et là, on le laissait se consolider.
Il est alors passablement blanc, et on
achève de le purifier en le lavant avec
une solution du plus fin et du plus beau
sucre blanc, qu'on verse dessus, et qui filtre
au travers. Le sommet et la base des pains,
ou en termes de raffinerie, la *tête* et la
patte, étant moins purs, on les présente
à un tour qui en rogne une partie : et les
pains sont ensuite portés à l'étuve, pour
sécher.

Lucie dit, qu'avant de visiter cette raffinerie, elle savait en gros, d'après ce
qu'elle avait lu et entendu raconter, que
pour rendre le sucre blanc, et tel que celui dont on se servait généralement, il
fallait lui faire subir plusieurs procédés :
le clarifier, le filtrer, le cuire, le faire refroidir et cristalliser ; mais malgré cela,
elle était étonnée du nombre des différentes opérations, de la grandeur des
vaisseaux, de la force et du temps nécessaires. Tout ce qu'elle avait vu, ne
l'avait pas fatiguée, parce qu'elle en connaissait d'avance le but, et qu'elle ne s'é-
tait pas tourmenté l'esprit à le chercher,
au lieu d'examiner ce qui était devant
elle.

Henri était tout glorieux de voir le principe qu'il avait si clairement compris, et si bien expliqué à Lucie, mis en pratique avec succès pour de si grandes choses.

« J'espère que tu avoueras maintenant, » dit-il à sa sœur, « que la pompe à air peut servir à nos besoins journaliers, et je pense que tu es *à présent* tout-à-fait convaincue qu'elle ne le cède pas en utilité à la pompe à eau. »

Lucie en convint, et ajouta que Henri pouvait bien tirer vanité de sa chère pompe à air.

« Pense, » reprit Henri, « à combien d'usages différens on peut l'appliquer : à faire du sucre, et à faire de la glace ; non seulement à faire bouillir vîte, mais aussi à geler l'eau tout aussi vîte. Je ne crois pas qu'Otto Guerike, ou M. Boyle lui-même, eussent pu prévoir tout le parti qu'on devait tirer de leurs propres inventions. Que je voudrais qu'ils pussent voir tout ce qu'on nous a montré ce matin ! »

— « Oh ! moi aussi, » dit Lucie ; « je souhaiterais de tout mon cœur qu'ils fussent ici avec nous ! »

— « Tout remonte au grand principe du vide, vois-tu, Lucie ? »

Le contre-maître qui les avait conduits

dans toutes les parties de l'établissement, et qui leur avait expliqué avec beaucoup de politesse et de complaisance tous les procédés, fut enchanté d'avoir donné tant de plaisir aux jeunes gens. Charmé de l'intérêt avec lequel ils avaient écouté et compris tout ce qu'il leur avait dit et tout ce qu'ils avaient vu, il les pria de se reposer un moment avant de partir, et les fit entrer dans une chambre, où on avait servi un petit déjeûner. Il donna une tasse de chocolat à Lucie, et une autre à Henri.

« Il faut bien que vous goûtiez un peu du sucre qui a été raffiné ici par les diverses opérations dont vous venez d'être témoins. »

Il leur en présenta dans une soucoupe de terre noire de Wedgewood qui faisait ressortir toute sa blancheur.

« Papa ! » s'écria vivement Henri, « pourriez-vous me dire qui a inventé la manière d'appliquer si bien la pompe à air à cet usage ? »

— « Oui, » reprit son père ; « cette invention appartient à Édouard Howard, frère du Duc de Norfolk : il fut l'honneur de sa famille, et j'espère, » continua-t-il, en s'adressant au contre-maître de la raffinerie, « qu'il a été amplement récompensé de son ingénieuse découverte par les propriétaires de ce genre de fabrique qui lui ont dû l'accroissement de leur fortune ? »

— « Les avantages en sont immenses, monsieur, mais il ne les a pas recueillis. C'est sa famille qui en jouit. Il n'a vécu que juste assez pour perfectionner son invention. »

Le contre-maître leur démontra en peu de mots qu'en adoptant ce nouveau procédé, on économisait une quantité prodigieuse de sucre. On y trouvait un profit de huit livres sur cent livres pesant, et il aida Henri à faire le calcul du gain que cela devait donner par an sur le total de la quantité de sucre raffiné dans la Grande-Bretagne.

Nos voyageurs, ayant bu leur chocolat, remercièrent leur hôte de ses attentions, et prirent congé de lui.

CHAPITRE XIII.

La Verrerie : la Force Centrifuge ; Griffonnages de Henri ; Explication ; Manuscrits des Anciens écrits sur du Papyrus.

———

En descendant de Clifton à Bristol, vous apercevez dans la ville au-dessous de vous une quantité de bâtimens très-hauts, d'un aspect sombre, en forme de grands cônes ; des tourbillons de fumée d'une teinte encore plus obscure que les murailles, s'en exhalent continuellement, à flots noirs et pressés. Ces maisons côniques sont des verreries. Lucie se rappelait que son père lui avait dit de quoi se faisait le verre, et même le lui avait montré. Elle se souvenait du goût de l'alkali, de la cendre des végétaux, du toucher et de la couleur du sable. Elle n'avait pas oublié non plus l'histoire de l'accident qui fut cause, à ce que l'on raconte, de la découverte du verre ; et par-dessus tout, elle avait encore présent à la mémoire le

plaisir que son frère et elle-même avaient
éprouvé en voyant le faiseur de *thermo-
mètres* souffler, avec sa canne de fer creuse,
des tubes et des bulles. Elle désirait beaucoup en savoir plus sur ce sujet , et M.
Wilson la conduisit un jour avec Henri
à l'un des ateliers où l'on souffle le verre.

Le premier sentiment de Lucie, en entrant dans la verrerie, fut la frayeur;
elle voyait une quantité d'hommes, qui,
portant de grandes cuillers d'un feu rouge
et liquide , à ce qu'il lui semblait, pas-
saient près d'elle en courant, et se croi-
saient à chaque minute avec ces masses
flamboyantes, toujours sur le point de se
brûler l'un l'autre de la manière la plus
dangereuse. Mais quand elle eut observé
la dextérité de leurs mouvemens , leur
air d'intrépidité; quand elle eut remarqué à quel point ils paraissaient à l'aise
au milieu du péril, elle se rassura petit-
à-petit, et fut bientôt en état de jouir de
ce spectacle. Elle vit, d'abord, des fournaises d'où l'on tirait des pots de terre
remplis de verre fondu et rouge comme
le feu. Ce qui l'embarrassait d'abord ,
c'est que les ouvriers appelaient le con-
tenu de ces pots *la pâte ;* mais c'était seulement leur manière de le nommer; car,
comme le dit Henri, c'était bien réellement du verre.

11*

Elle se divertit beaucoup à regarder comment on le soufflait. D'abord, elle vit faire une bouteille, ensuite un gobelet. Une circonstance dans la manière de finir ce dernier objet la frappa particulièrement. Quand l'ouvrier coupa les bords ronds du verre avec une paire de *forces**, la pâte, étant molle encore, céda à la pression de ces ciseaux, de sorte que le gobelet ne fut plus parfaitement rond, ni le bord parfaitement égal. Alors l'homme chauffa de nouveau le verre, et le faisant tourner adroitement, il le ramena à sa forme circulaire, et les bords redevinrent ronds et polis.

M. Wilson demanda à son fils d'où provenait cela.

Ce dernier répondit qu'il croyait, que cette forme ronde était produite par la pression de l'air, au moment où l'on faisait tourner cette pâte encore m le, de même que toute autre substance s'arron-

---

* Dans l'art de tondre les draps, on emploie d'énormes ciseaux à ressort, d'une forme particulière, qu'on nomme *forces;* dans l'art de la verrerie, on se sert pour couper le verre, tandis qu'il est rouge, de ciseaux à-peu-près semblables, quant à la forme; mais infiniment plus petits, et que par analogie, on désigne aussi sous le nom de *forces.*

dit sous la pression de l'outil lorsqu'il est fixé sur un tour. Il supposait que l'air qui se trouvait dans l'intérieur du gobelet, l'empêchait d'être enfoncé, et tenait à distance ses parois, qui, sans cela, cédant à la force de l'air extérieur, se seraient rapprochées et réunies.

Le père de Henri lui dit qu'il avait en partie raison, mais qu'il y avait encore une cause dont il ne parlait pas, et que cependant, il était en état de deviner.

M. Wilson n'en voulut pas dire plus, parce qu'Henri pourrait peut-être la découvrir lui-même en examinant plus attentivement une nouvelle opération : la fabrication d'une vitre, ou verre de Bohême ; car c'est ainsi qu'on nomme les plus beaux carreaux de vitre.

D'abord, l'ouvrier souffla un grand bouillon de verre, en forme de poire, d'environ un pied de diamètre, au bout d'un long tube de fer, auquel cette bulle resta attachée, la pâte en étant encore molle et brûlante. Ensuite, il roula cette matière en forme de poire sur une table de marbre poli, en continuant de la souffler. Il répéta alternativement cette opération plusieurs fois, et faisant tourbillonner rapidement cette bulle près d'un très-grand feu, le bouillon changea sa forme alongée en celle d'un globe. Le globe fut alors coupé à l'extrémité opposée au tube auquel il adhérait encore ; ainsi ouvert, on le tourna de nouveau avec la plus grande vîtesse, les parois s'écartant toujours de plus, en plus, jusqu'à ce qu'à force de répéter ce mouvement, il devint une grande pièce de verre circulaire et plate.

Henri s'aperçut alors de ce qui lui était échappé dans la fabrication du verre à boire ; l'action de la *force centrifuge :* c'est-à-dire, cette tendance qu'ont à s'écarter du centre toutes les parties d'un corps, que l'on tourne rapidement en rond.

Il continua son explication en quittant la verrerie.

« Je suppose, papa, que toutes les parties de la bulle en verre mou, cherchent à s'écarter du centre, à mesure qu'on la fait tourner, et par-là agrandissent de plus en plus le globe ; le plateau circulaire forme un cercle plus grand, et toutes les parties, s'éloignant également du milieu, les bords du gobelet deviennent exactement ronds. »

— « Je me rappelle, » reprit Lucie, « que la première fois que j'entendis parler de la force centrifuge, et que je pris quelque idée de ce que cela voulait dire, ce fut grâce à toi, Henri ; je faisais un pâté, mon papa. »

— « Un pâté, ma chère ! je n'ai pas le

moindre souvenir que jamais tu aies fait de pâté. »

— « C'est peut-être un fromage, qu'il faut dire ; je sais qu'il y a des gens qui l'appellent ainsi. Ce n'est ni un pâté, ni un fromage à manger, au moins, papa ; je vous montrerai cela aussitôt que nous serons à la maison. »

Lucie tint parole : dès qu'elle fut dans la chambre de sa mère, elle se mit à tourner sur elle-même, de façon que les bords de sa jupe s'écartaient en rond, et se plongeant tout-à-coup dans sa robe, qui s'élevait toute gonflée autour d'elle, elle s'écria : « voilà un pâté, mon papa, ou un fromage, comme il vous plaira de l'appeler ; cela se fait par la force centrifuge ; n'est-ce pas, mon frère ?

« Je me suis bien amusée à voir souffler le verre, » continua-t-elle, « et toi, Henri ? »

— « Beaucoup, en vérité, et cela m'a donné fort à penser et encore plus à demander. »

— « Quoi donc à demander ? »

— « Beaucoup, » répéta Henri. « Entre autres choses, je ne comprends pas bien ce qu'on nomme *remire* le verre, ou *l'assurer.* »

— « Je me rappelle, » dit Lucie, « que quand l'homme a eu donné plusieurs tours au verre, et qu'il l'a eu fini, un jeune garçon est venu, tenant une longue paire

de pincettes ; et saisissant le verre, il s'est
sauvé avec, le portant, comme disait l'homme , au fourneau à *remisson*. Et lorsque je
lui demandai ce que c'était , et ce qu'on
allait en faire , l'ouvrier me montra une
terrine dans un four , et je vis notre gobelet , avec plusieurs autres que l'on y
mettait pour les faire chauffer de nouveau,
et les laisser ensuite refroidir lentement.
L'homme me conta, qu'ils étaient plusieurs jours à refroidir. On fait cela , à
ce qu'il dit, pour rendre le verre moins
cassant, et c'est ce qu'on appelle *l'assurer**.
Que veux-tu savoir de plus là-dessus ,
Henri ? »

— « Beaucoup plus, si je puis, Lucie.
D'abord je ne sais pas du tout *pourquoi* ce
procédé rend le verre moins cassant. »

— « Pourquoi ? oh c'est une autre
affaire. Pourquoi?... je n'en sais rien non
plus. »

— « Et j'ai entendu papa parler avec
le maître de la verrerie d'un fait curieux.
Il disait, que, quand on laisse refroidir,
immédiatement après qu'il est fait , un
vase en verre d'une forme particulière, il
est souvent assez fort pour résister au
choc de la balle d'un pistolet, ou à n'importe quel autre corps lourd qu'on y puisse

---

* Voyez les notes.

jeter d'une hauteur considérable : tandis qu'un petit morceau de pierre à fusil qui tombe tout doucement dedans, le brise en éclats. »

— « Vraiment! c'est très-singulier. »

— « C'est ce qu'a dit papa; et puis ils ont parlé des gouttes du prince Rupert. Oh Lucie, il y a bien d'autres choses, beaucoup plus curieuses à apprendre sur le verre ; et tant de *pourquois !*... Ah plus que je n'en pourrai peut-être savoir dans toute ma vie ! »

— « Mais tu n'as pas besoin de connaître tous les pourquois, Henri. »

— « Du moins veux-je en savoir autant que je pourrai, ma chère. Il y a un homme, qui est venu dans la verrerie, pendant que nous y étions; l'as-tu vu, Lucie ? »

— « Oui. C'est un *monsieur* que tu veux dire? »

— « Je ne sais pas si c'était un monsieur, ou non, c'était un homme. »

— « Moi j'ai vu que c'était un monsieur, » dit Lucie.

— « Par son chapeau? son habit ? ou sa veste ? » demanda Henri, en souriant.

— « Nullement; par rien de tout cela ; par quelque chose de mieux ; c'est par sa manière de parler, son ton, son langage, que j'ai vu que c'était un homme distingué. »

— « Et moi d'après ce qu'il a dit j'ai
jugé que c'était un homme de sens. Il
venait s'informer de la demeure d'un ouvrier qui polit les verres pour les télescopes. »

— « Oh alors ce doit certainement
être un homme de bon sens ! » dit Lucie,
souriant à son tour.

— « Mais, ma chère, tu n'as pas tout entendu. Il s'occupe d'expériences pour perfectionner la fabrication de ces verres. Je
n'ai pas compris tout ce qu'il a dit, mais
j'étais bien curieux d'en savoir davantage. »

— « Je crois que ce monsieur a plu à
mon papa. »

— « Oui. Papa et lui ont parlé de
l'utilité de la découverte du verre, et du
temps qui s'est écoulé avant qu'on pensât
à l'employer à tous les usages auxquels
il sert à présent. »

Il se trouva, que le jour d'après, Henri
alla avec son père chez un physicien, qui
avait une belle bibliothèque, et pendant
que ce savant et M. Wilson s'occupaient
ensemble de leurs affaires, il demanda la
permission de consulter quelques-uns des
livres. Leur propriétaire le permit, et
il se mit vîte à l'ouvrage, cherchant un
dictionnaire de Chimie ou une Encyclopédie, où il pût trouver les détails et les

causes du procédé qu'il ne comprenait pas, la *remisson* du verre. Le volume qui renfermait l'*r* manquait. Il en fut très-impatienté, d'abord ; mais, comme la plupart des choses qui nous paraissent souvent contrariantes, ce désappointement fut au fond heureux pour lui. Quand même il eût trouvé cette explication, il n'aurait pu la comprendre; il n'avait pas les connaissances préliminaires indispensables pour cela, et il y aurait perdu son travail, et peut-être lassé sa patience. Il chercha l'article *verre,* et s'il n'entendit pas tout, du moins il en comprit une partie. Comme il était enthousiaste et infatigable tout à la fois, il parcourut l'article en entier et eut le très-grand plaisir de découvrir çà et là, des choses fort amusantes. S'emparant de tout ce qui était à sa portée, il laissa le reste pour une autre fois. Un passage qui décrivait ce qu'il avait vu, et ce qu'il aurait trouvé très-difficile d'expliquer, lui plut tellement , qu'il en griffonna une copie pour Lucie. *Griffonné* est le mot, car c'était à peine lisible. Quand il voulut en faire part à sa sœur , il ne put le déchiffrer, même avec l'assistance et le zèle de Lucie , qui lisait ordinairement sa main courante mieux que lui-même. Mais, comme elle le fit observer, la main décidément avait couru trop vîte.

« Si tu savais, ma chère, dans quelle presse j'étais ! J'écrivais sur le dos d'une lettre toute chiffonnée, et avec un crayon qui n'était pas taillé; mon père debout, tout prêt à s'en aller, tenait son chapeau et ses gants. Pendant les trois dernières lignes, je croyais toujours qu'il partait, et je griffonnais, griffonnais, griffonnais aussi vîte que le crayon pouvait aller. »

— « Je te remercie de tout mon cœur, mon cher Henri, d'avoir copié cela pour moi; mais qu'est-ce qu'il y a d'écrit ici à propos d'une *chaîne*, je n'ai pas vu de *chaîne* à la verrerie. »

— « *Chaîne !* ma chère Lucie, c'est *chaise* qu'il y a. »

— « Chaise ! oh maintenant j'y suis ! C'est la description de ce que nous avons vu. L'homme faisant le verre à boire. L'homme assis dans une espèce de fauteuil, et soufflant à travers ce long tuyau de fer, tout en le roulant sur le bras du fauteuil ; l'autre ouvrier qui attache le pied du gobelet, et qui remplace ensuite son camarade. Oh ! je vois tout, comme si j'y étais encore. C'est très-bien expliqué.* »

— « Je suis fort aise que tu le trouves

* Encyclopédie d'Edimbourg.

aïnsi. C'est plus que n'espérait celui qui l'a décrit. »

— « Qu'il n'espérait ! est-ce qu'il a pensé à moi? » s'écria Lucie, en ouvrant de grands yeux.

— « Non, non, ma chère, » reprit son frère, en riant. « Tu peux laisser redescendre tes sourcils. L'auteur ne s'est jamais avisé de penser à toi en particulier. Je parlais de ses lecteurs en général. »

— « Oh oui! Je suppose qu'il s'adresse à ses « jeunes lecteurs, » comme l'on fait souvent dans les livres ; n'est ce pas ce que tu veux dire, Henri? »

— « Moi ! Je ne veux rien dire ; c'est l'écrivain qui assure qu'il ose à peine espérer que sa description, quelque exacte qu'elle soit, puisse faire comprendre comment on souffle le verre ; voilà tout. Passons maintenant à autre chose. »

— « De tout mon cœur. Tu as là quelques notes, Henri, encore plus griffonnées que les autres. Qu'est-ce que cela peut signifier ? « Homme brave et vif!... Mains à travers les flammes... Couvert de peaux mouillées! ... Yeux de verre ! ... » Qu'est-ce que tout cela veut dire? »

— « Te rappelles-tu d'une grande fournaise dans la verrerie ? Tu as vu seulement l'extérieur. On ne peut montrer le dedans à personne, de peur qu'en l'ouvrant, l'air froid ne s'y introduise. On met dans cette fournaise des pots de terre pleins de verre qui a déjà été cuit, et on le laisse *prendre,* comme on dit. Si un de ces pots se casse, c'est une difficulté terrible pour l'ôter, et en mettre un autre à la place. Enlever celui qui est brisé, est encore chose faisable pour l'ouvrier qui se tient éloigné du feu de toute la longueur de ses bras, et d'un long crochet de fer, ou d'une grande fourche ; mais celui qui met le nouveau pot ne peut employer ni fourche, ni crochet ; il faut qu'il le mette en place avec ses mains, et qu'il les passe à travers les flammes. »

— « En vérité ? tu as raison alors de l'appeler *homme brave, et vif* aussi. Il faut qu'il soit prompt comme l'éclair. »

— « Mais il ne peut pas le faire vivement, ni même le faire du tout, sans de grandes précautions. Figure-toi, ma chère, qu'il est tout habillé de peaux aussi mouillées que possible ; et, excepté ses yeux, tout son corps en est entièrement couvert. Il y a seulement deux trous pour qu'il y voie, et encore sont-ils garantis par des verres très-épais. »

— « Tu es vraiment bien bon, Henri, de m'avoir recueilli tant de choses amusantes. Cet homme *brave* et *vif,* comme tu l'appelles, méritait qu'on lût tout l'article *verrerie*, pour arriver jusqu'à lui. Combien de pages as-tu parcourues pour le trouver ? »

— « Je suis tombé dessus par hasard ; mais j'ai rencontré beaucoup d'autres choses qui m'ont intéressé, et je m'imaginais qu'elles me resteraient dans la tête, et que je pourrais te les raconter. Je les ai bien quelque part là, mais je ne peux pas me les rappeler. Lorsque je me tourmente la tête comme cela, je ne puis rien en tirer. »

— « Alors, n'essaie pas. Quand je me donne trop de peine pour me souvenir de quelque chose, je n'en puis venir à bout, tandis que si je n'y songe plus, cela me revient tout seul. Maintenant, Henri, regarde donc ce joli petit gobelet que papa a acheté pour le nécessaire de maman, à la place de celui que j'avais cassé. Il est bien plus beau que le vieux. Vois donc sa jolie petite bordure en feuilles blanches. Papa dit que c'est du verre *dépoli* ; et le dessous qui a l'air de cristal, est en verre taillé. Papa m'a conté comment cela se fait. »

— « Voilà justement deux des choses que j'essayais de me rappeler. Ce n'est plus la peine que je te les dise. »

— « Non. Combien j'aime le verre, et que je le trouve beau ! C'est si clair,

si propre, si transparent ; et comme c'est
utile, et de combien de manières différentes ! Les verres à boire, les miroirs...
Tu n'as que faire de sourire, mon frère,
car les hommes se servent de miroirs tout
aussi bien que les femmes. »

— « Oui vraiment, et même pour quelque chose de mieux que pour s'y regarder. Ils se servent de glaces, comme tu
sais, pour des instrumens astronomiques. »

— « Et pour se faire la barbe aussi, sans
quoi ils se couperaient la gorge : quelque
haut que tu fasses sonner leurs instrumens astronomiques ! » ajouta-t-elle, en
riant. « Mais laisse-moi te dire tout ce
que je sais en l'honneur du verre. Indépendamment des glaces, il y a les verres
grossissans, et les verres qui rapetissent,
qui sont tout à la fois utiles et amusans.
Et puis les lunettes ! Oh, Henri ! Qu'est-
ce que ma grand'maman ferait sans lunettes ?.. et quel bonheur qu'elle en ait ! A
quatre-vingt-six ans, elle lit et elle écrit
aussi bien que moi. Quelle merveilleuse
invention que celle qui permet aux gens
de voir pendant un si grand nombre d'années, et de conserver leurs yeux bien
plus long-temps qu'autrefois ! Décidément, Henri, je pense que les lunettes
sont la chose la plus ingénieuse que l'on
ait jamais faite avec le verre. »

— « N'oublie pas les télescopes, Lucie ; la plus étonnante invention des hommes. »

— « Et toutes ces choses, les lunettes, les télescopes, n'auraient jamais existé, et personne n'y eût pensé, sans ce premier petit morceau de verre observé par de pauvres matelots naufragés, qui faisaient bouillir leur marmite sur le sable avec un feu d'herbes marines. Que cela est singulier ! Ne te rappelles-tu pas, Henri, que mon père nous a raconté cette histoire ? »

— « Je m'en souviens, et maintenant elle me remet en tête ce que je voulais te dire. C'était justement à propos de cela. Ce livre que je lisais aujourd'hui raconte la même aventure, et j'ai été bien aise de la retrouver. Mais il y a une petite différence ; les matelots élevèrent leur marmite sur le sable avec des morceaux d'alkali fossile et de nitre dont leur vaisseau était chargé. »

— « Et dans la vieille histoire, » reprit Lucie, « le feu était fait d'herbes marines, et l'alkali venait des cendres, qui, brûlant avec le sable, formèrent le verre. C'est une très-petite différence, et cela revient toujours au même. »

— « Je le sais bien ; mais j'allais te dire quelque chose qui t'étonnera plus. »

— « Dis donc alors, mon cher. »

— « En quel temps penses-tu que cette histoire se passa ? »

— « Peu m'importe. Je ne m'inquiète jamais des dates ; je suppose que c'était autrefois... Il y a bien, bien long-temps. »

— « Dans le temps de Pline, ou avant, » dit Henri : « c'est lui qui fait ce récit. »

— « Que ce soit lui, ou un autre, je ne m'en soucie guères. »

— « Mais, ma sœur, ce dont il faut que tu t'inquiètes, c'est du temps énorme qui s'est passé, depuis que le verre et le moyen de le fabriquer furent découverts par un heureux hasard. Comment ne t'étonnes-tu pas, que des siècles se soient écoulés avant qu'on s'en servît usuellement ? Tu sais bien que chez les anciens, les Grecs et les Romains, le verre n'était pas commun comme chez nous. »

— « Je croyais que dans le vieux temps des Romains, ils avaient des bouteilles de verre. Je me souviens que dans mon histoire romaine, il était question d'une bouteille qu'un homme apporta à l'empereur, Tibère (je crois). Dans un accès de colère, il la jeta par terre, et elle se brisa en morceaux : et l'empereur le fit mourir pour cela seulement. Ne te rappelles-tu pas, Henri, comme tu te mis en fureur contre ce méchant tyran, le jour que je lisais cela tout haut ? »

— « Je m'en souviens fort bien, mais c'était une bouteille toute seule, une bouteille qui avait peut-être quelque chose de particulier. »

— « Mais, outre cette bouteille, je suis sûre d'avoir entendu M. Frankland parler à maman de plateaux de verre trouvés dans les ruines d'Herculanum. »

— « Vraiment ? »

— « Oui ; et d'après cela, on supposait que les anciens se servaient de vitres pour leurs fenêtres. »

— « Cela peut être ainsi. Mais, ma chère Lucie, sans aller plus loin que l'Angleterre, mon livre dit que, plusieurs siècles après cette découverte, les Anglais n'avaient point de vitres. On garnissait de toile les fenêtres des maisons et des églises, jusque vers la fin du dixième siècle. »

— « Est-ce jusqu'à l'année 999 que tu veux dire ? »

— « Ce n'est qu'après le règne de la reine Elisabeth que les vitres sont devenues communes, et qu'on en a mis aux maisons des particuliers. »

— « Mon Dieu ! les gens étaient donc bien stupides autrefois ! »

— « Cela semblerait ainsi, et pourtant

II.   12

je suppose qu'ils n'étaient pas naturellement plus bêtes que nous ne le sommes nous-mêmes. Rappelle-toi Homère et Virgile, ma chère. Mais, c'est que chez les anciens, il n'y avait pas tant de savans. »

— « Et ensuite sont venus les siècles de barbarie. Je suppose que dans le *moyen âge*, comme nos historiens l'appellent, tout le monde était endormi, et les gens ne pensaient ni au verre, ni à rien autre chose ; et même, quand ils commencèrent à se réveiller, à peine si quelques-uns savaient lire et écrire. N'est-ce pas, Henri ? »

— « D'abord, ils avaient très-peu de livres ; tout au plus quelques anciens ouvrages grecs ou romains, et peu, ou point de livres d'expériences savantes, à ce que je présume. »

— « Ils n'avaient que des manuscrits de parchemin ou de *papyrus*, » reprit Lucie. « Je me rappelle que papa m'a montré une fois dans un Muséum, un manuscrit en papyrus ; et j'y vis aussi de ces rouleaux de parchemin que les anciens appelaient des livres. »

— « Quel travail ce devait être, que de faire un assez grand nombre de copies de tous ces livres manuscrits pour qu'on pût les lire ; et après tout, l'homme le plus laborieux ne pouvait faire que bien peu de copies, même en ne faisant que cela ! »

— « Il n'est donc pas étonnant que les gens fussent ignorans. »

— « Mais, Lucie, heureusement qu'alors fut inventé le grand art de l'Imprimerie. »

— « Oui, je me rappelle d'avoir vu cette invention notée en lettres majuscules dans les *Evènemens Mémorables*. Quand je le lus pour la première fois, je ne savais pas pourquoi on en disait tant sur cette belle découverte. Mais je commence à mieux comprendre son importance, à présent. En parlant de cela, Henri, tu as vu une presse à imprimer; moi, je n'en ai jamais vu, et j'aimerais pourtant à savoir comment on imprime. Je crois que mon papa prenait hier quelques informations sur les presses de Bristol. »

— « Oui; il m'a dit qu'il t'en mènerait voir une, s'il avait le temps. »

— « Je voudrais bien que ce fût demain. Nous n'avons plus que peu de jours à rester à Clifton; j'espère que papa aura le temps de me faire voir une imprimerie. Mais, Henri, en attendant, veux-tu jouer au bilboquet avec moi? Regarde quel joli petit bilboquet, et quelle gentille boule d'ivoire maman m'a donnée! J'y ai pensé plus d'une fois, pendant que tu me parlais du verre, mais je ne voulais pas t'interrompre. Maintenant,

essayons-nous : voyons qui est-ce qui re-
cevra le plus de fois la boule dans la coupe
et sur la pointe ? Veux-tu tordre la ficelle pour moi ? »

— « A quoi cela sert-il, Lucie ? »

C'était une question aisée à faire ,
mais trop difficile à résoudre pour Lucie,
surtout quand son attention était absorbée par son amusement favori.

CHAPITRE XIV.

L'Imprimerie ; ses Procédés ; ses Perfectionnemens.

« Maman, que je suis donc fâchée que vous n'ayez pu venir avec nous ! c'était si amusant : et regardez, maman, » ajouta Lucie, « je ne suis pas toute couverte d'encre, comme vous assuriez que cela ne pouvait manquer de m'arriver. »

— « Si tu n'y faisais pas attention, ma fille ; n'est-ce pas ainsi que je l'ai dit? »

— « Oui, maman, mais j'y ai pris garde comme vous voyez, car je n'ai pas une seule tache ; et cependant j'ai parfaitement examiné chaque chose. Vous avez vu imprimer si souvent que je craindrais de vous ennuyer avec mes descriptions ; tout ce que je vous dirai, c'est que cela se fait exactement comme l'explique notre livre des Métiers, au chapitre de l'Imprimerie. Vous rappelez - vous que je vous l'ai lu, maman? Il y avait une

planche représentant une presse, et à la
fin de l'explication, il était dit que les
jeunes lecteurs qui voudraient profiter de
ce qu'ils avaient appris, devaient tâcher
d'aller le plus tôt possible visiter une
imprimerie. Je vous priai de suite, maman, de m'en mener voir une ; mais vous
ne le pouviez pas dans l'instant : et vous
me dites que j'en verrais une, un jour ou
l'autre, et ce jour, qui, à ce que je
croyais, n'arriverait jamais, est enfin venu.
J'ai vu les lettres ou caractères, dans
leurs divisions carrées, dans leurs petits
compartimens, qui forment ce que l'on
nomme le *cassetin*. Il est placé en pente
à côté du compositeur et à sa portée, afin
qu'il puisse y prendre les lettres pour les
ranger successivement et selon l'ordre des
mots dans la *forme*. Ensuite, un ouvrier
noircit leur surface avec un gros tampon,
barbouillé d'encre à imprimer, qui n'est
pas coulante comme celle dont on se sert
pour écrire, mais qui, au contraire, poisse
comme de la glu. Après, on étend une
feuille de papier mouillé dessus, et on la
presse. Je savais d'avance, et je comprenais tout ce qu'on allait faire, maman,
parce que je me rappelais ce que j'avais
lu : c'était très curieux. Il y avait pourtant une chose sur laquelle je m'étais
trompée ; quand j'ai pris un des caractères

je me suis aperçue que les lettres ressortent du métal; leur épaisseur est en dehors. Eh bien, je m'étais toujours figuré qu'au contraire les lettres étaient creusées en dedans, taillées en creux, comme vos initiales dans ce cachet, maman. »

— «Comment pouvais-tu penser cela, Lucie ? » s'écria Henri, « tu sais bien qu'alors ce serait gravé, car c'est comme cela que se font les gravures. »

— « Oui, maintenant je me le rappelle, c'est ainsi qu'on grave : mais je croyais que c'était le même procédé pour imprimer les livres, et je devine à présent ce qui m'a fait faire cette méprise. Ce sont ces petites lettres d'ivoire que nous assemblions, et qui nous servaient à épeler: elles sont creusées dans l'ivoire et remplies d'encre. »

— « Mais est-ce que ton Livre de Métiers, Lucie, ne décrit pas la manière dont se font les caractères? » demanda madame Wilson.

— « Non, maman, non, pas que je me rappelle. Sûrement, l'auteur supposait que tout le monde devait connaître cela. Mais, moi, je n'en avais jamais vu. »

— « J'ai peur, ma fille, que je ne doive m'imputer ton ignorance. »

— « Non, en vérité, maman ; si c'est la faute de quelqu'un, c'est celle de l'homme,

de l'auteur du Livre des Métiers. Mais,
en vérité, il doit être bien difficile pour
de grands vieux auteurs, de se rappeler
le temps où eux-mêmes ne savaient rien
de rien, et je suppose qu'il est très-
ennuyeux pour eux d'expliquer chaque
petite particularité, en la prenant depuis
son commencement; et comment aussi,
ces graves écrivains devineraient-ils toutes
les drôles de petites méprises sottes que
peuvent faire des enfans? »

Henri attendait que Lucie eût fini de
parler, pour lui dire, que la forme des
caractères, et la manière dont ils se font,
étaient décrites dans le Livre des Métiers,
au chapitre du *fondeur de types*.

« Vraiment? » reprit Lucie; « alors je
lis bien étourdiment. Mais, par exemple,
je me souviens à merveille de l'impression
du calicot, et comment sont faits les types
ou formes, et les modèles. Je sais, que l'on
dessine d'abord le modèle sur une forme
en bois, c'est ordinairement une fleur,
une feuille; comme par exemple celles
qui sont sur ce rideau : ensuite, avec un
couteau très-affilé, ou avec un petit ci-
seau de menuisier, on découpe le bois,
tout autour du modèle, et entre chacune
de ses parties; de manière à ce que le
dessus reste *plus haut* et se détache en-
dehors. »

— « Tu veux dire qu'il faut qu'il soit *en relief*, » remarqua madame Wilson.

— « Ensuite, on frotte de la couleur sur ce modèle. »

— « Comme dans une imprimerie, on frotte de l'encre sur les caractères, ma sœur. »

— « Et l'imprimeur sur toile, presse le calicot dessus. »

— « Justement, comme l'autre imprimeur presse le papier sur les lettres quand elles sont composées et noircies, » dit Henri.

— « D'où vient, Lucie, » demanda sa mère, « que tu te rappelles si exactement tous les procédés de l'impression sur calicot ? »

— « Oh, maman, cela vient d'une excellente raison, qu'Henri sait aussi bien que moi : n'est-ce pas, Henri ? »

— « Oui, » répondit son frère, en souriant.

— « Maman, Henri a été, une fois, imprimeur sur calicot, et il a fait une robe à étoiles bleues pour ma poupée. »

— « La jolie robe que cela faisait ! tout irrégulière, toute tachée ! » dit Henri.

— « Cela n'empêche pas que ma poupée et moi la préférions à toutes ses autres robes. Et comme nous nous sommes amu-

sés ce jour-là, maman! excepté quand
Henri se coupa le doigt en sculptant le
modèle, » ajouta Lucie, tressaillant encore de souvenir.

— « Bah, que signifie une coupure? mais
je cassai la pointe de mon canif, et c'est
pour cela que l'étoile fut toute déformée
à la fin. »

— « Le pire de tout, c'est que les
étoiles disparurent au premier blanchis-
sage. Mais ce n'était pas ta faute, Henri,
c'était celle de la blanchisseuse. »

— « Et plus probablement encore,
celle de la couleur que vous aviez employée, » reprit leur mère; « autrement
pourquoi les dessins de tes robes de toile,
Lucie, ne se seraient-ils pas effacés
aussi? elles sont lavées par la même
femme. »

— « Voilà un argument sans répli-
que, » dit Henri.

— « Et c'est pourquoi je n'essaierai pas
d'y répondre, mon frère. »

— « Tant mieux, Lucie; car j'avais
autre chose à dire. N'est-ce pas très-extra-
ordinaire, maman, qu'on ait été si long-
temps sans inventer l'imprimerie? »

— « C'est tout juste ce que nous
disions du verre, » remarqua Lucie.

— « Ce qu'il y a de plus surprenant
à cela, Henri, » répondit sa mère, « c'est

que les anciens se servaient communément d'une foule de choses qui auraient
pu, avec un peu plus d'observation, et de
suite de pensées, les mener tout naturellement à cette découverte. »

— « Que voulez-vous dire, maman? »
demanda Lucie.

— « Je crois que maman veut parler
de leurs sceaux et de leurs médailles.
Leurs cachets étaient faits comme les
nôtres, avec des lettres creusées en dedans. »

— « Oui, *taillées en creux*. Mais comment sais-tu cela, Henri? »

— « Maman, je l'ai appris, dans un
grand livre d'estampes que vous me prê-
tiez à la maison, le soir, pour que je pusse
m'amuser à le regarder. »

— « Montfaucon? »

— « Oui, maman; il y avait dans ce
livre, des gravures et des descriptions de
plusieurs sceaux romains très-grands, sur
lesquels se trouvaient des noms en grosses lettres. Un soir, maman, je vous ap-
portai ce livre; je me souviens qu'il était
si épais et si lourd, qu'à peine pouvais-je
le lever. Je vous priai de m'apprendre
quelque chose sur ces grands cachets, et
de me lire un peu de la description, en
me la traduisant, car c'était du français.

Vous fûtes assez bonne pour le faire; maman. »

— « J'en suis bien aise puisque tu en as profité, et que tu te le rappelles si long-temps après, mon cher enfant. »

—.« Cette description disait, que ces grands sceaux servaient à marquer d'énormes cruches de terre, dans lesquelles les Romains gardaient leur vin. Ils appuyaient les sceaux sur le vase, quand l'argile en était encore molle; elle durcissait à l'air, et l'empreinte restait. »

— « Justement comme celle de nos cachets sur la cire, » dit Lucie.

— « Il me semble, maman, » continua Henri, « que les lettres de tous ces grands cachets étaient taillées en creux, et non en relief. »

— « Oui, ainsi que tous ceux que représente ce livre; je crois que l'auteur n'en a jamais trouvé dont les lettres fussent en relief; cependant, il est certain que les anciens en faisaient usage, car je me rappelle d'avoir lu que, quelques-uns des noms gravés sur ces cruches ou *Amphores,* étaient coupés dans le vase même, c'est-à-dire marqués en creux, ce qui, comme tu le sais, est la preuve que le cachet ou type était taillé en relief. Dans les ruines de Pompéia, on a trouvé des pains sur

lesquels étaient imprimées des lettres,
et Virgile fait mention de l'usage de marquer les moutons avec un fer chaud. »

— « D'où il s'en suit qu'ils impri-
maient sans le savoir, » dit Lucie. « Je
ne conçois pas que, puisqu'ils prenaient
tant de peine pour copier l'écriture, ils
n'aient jamais songé à inventer une presse
d'imprimerie. Quelle stupidité ! quand
les lettres imprimées sur les cruches
étaient là devant leurs yeux : mais je suppose que ne voyant qu'un nom, ou peu de
lettres à la fois, cela ne leur venait pas en
tête. »

— « Savez-vous, maman, » demanda
Henri, « si parmi les cachets romains,
du genre le plus rare, ceux où les lettres
sont en relief, on en a trouvé sur lesquels
il y eût plus d'un mot. »

— « Oui; je crois que le Duc de Ri-
chemond a dans sa collection un sceau antique avec quatre mots, les quatre noms
du Romain qui en était propriétaire.
Et ce cachet appartenait, selon toute apparence, non à quelque empereur, ou à
quelque grand homme, mais à un simple
particulier. On en a conclu que de tels
cachets étaient communément en usage
chez les anciens. »

— « Et après tout, ils n'ont pas découvert l'imprimerie, » remarqua Lucie ;

« ce sont les Allemands ou les Hollandais, je crois, qui l'ont inventée. »

— « Et comment en vinrent-ils là, à la fin, le savez-vous, maman ? » dit Henri.

— « C'est une chose contestée, et sur laquelle il n'y a rien de certain, mon cher. Quelques-uns disent que ces cachets romains en donnèrent la première idée. D'autres, qu'elle vint à quelqu'un en examinant les noms des Saints sculptés sur des blocs de bois, au-dessous de leurs images. D'autres pensent qu'elle a pu venir en voyant la manière dont on faisait les cartes. »

— « En vérité? » dit Lucie, « mais elles se font avec des blocs ou modèles en bois, et non avec des lettres ou caractères en métal. »

— « Oui, ma fille ; aussi les premiers livres furent-ils imprimés avec des caractères de bois ; quelques-uns sont encore conservés dans les bibliothèques par curiosité. »

— « Je voudrais bien en voir, maman. »

— « Tu les trouverais grossiers, et de beaucoup inférieurs à ceux de notre imprimerie perfectionnée, ma fille. »

— « Bien sûrement ! faits avec ces grossiers caractères de bois, » dit Henri. « Mais je suppose qu'on s'en débarrassa bientôt ? »

— « Je crois que les Chinois s'en servent encore, » répondit sa mère ; « et on dit qu'ils possédaient l'art de l'imprimerie, long-temps avant qu'il fût connu en Europe. »

— « Ce n'en est que plus honteux, puisqu'ils ne l'ont pas su perfectionner pendant tout ce temps. Quoi ! se servir encore de caractères de bois ! les imbécilles ! »

—« Doucement ! doucement ! Lucie, » reprit sa mère. « Il peut y avoir pour cela des raisons que tu ne connais pas. Leur alphabet n'est pas le même que le nôtre. »

— « Mais sans nous obstiner à défendre ou à attaquer les Chinois, si nous poursuivions notre affaire, » dit Henri. « Que fit-on après, maman, et comment en est-on venu aux perfectionnemens de notre presse actuelle ? »

— « Dans le principe, les mots entiers étaient taillés dans des blocs de bois. La première amélioration fut de faire des lettres mobiles, de sorte qu'elles pouvaient s'employer pour former tous les mots, et se multiplier, autant qu'on le voulait. Elles furent d'abord en bois ; on essaya ensuite de les fondre en métal, et quand on eut réussi à avoir des caractères fondus et détachés, on chercha les moyens les plus prompts pour les fixer dans les formes, les imprégner d'encre, et les presser, en chargeant le papier qui les couvrait de poids pesans. Et voilà la presse dont nous nous servons. »

— « Comment s'appelait celui qui a fait la première presse pour l'imprimerie? » demanda Lucie. »

— « La gloire en est fort disputée, » répondit sa mère. « Quelques personnes attribuent cette invention à un homme du nom de Sheffer, domestique du doctéur Faustus; d'autres l'attribuent au docteur Faustus lui-même. Pauvre docteur ! Il devrait au moins jouir sans partage des honneurs d'une invention qui lui a fait courir tant de dangers. »

— « Tant de dangers! Comment donc, maman ? Une découverte si utile, si ingénieuse ! »

— « Oui, ma fille. Quand il vint d'Allemagne à Paris, apportant un paquet de ses bibles imprimées, et qu'il se mit à les vendre, comme auparavant on vendait les manuscrits, les Français, considérant la quantité de copies qu'il en avait faites, trouvant toutes les lettres semblables, à un degré d'exactitude bien au-delà de ce que l'on pouvait attendre du meilleur copiste, soupçonnèrent que c'était un magicien; et menaçant de le poursuivre, et de le brûler comme tel, ils lui extorquèrent son secret. »

— « Quelle cruauté ! » s'écria Lucie.

— « Quelle injustice ! jamais ils ne l'auraient obtenu de moi; » s'écria, à son tour, Henri indigné.

— « J'aurais mieux aimé le leur dire que d'être brûlée toute vive, pourtant, » reprit Lucie.

— « Félicitons-nous de ne plus être dans ces jours d'ignorance, mes enfans ; aujourd'hui les savans sont honorés pour leurs découvertes, au lieu d'être persécutés et brûlés. »

— « C'est une justice, » dit Henri. « Mais, ma bonne mère, comment êtes-vous si au fait de l'imprimerie, des imprimeurs, des presses, et de l'histoire de cette découverte? Comment pouvez-vous vous rappeler tout cela, et l'avoir présent à la mémoire, au moment même où nous en avons besoin? »

— « C'est une chose toute simple, mon cher, » répondit madame Wilson, en souriant. « Il faut toujours te dire le pourquoi et le comment. Quand vous êtes partis ce matin avec votre père pour aller voir une imprimerie, comme je ne pouvais pas aller avec vous, je suis restée ici couchée sur mon sopha, et j'ai lu une histoire de l'imprimerie : car j'étais décidée à être aussi instruite que vous, quand vous reviendriez. »

— « Et beaucoup plus instruite, maman, » dit Lucie.

— « Oh infiniment plus , » ajouta Henri. « Car vous avez choisi, et rassemblé, toutes les choses que je ne savais pas, et que j'avais envie de connaître ; merci, chère maman. »

Madame Wilson demanda à Henri, s'il y avait à Bristol, une presse mise en mouvement par la machine à vapeur : il n'en savait rien.

« Tu n'en sais rien! mais n'as-tu pas prié ton père de s'en informer? »

— « Non, maman. »

— « C'est bien singulier, » dit Lucie, « toi qui n'oublies jamais rien, surtout de ces choses qui t'intéressent tant. »

— « En vérité, je ne te reconnais pas là, Henri; » dit leur mère, « tu en étais si occupé hier soir. Je me rappelle toute ta surprise et ton admiration, quand ton père te parla de la double presse à vapeur, qu'il avait vue à Londres, où, sans que personne y mît la main, les caractères se couvraient d'encre dans la quantité nécessaire, le papier se tendait, s'imprimait tout seul, et qui, en une heure pouvait tirer neuf cent feuilles imprimées des deux côtés. Mon cher Henri, se peut-il que tu aies oublié cela? »

— « Non, maman; je n'ai pas dit que je l'eusse oublié. »

— « Pourquoi donc alors n'avoir pas rappelé à ton père qu'il devait s'informer s'il existait à Bristol une presse de ce genre? quand tu m'as laissée, ta tête en était toute remplie. »

— « Oui... mais... »

— « Mais, quoi? parle, je te prie, car je ne puis pas comprendre ton silence, mon cher. »

— « C'est que je pensais, maman, que Lucie aimerait mieux voir d'abord la presse ordinaire et toute simple : elle m'avait dit qu'elle se faisait une fête de reconnaître exactement tout ce qui est décrit dans le livre des Arts et Métiers. Je n'ai rien voulu demander à papa aujourd'hui sur la double presse à vapeur, parce que je pensais que cela occuperait sa tête, détournerait son attention, et qu'elle ne jouirait pas bien de ce que l'on nous montrait. D'ailleurs, je pourrai peut-être voir cela une autre fois. »

— « Mon Dieu, que tu es complaisant, Henri! » reprit Lucie. « C'était donc là ta raison, et tu n'avais rien oublié. Mais tu ne m'as seulement pas dit que tu y renonçais à cause de moi, et si maman ne te l'eût pas demandé par hasard, je ne l'aurais jamais su. Oh! Henri, pourquoi ne me le disais-tu pas? »

— « A quoi sert d'en parler? » répliqua Henri; « à ma place, tu en aurais fait tout autant pour moi: je n'ai pas oublié que l'autre jour, tu as renoncé à voir la magicienne pour me faire plaisir, Lucie; tu sais bien la fameuse petite magicienne de la Corse! »

~~~~~~

CHAPITRE XV.

Le Bateau à Vapeur ; la Pauvre Femme ; le Voyage.

— « Un bateau à vapeur partira de Bristol demain matin ! Oh papa ! » s'écria Henri, « pourriez-vous me le mener voir ? »

— « Oui certes, Henri, et je le ferai avec plaisir. »

— « Et Lucie? » dit Henri, d'un ton qui montrait que sa joie, toute grande qu'elle était, ne serait pas complète, si sa sœur ne la partageait.

— » Lucie viendra, s'il fait beau, » reprit son père ; « mais, s'il pleut, je ne pourrai pas l'amener. »

Le lendemain, Henri était debout au petit point du jour, regardant à la fenêtre quel temps il faisait. A cinq heures, le ciel était d'un gris sombre ; entre six et sept, la pluie menaçait d'une manière désolante : de huit à neuf, il pleuvait

tout de bon ; et bientôt les gouttes devinrent si larges et si pressées, qu'il fallut renoncer à toute espérance d'amener
Lucie. Flic! floc! Henri trottait dans la
boue avec son père, entendant à peine,
et ne faisant nulle attention au bruit des
voitures, au retentissement lourd et
tremblant des charrettes, au roulement
des tonneaux, au cliquetis aigre et dis-
cordant des barres de fer chargées sur des
traîneaux sans roues, frappant contre le
pavé, et augmentant le fracas, le tapage,
le concert de cris et de clameurs assour-
dissantes qui assaillissent les oreilles des
passans, dans cette ville, la plus bruyante
des cités bruyantes. Il ne sentait pas non
plus la pluie qui l'inondait. Mais, lorsque
l'averse cessa, lorsque les parapluies
trempés d'eau se fermèrent, et que le soleil, commençant à percer à travers les
nuages, promit une journée passable,
Henri supplia son père de le laisser courir jusqu'à la maison pour chercher Lucie, s'il voulait seulement l'attendre cinq
minutes dans une boutique. « Tenez,
dans cette librairie, papa : je serai de
retour avant cinq minutes; je la ramène-
rai très-vîte, et je prendrai bien soin qu'il
ne lui arrive rien dans les rues. Puis-je y
aller, papa? »

M. Wilson dit que non ; qu'il ne pou-

vait pas attenlre, parce que le vaisseau
partait précisément à l'heure dite, et que
s'ils tardaient de cinq minutes, ils n'arriveraient pas à temps. Henri crut alors
qu'il ne pourrait jamais marcher assez
vîte. Il pressa le pas, et prit les devans
pendant tout le reste du chemin. Ils se
trouvèrent enfin au milieu d'une grande
foule. Non seulement les oisifs de la basse
classe, mais des personnes de tous les
rangs s'étaient rassemblées pour assister
au départ du bateau à vapeur. Henri s'é-
lança vivement à la suite de son père,
malgré les têtes et les bras, qui, se rapprochant au-dessus et autour de lui, lui
fermaient le passage. Pendant un moment il ne put voir que des dos et des
jambes : mais il perça à travers les ténèbres de cette masse de gros et grands
corps, et sortant de dessous le coude d'un
capitaine de vaisseau, qui avait au moins
cinq pieds dix pouces, il se retrouva au
grand air et en plein jour, debout sur la
jetée d'un grand bassin, au bord même de
l'eau, et parmi la première rangée d'une
multitude de spectateurs qui couvraient
le quai. A travers le bourdonnement confus des voix, la première chose qu'il entendit distinctement, fut :

« *Il* ne partira pas d'un quart d'heure.
Il ne pourra sortir, que lorsque la ma-

rée permettra d'ouvrir les portes du bassin. »

Henri comprit qu'on parlait du bateau à vapeur, et il se réjouit d'être arrivé juste à temps. Il eut alors le loisir de respirer et de regarder autour de lui. Tout près de la jetée, au bas de l'endroit sur lequel il était, il y avait plusieurs vaisseaux, parmi lesquels il distingua d'abord le bateau à vapeur, par un faible nuage de fumée grisâtre, qu'il vit sortir d'un tuyau noir en fer qui s'élevait au milieu du pont, et servait de cheminée à la machine. Le bateau avait des voiles, mais, au lieu d'être déployées, elles étaient roulées autour des vergues, comme inutiles pour le voyage. Il semblait y avoir à bord moins de matelots que sur les autres navires : mais tout était en mouvement sur le pont. Sur le quai voisin, deux hommes faisaient rouler un chariot sur des planches jetées du rivage jusqu'à la barque ; d'autres assujettissaient avec des cordes une voiture à l'endroit où elle devait rester : d'autres, encore sur le rivage, tenaient par la bride des chevaux qu'on allait embarquer, et qui, les oreilles en avant, les naseaux ouverts, reculaient, se cabraient, jusqu'à ce que, résignés à leur sort, ils se laissassent attacher et enlever de terre.

Les voyageurs, auxquels ils apparte-
naient, ou leurs domestiques, criaient
aux matelots de prendre garde, et donnaient leurs ordres, pour que leurs favoris ne courussent aucun danger. Des
groupes de gens chargés de paquets, de
paniers, de boîtes, de sacs et de parapluies, attendaient avec impatience que
les chevaux et les voitures fussent placés;
puis, tendant à la fois le cou et les
mains, remettaient leurs propriétés, ac-
compagnées de vives recommandations,
à un matelot, qui, se balançant sur une
planche, et ne paraissant pas même les
écouter, faisait passer les bagages, à mesure qu'il les recevait, à un de ses cama-
rades, derrière lui, répétant continuellement aux propriétaires inquiets :

« Tout est en sûreté ; on aura soin de
tout, *monsieur* ou *madame*, » selon que
le cas l'exigeait.

Henri était émerveillé du poids énorme,
du nombre, et du volume de choses ani-
mées et inanimées qui s'emmagasinaient à
bord : des ballots, des caisses, des porte-man-
teaux, des malles, des coffres, des nécessaires, outre les chevaux et les voitures, et enfin, la foule innombrable de passagers; tout
cela porté et conduit par la vapeur, en
dépit d'un vent contraire qui s'élevait. Il
y avait un homme en veste bleue, avec un

grand chapeau de paille sur la tête, debout près de Henri. C'était un matelot,
faisant partie de l'équipage d'un des paquebots à voiles alors dans le bassin, et
qui ne pourrait probablement pas sortir
de la journée à cause du vent. Il ne voyait
pas de bon œil les préparatifs qui se faisaient avec tant de vivacité ; son front se
rembrunit, et il se mit à siffler d'un air
sournois. Un des marins du bateau à vapeur l'entendit, et lui dit, en riant :

« Camarade, il n'y a que faire de siffler
pour appeler un bon vent. Nous pouvons
nous en passer, nous autres. Nous partons sans lui , et quelquefois malgré
lui. »

Irrité et poussé à bout par cette bra-
vade, le vieux matelot jura, oui, je suis
fâchée d'être forcée d'avouer qu'il jura,
que pour lui, il ne voudrait pas s'embarquer sur un bateau à vapeur, quand on
devrait lui donner les deux Indes, et un
galion de rhum , par-dessus le marché.
Non, non ! il aimerait mieux être en mer,
par le plus gros temps, dans un bon paquebot à voiles, et avec un vent de tempête , que d'aller à bord d'une pareille
barque, par le plus beau jour de l'année.

Ce discours ayant fait peu d'impression
sur les auditeurs , il ajouta qu'il était
heureux pour le bateau qu'il fît beau

temps, car il ne résisterait jamais à une brise un peu forte.

Puis, fermant un œil, et levant l'autre, il dit qu'il n'avait pas coutume de se tromper, et que le vent qui s'élevait amènerait bientôt un orage, fatal à tous ceux qui allaient s'embarquer.

Parmi les passagers qui attendaient leur tour, était une pauvre femme d'une mise décente, avec un bonnet et un manteau noir, tenant par la main une petite fille pâle et délicate, et portant de l'autre plusieurs paquets. La femme écoutait avec beaucoup d'inquiétude, et l'enfant qui avait l'air malade, parut fort effrayée de ce que disait le marin, et devint de plus en plus pâle, lorsqu'il commença à raconter les dangereux accidens qui étaient arrivés à bord des bateaux à vapeur, les chaudières qui avaient crevé, qui avaient échaudé des gens à en mourir, ou fait sauter tout ce qui était à bord, et mis le vaisseau en pièces. En entendant ce récit alarmant, la petite fille laissa tomber une noix de coco, qu'elle tenait serrée contre elle, et s'attacha des deux mains à la robe de sa mère. Le coco aurait roulé dans le bassin, si Henri ne l'eût arrêté. Il le ramassa, et le rendit à l'enfant; il lui offrit de le mettre dans son sac que la mère essaya d'ouvrir; mais ses mains tremblaient tel-

lement, qu'elle ne put délier les cordons;
Henri les dénoua pour elle, et l'engagea
à ne point s'alarmer. Le matelot persista
dans son dire, assurant qu'il y avait de
bonnes raisons de craindre, et que puisque l'enfant était si effrayé, et que le
cœur semblait aussi manquer à la mère,
il leur conseillait fort de ne point s'embarquer dans le bateau à vapeur, mais d'attendre au lendemain, et de prendre sa
place dans le paquebot à voiles, qui devait partir sans faute de bonne heure.

La pauvre femme dit qu'elle ne pouvait
attendre au lendemain; et quoiqu'elle
tremblât encore, elle s'efforça de parler
d'une voix ferme, assurant qu'elle n'avait
nulle crainte, qu'elle était décidée à partir de suite, à bord du bateau à vapeur,
parce que c'était le moyen le plus prompt
et le meilleur marché qu'elle eût trouvé
pour se rendre près de sa mère, qui était
dangereusement malade à Dublin, et si
elle tardait d'un jour, elle ne la trouverait peut-être plus en vie.

Les larmes coulaient rapidement sur
ses joues pendant qu'elle disait cela : le
matelot la pressa encore de ne point partir,
et d'y regarder à deux fois avant de ris-
quer de noyer son enfant. Henri appela son
père; il causait avec plusieurs messieurs
et n'avait pas entendu ce qui se passait :

il le supplia de venir rassurer cette pauvre femme, et lui dire si elle courait ou
non du danger en s'embarquant sur le
bateau. Non seulement son père, mais
ceux qui se trouvaient avec lui, vinrent de
suite, et assurèrent l'étrangère que, selon
eux, elle serait parfaitement en sûreté.
Un de ces messieurs était américain : il
lui dit que, dans son pays, il avait fait
plus de cent voyages, et parcouru plusieurs centaines de milles, sur des bateaux à vapeur, sans avoir jamais été
témoin du moindre accident.

M. Wilson ajouta de plus, pour encourager la pauvre femme, que les deux personnes qui venaient de lui parler, avaient
pris leurs places dans ce même bateau.
Elle le remercia, et s'essuyant les yeux,
elle dit qu'elle était décidée à partir à
tout hasard ; mais que maintenant elle
n'avait plus peur. Le matelot fit la gri-
mace, et tournant sur le talon, il s'é-
loigna.

On fit alors l'appel, pour que les passagers se rendissent à bord. La marée
montait, et on allait ouvrir les portes du
bassin. Tous se hâtèrent, excepté la pauvre femme : dès qu'elle commença à remuer, l'enfant, poussant des cris aigus,
s'attacha à ses jambes, à ses jupons, et
s'écria : « Je sais que la chaudière crè-

vera! je sais qu'elle crèvera! nous serons brûlées ! ça nous tuera! oh, maman, maman! n'y va pas! Oh, maman, maman! » La pauvre femme fit tout ce qu'elle put pour la calmer, sans en pouvoir venir à bout. La petite fille était si épouvantée, qu'elle n'entendait rien ; et lorsque sa mère se dégagea de ses mains, et essaya de la prendre à son cou, elle attrapa le bras de Henri, luttant de toutes ses forces pour rester où elle était; un matelot vint dire que le capitaine ne pouvait plus attendre: la femme tremblait de tous ses membres, et devint pâle comme la mort.

« Papa! » dit Henri, « si j'offrais à la petite fille d'aller à bord, elle y viendrait peut-être avec moi, quand elle verrait que je n'ai pas peur. »

— « Essaie, » reprit M. Wilson.

Henri parla très-doucement à l'enfant qui cessa de crier pour l'écouter, et, quand elle vit qu'il ne semblait point effrayé, elle se laissa conduire par lui; il parvint ainsi à l'amener à bord du bateau, à la grande satisfaction de la mère. L'enfant tenait toujours sa main de toutes ses forces, et lui disait: « ne me laisse pas ici! ne t'en va pas, au moins. »

— « Il faut que je m'en aille, » reprit Henri, « et j'en suis bien fâché, car j'aimerais beaucoup à rester. »

M. Wilson, qui avait suivi son fils, et qui avait appris qu'ils pouvaient descendre la rivière pendant quelques milles, et se faire mettre à terre à peu de distance de là, dit à Henri, que, puisqu'il souhaitait tant rester à bord, il le lui permettait, et qu'il l'accompagnerait.

Henri fut enchanté, et le remercia avec toute la vivacité de la reconnaissance. Les portes s'ouvrirent, et le bateau fut remorqué, ou tiré avec une corde hors du bassin, et le long des étroites jetées, tandis que les rives étaient couvertes de spectateurs. Une bande de musiciens rassemblés sur le pont du bateau, jouait des airs gais. Le soleil brillait, et tout semblait joyeux. Cependant, Henri fut un peu désappointé de la marche lente du vaisseau, et des moyens qu'on employait pour le faire avancer. Il dit à son père, qu'il avait cru que tout se faisait par la vapeur.

« Attendez encore quelques minutes, et vous verrez après ce qui en sera, » reprit le capitaine, en souriant.

Aussitôt que le bateau eut gagné la rivière, et dépassé le bac qui la traversait, la fumée de plus en plus épaisse et noire commença à sortir du tuyau, et se déploya au-dessus de la tête des passagers, comme un pavillon ou une banderole gigantesque. La remorque avait

cessé, et les roues-à-palons furent mises
en mouvement : « A présent, mon petit
ami, » dit le capitaine, « voilà que nous
marchons par la vapeur. » Et ils avançaient avec vîtesse et facilité, glissant
rapidement entre les hautes collines et les
rochers qui bordaient les deux rives. Les
terrasses élevées en amphithéâtres, les
jardins suspendus de Clifton, semblaient
fuir en arrière. En quelques secondes,
le bac diminua peu-à-peu, et s'évanouit
tout-à-fait. Ils passèrent au pied du
rocher majestueux de Saint-Vincent,
couronné de figures d'hommes et de femmes qui apparaissaient comme des points
sur le ciel. Les oiseaux voltigeaient autour de leurs nids cachés dans le roc. Le
capitaine leur désigna les Bois de Leigh,
et la Vallée du Rossignol : mais à peine
les avait-il nommés, que de nouveaux sites venaient s'offrir à eux. Henri commença à craindre qu'ils n'allassent trop
vite, et que son plaisir ne finît trop tôt.
Il n'avait pas bougé de l'endroit où il s'é-
tait placé, en entrant dans la barque : l'enfant, tenant toujours son doigt, et assoupi
par la musique et le balancement du vaisseau, s'était endormi, la tête sur les genoux de sa mère. Henri eût bien voulu
rejoindre son père, qui se promenait de
long en large sur le pont avec le capitaine

et l'Américain; il les entendait, toutes les
fois que leur promenade les amenait de son
côté, parler de choses intéressantes sur
les bateaux à vapeur. Mais il pensait qu'il
ne pourrait retirer son doigt sans réveiller l'enfant, et lorsqu'il essaya de se dégager, la mère le regarda avec des yeux
supplians, et dit:

« C'est la première fois qu'elle dort
depuis trois nuits. Elle a été bien malade. »

— « Essayez de mettre votre doigt à
la place du mien, » murmura Henri ; et,
ouvrant doucement la main de l'enfant
endormi, il en retira son doigt; la mère
glissa le sien à la place. La main se re-
ferma, la petite fille ne s'éveilla pas, la
mère sourit, et Henri, rendu à sa liberté,
courut joyeusement vers son père. Il le
trouva discutant avec plusieurs passagers
qui réclamaient vivement pour leurs diverses nations l'honneur d'avoir rendu
général l'usage des bateaux à vapeur.

Le capitaine qui était écossais, le ré-
clamait pour les habitants de Glascow.
L'Américain soutenait que le nombre des
bateaux à vapeur qui existaient en Amérique, et dont on se servait depuis si
long-temps, prouvaient qu'ils avaient,
les premiers, senti tout le prix de cette
invention. L'Écossais convint que ce fait

13*

était incontestable; mais il ne fallait pas oublier que le premier bateau à vapeur, envoyé en Amérique, était parti de Glascow, qu'un Ecossais l'avait accompagné, et que la machine, sans laquelle il n'aurait jamais pu marcher, était sortie des ateliers de MM. Boulton et Watt.

Un Irlandais demanda la permission de faire observer, que l'expérience qui avait eu lieu l'hiver dernier entre Dublin et Holyhead, avait été sans contredit la plus belle et la plus satisfaisante qu'on eût jamais tentée, et avait établi les bateaux à vapeur dans les trois royaumes. Un Anglais qui était présent, et qui avait gardé le silence jusque-là, dit, que pour lui, il lui suffisait que personne ne pût douter que l'invention originale fût anglaise; et que l'établissement en Europe de cette découverte si utile et si glorieuse, appartînt exclusivement à la Grande-Bretagne. Le père de Henri, auquel il en appela, eut la bonne foi de citer un gentilhomme français *, qui fit, il y a plusieurs années, l'expérience d'un bateau à vapeur sur le Rhône à Lyon. En écoutant ce qui se disait, Henri apprit à-peu-près l'histoire de cette inven-

---

* Le marquis de Jouffroy.

tion. Il y a près d'un siècle qu'un M. Hull pensa à l'employer pour remorquer les vaisseaux, à leur entrée et à leur sortie des ports; mais il n'en fit que le projet, sans jamais le mettre à exécution, et il n'avait pas la moindre idée de l'appliquer à aucune autre chose. La première personne qui, en Angleterre, plaça une machine à vapeur à bord d'un bateau, fut un M. Patrick Millar; il fit à Glascow l'essai de ce nouveau moyen. Les restes du bateau existent encore dans cette ville, et l'Écossais qui causait avec M. Wilson, dit les avoir vus dernièrement. Vers la même époque, plusieurs personnes proposèrent, en Angleterre et en Ecosse, d'employer les bateaux à vapeur ; mais ils ne devinrent d'un usage général, qu'après qu'on en eut envoyé un, comme modèle, de Glascow en Amérique. La rapidité avec laquelle on les multiplia dans ce pays, leur utilité pour parcourir les lacs immenses et les larges rivières du Nouveau-Monde, prouvèrent que cette découverte était non seulement praticable , mais qu'elle offrait encore de nombreux avantages, et on l'adopta enfin généralement en Écosse, en Angleterre, et en Irlande.

Henri ne pouvait comprendre qu'il se fût écoulé cent ans après la première découverte, sans qu'on en eût profité, et il

demanda pourquoi les expériences n'a-
vaient pas réussi d'abord, aussi bien
qu'en dernier lieu. On lui en donna plusieurs raisons. Le capitaine écossais dit,
que dans l'origine les vaisseaux n'avaient
pas été construits assez solidement ; que
les perfectionnemens introduits depuis
peu dans la construction des navires,
avaient permis d'employer une force de
vapeur beaucoup plus grande, et dont
on n'eût pu se servir autrefois, sans risque de causer de graves accidens. L'Anglais fit la remarque, que, depuis plusieurs
années, on s'était occupé d'appliquer la machine à vapeur à trop de choses en Angleterre, pour avoir le temps de penser à l'adapter aux bateaux ; et, à la vérité, ce n'était
devenu nécessaire que depuis que le commerce avait augmenté si rapidement, et
qu'il y avait une si grande quantité de
marchandises, et un si grand nombre de
voyageurs, à transporter sur les canaux,
les rivières, et la mer.

Henri fut fort obligé à ces messieurs
de la peine qu'ils prirent de lui donner
toutes ces explications, en réponse à la
question qu'il avait faite, et il sentit un
petit mouvement d'orgueil en se voyant
ainsi traité en personne raisonnable. Il eut
soin de ne pas les interrompre par de nouvelles questions, quoiqu'il en eût encore

beaucoup à faire. Mais, à la première
pause, il demanda tout bas à son père
s'il y aurait moyen de lui montrer la machine à vapeur qui faisait aller le bateau.
Il ne pouvait voir les roues-à-palons dont
le capitaine avait parlé. Il désirait extrêmement comprendre comment elles étaient
mises en mouvement par la machine,
et comment elles poussaient le vaisseau
avec tant de rapidité et de puissance
contre le vent, devenu maintenant très-
fort. Son père lui dit, qu'on ne pouvait
visiter la machine tant que le paquebot
marchait, mais qu'il prierait le capitaine
de lui permettre de l'examiner, dès qu'ils
s'arrêteraient, ce qui ne pouvait tarder;
Lamplighter's Hall, endroit où ils devaient prendre terre, étant tout proche
et en vue. Ils l'atteignirent au bout de
quelques minutes, et Henri entendit le
bruit que faisait la vapeur en sortant au
grand air : on la laissait s'échapper afin
que le vaisseau s'arrêtât. Les roues cessèrent de tourner, le bateau resta immobile,
et on l'attacha avec une corde au rivage.
Quelques-uns des passagers devaient descendre là, et être remplacés par d'autres
voyageurs, et pendant le délai que cela
occasionna, le capitaine eut le temps
d'acquiescer à la requête de Henri. C'était

un excellent homme, qui prenait plaisir, comme il le dit lui-même, à satisfaire
la louable curiosité de l'enfant. Il lui
montra par où et comment la machine
communiquait aux roues-à-palons. Ces
dernières ressemblaient un peu aux roues
à aubes d'un moulin à eau, et, à mesure
qu'elles tournaient, et que chaque partie
avancée venait frapper l'eau, Henri s'aperçut qu'elles poussaient le bateau en avant,
comme les rames des bateliers qu'il avait
vus ramer. Il s'informa de la longueur du
trajet qu'ils avaient parcouru ce jour-là
même. Ils avaient fait environ huit milles
et demi par heure, marchant contre le
vent, mais avec le courant. Henri demanda quelle était la plus grande vîtesse
qu'on pût donner à la marche d'un bateau
à vapeur. L'Américain lui dit, qu'en
Amérique on était parvenu à leur faire
faire onze milles par heure; en Angleterre,
d'après l'aveu même de l'Anglais, la plus
grande rapidité n'était que de dix milles.
L'Irlandais affirma, que depuis deux ans,
la traversée difficile de Dublin à Holyhead
se faisait toujours à-peu-près au taux de
sept milles par heure, et que le courrier,
qui arrivait par le paquebot à vapeur,
avait très-rarement été en retard d'un
jour, même par le plus gros temps : puis,
se tournant vers Henri :

« Avez-vous eu quelquefois le mal de mer ? » lui dit-il.

Henri n'avait jamais été à bord d'un vaisseau, et il n'avait jamais été malade en bateau. D'ailleurs, la rivière avait été si calme ce jour-là, qu'à peine sentait-on le mouvement du navire.

« Eh bien, un jour ou l'autre, vous sentirez ce qui en est, et vous saurez bon gré aux paquebots à vapeur, d'abréger au moins vos souffrances, et de vous donner la certitude qu'elles seront finies au bout d'un certain temps. »

Henri écouta attentivement son père et les étrangers passer en revue les grands avantages qui résultaient pour le commerce et la société, de ce moyen de communication rapide avec les contrées les plus lointaines. Des vues nouvelles et vastes s'offrirent à son esprit vif et intelligent, et il s'écria :

« Quelle sublime invention ! que je suis content qu'elle ait été faite par.... » il allait dire par des *Anglais*, il se reprit : « par des *citoyens de la grande Bretagne !*» et ce mot satisfit également l'Ecossais, l'Irlandais et l'Anglais. Tous trois lui sourirent avec bonté.

— « Et je vous prie, mon jeune ami, dites-moi ce que vous pensez de nous autres, Américains ; nous en avons fait pour le moins autant que vous, et même plus, si je ne me trompe. Songez que nous avons au moins trois cents bateaux à vapeur d'un usage constant et journalier. »

— « Trois cents! » répéta Henri, avec le ton d'une profonde admiration. « Mais rappelez-vous, » ajouta-t-il, « que c'est grâces à nous que vous les avez. Vous savez que c'est nous qui en avons envoyé le premier modèle en Amérique. »

— « C'est-à-dire, *nous* autres Ecossais, » interrompit le voyageur écossais, à demi-voix.

— « Ce modèle a beaucoup aidé, j'en conviens, » reprit l'habitant des États-Unis.

— « Eh bien, » dit Henri, « si nous vous avons aidé au commencement, vous qui avez maintenant tout un nouveau monde à votre disposition, vous nous aiderez à votre tour, à la fin, j'espère. »

— « C'est de toute justice, et pour ma part j'y consens de bon cœur; donnez-moi une poignée de mains, » dit l'Américain, en s'emparant de celle de Henri, et en la secouant de toutes ses forces. « Je vous promets que, si jamais vous venez en Amérique, mon petit homme, je vous y ferai bon accueil, et pour peu que cela vous fasse plaisir, je vous ferai voyager dans un bateau à vapeur sur le Mississipi, le Missouri, l'Ohio, et pendant quelques milliers de milles. Je gage que cela vous plairait. »

— « Oui, certainement, » répliqua Henri. Sa reconnaissance pour ces aimables étrangers, et l'enthousiasme excité dans son ame par tant d'idées neuves, l'emportant tout-à-fait sur sa timidité habituelle, il continua à parler de cette glorieuse invention. « Après y avoir travaillé cent ans, » dit-il, « on a enfin atteint la perfection. »

— « La perfection! » répéta son père; « Henri, mon cher, c'est trop dire. »

— « Trop pour toute invention humaine, monsieur, » reprit l'Ecossais; « et à notre connaissance, même à présent, il reste encore bien des choses à faire pour perfectionner ces mêmes bateaux à vapeur. »

— « Beaucoup se fait cependant, » continua M. Wilson; « des savans, des hommes de génie, continuent à chercher et à faire de jour en jour de nouvelles améliorations. »

— « Un peu avant de quitter Londres, » dit l'Anglais, « j'ai entendu parler de plusieurs perfectionnemens importans qu'on a le projet d'appliquer aux bateaux à vapeur, et qui les rendront beaucoup plus durables et plus sûrs qu'ils ne le sont à présent. »

L'Américain fit un signe de tête, d'un air satisfait, et un peu mystérieux.

— « Est-ce que les bateaux à vapeur ne sont pas déjà parfaitement sûrs? » demanda Henri.

— « Puisqu'il est arrivé des accidens, » dit le capitaine, « ils peuvent se renouveler: mais beaucoup de ceux qui ont eu .ieu, n'arriveraient plus à présent : nous sommes en garde contre eux. »

— « Oserais-je vous demander, monsieur, » dit Henri, très-respectueusement, « quelles étaient les causes de ces accidens, et comment vous pouvez vous en garantir? »

— « Certes, vous pouvez oser, et vous serez le bien venu, mon cher petit curieux, » dit le capitaine, en souriant avec gaîté; « mais, moi je ne pourrais entreprendre de vous répondre sur tout cela à présent, ni même à quelque époque que ce soit. Dans tous les cas, ce ne sera pas pour aujourd'hui, mon bon ami, » ajouta-t-il, en regardant à sa montre, « car il faut repartir. Adieu donc, au revoir! »

CHAPITRE XVI.

La Noix de Coco ; des perfectionnemens introduits dans la construction des Bateaux à Vapeur ; la Librairie ; Portrait d'une jeune fille ; M. Watt.

La pauvre femme et son enfant se tenaient debout près de l'endroit où Henri devait passer pour sortir du bateau. Lorsqu'il s'approcha, la première lui dit, avec un sourire reconnaissant :

« Mon jeune monsieur, ma petite fille est bien mieux depuis qu'elle a dormi d'un si bon somme. Je vous remercie de toutes vos bontés. »

Content, et pourtant honteux de s'entendre dire cela devant tout le monde, Henri rougit jusqu'aux oreilles, et répondit avec brusquerie, et d'un ton un peu rude :

« Ne me remerciez pas pour si peu de chose. Je n'ai rien fait du tout. »

La petite fille courut devant lui pour

l'arrêter, comme il pressait le pas, et levant la main, elle lui offrit son coco :

« Je veux te le donner, prends-le, je t'en prie. »

— « Oh non! ma chère petite, je ne veux pas te l'ôter; mais je t'en remercie beaucoup. »

L'enfant continuait toujours à lui présenter sa noix de coco, et Henri, voyant qu'elle avait l'air chagrin de son refus, la prit, et se retournant, il la fit rouler sur le pont. « Cours après; cours! » dit-il, « je te serai tout aussi obligé que si je l'emportais. Adieu, adieu! »

L'enfant courut après le coco, et Henri sauta du bateau sur le rivage. Ils trouvèrent une voiture dans une auberge, près du lieu du débarquement, et M. Wilson la loua pour retourner avec son fils à Clifton. La tête de Henri était si remplie du bateau à vapeur qu'il ne pouvait penser, ni parler d'autre chose.

« Papa, parmi les avantages des bateaux à vapeur sur les voitures conduites par des chevaux et des hommes, il y en a un bien grand, c'est que les machines ne mangent, ne boivent, ni ne dorment. La vapeur ne se fatigue jamais; tandis que les chevaux et les hommes ont besoin de se reposer souvent. »

— « Je voudrais que tu te reposasses

un peu, à ton tour, Henri, » dit son père,
« et que, dans tes transports, tu ne me
donnasses pas de coups de pied aux jambes. »

— « Je vous demande pardon, papa.
Mais je ne vois pas pourquoi un bateau
à vapeur ne continuerait pas à marcher
pendant des semaines, des mois, tout
aussi bien que pendant des heures et des
jours. Sûrement, il peut aller tant qu'il
y a du feu et de l'eau. N'est-ce pas? »

— « Certainement; c'est-à-dire, tant
qu'on peut alimenter le feu, et fournir de
l'eau à la chaudière, et tant que la machine ne se brise pas, ou ne s'arrête pas
par quelque accident. »

— « Alors, si l'on a soin de construire
le tout bien solidement, pourquoi ne
pourrait-on pas traverser le grand Océan
qui sépare l'Angleterre de l'Amérique,
aussi bien que le petit bras de mer entre
l'Angleterre et l'Irlande? Pourquoi pas,
papa? où est la difficulté? vous avez l'air
de croire que c'est impossible. »

— « Non, Henri, pas précisément impossible; mais il y a une difficulté, et une
très-grande, et si tu y réfléchis bien, tu
la découvriras de toi-même. »

Henri réfléchit; mais il ne put la trouver. Son esprit était trop exalté; il était
trop préoccupé par ses souvenirs récens

du bateau à vapeur pour recueillir toute son attention.

Son père l'aida à mettre de l'ordre dans ses idées, et l'amena peu-à-peu à réfléchir au temps nécessaire pour un voyage en Amérique.

« Il faut compter sur trois semaines, au moins, Henri. Calcule tout ce dont tu aurais besoin pour mettre ton bateau en état de rester en mer pendant tout ce temps, et d'exécuter ce voyage sans inconvénient. »

— « Du feu, de l'eau, des hommes... voilà tout, » dit Henri; « excepté des provisions ; bien entendu que nous emporterions toutes les choses qui se gardent, et qu'on a coutume de prendre pour de longs voyages. »

— « Très-bien; mais il y a quelque chose de plus que tu n'as pas nommé et qui est essentiel; par essentiel, j'entends que rien ne pourrait se faire sans cela. »

— « Du feu, de l'eau, des hommes... des hommes, du feu et de l'eau... » répéta Henri, « je ne puis imaginer quelle autre chose peut-être essentielle. Je n'aurais pas même eu besoin de compter *des hommes,* car un seul peut faire aller la machine, à ce que je crois. »

— « Qu'entends-tu par faire aller la machine ? »

— « J'entends qu'il faut une personne pour fournir de l'eau à la chaudière, et pour entretenir le feu. Ah! maintenant, je vois ce que vous voulez dire, papa. Il faut avoir de quoi entretenir toujours le feu pour faire bouillir l'eau qui fait la vapeur. Il faut donc emporter du charbon ou du bois en grande quantité : mais qu'est-ce que le poids de ces provisions sur l'eau, et avec une force comme celle de la vapeur ? »

— « Oui, sans doute, mon cher; mais que diras-tu de leur volume? Le charbon, le bois, ou n'importe quelle espèce de chauffage, que tu chargeras à bord de ton bateau à vapeur, y tiendra beaucoup de place. Calcule à-peu-près combien. »

Après un calcul, inutile à donner ici, Henri soupira, et convint qu'à moins de faire construire un vaisseau beaucoup plus vaste qu'aucun de ceux qui existaient déjà, on ne pourrait jamais trouver à bord, assez d'espace pour loger la quantité de bois ou de charbon nécessaire. « Mais pourquoi, » ajouta-t-il, « ne construirait-on pas un vaisseau sept ou huit fois plus grand que ceux que nous avons vus ? »

Un moment de réflexion lui démontra, qu'en augmentant la grandeur et la pesanteur du bateau, il devenait indispensable d'augmenter aussi la force qui devait le diriger, et par conséquent la provision pour le chauffage : restait en outre l'embarras de diriger une si grande machine.

« Cependant, » dit Henri, « quoiqu'il y ait cette terrible difficulté pour le transport du bois ou du charbon, il me semble que nous ne devons pas y renoncer : qu'en pensez-vous papa ? peut-être quelques-uns des habiles savans, qui ont eu les premiers l'idée d'inventer un bateau à vapeur, il y a cent ans, ou même il y a cinquante ans, ont cru aussi qu'ils ne pourraient jamais en venir à bout. Peut-être que l'on se moqua d'eux, qu'on les railla, parce qu'ils ne réussirent pas tout d'abord. Et maintenant ! oh, s'ils étaient encore en vie ! qu'ils pussent voir ce qu'est devenue leur invention, et l'admiration qu'elle excite dans le monde entier ! Je pense donc, papa, qu'on ne doit pas se décourager, ni s'inquiéter des railleries, quand on est sûr d'avoir raison. Les hommes de génie, au lieu d'être rebutés, ou arrêtés dans leurs découvertes, par les difficultés grandes ou petites qu'ils rencontrent, devraient toujours continuer à faire de nouvelles expériences, et à inventer, jusqu'à ce qu'ils en vinssent à une impossibilité complète ; alors, ils pourraient rester en repos. Mais jusque-là, ils ne sont pas forcés d'y renoncer, et ils ne doivent pas le faire, » s'écria Henri.

— « Tu as raison, et très-raison, mon cher fils, » dit son père; « je suis bien aise de te voir ces résolutions-là. »

Henri se tut pendant un mille ou deux, puis il reprit :

« Que je suis content, papa, que vous n'ayez pas emporté de livre ce matin! vous auriez lu dans la voiture, et vous n'auriez pas eu le temps de causer avec moi. Racontez-moi, je vous en prie, les accidens qui ont eu lieu autrefois à bord des bateaux à vapeur, et dites-moi comment on peut s'en préserver. »

— « Les principaux accidens et les plus dangereux, » répliqua M. Wilson, « ont été occasionnés par l'explosion des chaudières. Si je me le rappelle bien, il y en eut une qui éclata à bord d'un vaisseau américain, tua beaucoup de monde, et mit le bâtiment en pièces. Le même évènement arriva dans un paquebot anglais : l'eau bouillante échauda plusieurs personnes qui se trouvaient dans la cabane auprès de la machine, et elles moururent des suites.

— « Le matelot disait donc la vérité à cette pauvre femme, ce matin? » dit Henri; « eh bien, je n'en croyais pas un

II.   14

mot. Il lui conseillait de ne pas s'embarquer sur le bateau à vapeur, parce qu'il était arrivé déjà plusieurs accidens, et qu'il en arrivait encore très-souvent. »

— « Et en cela il avait tort, » reprit M. Wilson, « car il exagérait ; il y a eu peu d'accidens. Des rapports exacts en ont été faits ; ils sont tous connus, et l'on peut en juger et en parler positivement. »

— « J'en suis enchanté, et très-enchanté, » s'écria Henri. « A présent, papa, expliquez-moi les moyens de les empêcher à l'avenir, voulez-vous ? »

— « D'abord, dis-moi, Henri, si tu connais la différence entre ce que l'on nomme du fer *malléable* ou *battu*, et de la *fonte* ou *fer fondu*. Tu les a vus tous deux, et l'on t'a montré la différence, lorsque nous visitions la fonderie. »

— « Je m'en souviens, papa. La *fonte* est, je crois, du fer qui a été fondu au feu, et qu'on verse pendant qu'il est liquide dans des moules où il prend la forme qu'il doit garder. Le fer *malléable* ou *battu*, est celui qu'on forge avec un marteau quand il est rouge, et auquel on donne ainsi une forme quelconque, selon l'usage auquel il est destiné. »

— « Puisque tu es si bien au fait, Henri, je puis continuer. On s'est assuré par plusieurs épreuves, que le fer forgé est plus fort que le fer fondu, et plus en état de résister à la force expansive de la vapeur. Les chaudières qui ont éclaté, étaient presque toutes en fonte. D'autres, en fer forgé, ont cédé aussi, dans certains cas; mais, alors même que cela est arrivé, elles n'ont pas éclaté violemment, et de manière à causer de grands ravages. Elles se sont seulement fendues, et ouvertes, pour que la vapeur pût s'échapper. Par suite de ces observations, on ne fait presque plus de chaudières qu'en fer battu. C'est déjà une garantie de sûreté. »

— « Et une grande, » reprit Henri.

— « Une nouvelle amélioration se prépare, » continua son père. « L'expérience a prouvé que, quoique le cuivre s'use rapidement, en passant alternativement du froid au chaud, il est plus durable que le fer pour les chaudières des bateaux à vapeur qui traversent la mer. »

— « Le cuivre plus fort que le fer, papa! » s'écria Henri; « je ne l'aurais jamais cru. »

— « Tu ne répètes pas ce que je t'ai dit, avec ton exactitude ordinaire, » reprit M. Wilson. « Je ne t'ai point affirmé que le cuivre soit dans toutes les circonstances, et pour toutes choses, plus fort et plus durable que le fer. Je t'ai dit qu'on l'avait trouvé plus durable, lorsqu'on l'avait employé comme chaudière d'une machine à vapeur *en mer.* »

— « *En mer!* » répéta Henri. « Papa, je sais que vous devez avoir quelque bonne raison pour être si précis dans vos paroles, et pour appuyer particulière- ment sur le mot de *mer.* »

— « Eh bien, trouves-en la raison. »

— « Peut-être, » dit Henri, « qu'il y a dans l'eau de mer quelque chose qui rouille le fer, et le détruit; et peut-être que *cette chose*, n'importe ce que c'est, ne rouille pas le cuivre, et ne le détruit pas. »

— « Exactement, Henri. Mais quelle est cette chose? Tu la connais bien. »

— « Est-ce le sel marin? » demanda Henri. « Le sel qui est dans l'eau de mer? »

— « Oui; un chimiste a fait dernière- ment plusieurs expériences qui, toutes, ont confirmé ce fait; et d'après lesquelles il a été décidé, qu'à l'avenir on ferait les chaudières en cuivre. »

— « Qu'il est donc utile de faire des expériences! » dit Henri. « Cela établit de suite la vérité des choses, et il n'y a plus à douter, ou à disputer sur ce qui est évident. Ce chimiste était un homme habile, et d'un grand sens. »

— « Et c'est encore un autre exemple

remarquable, » reprit son père, « de l'utilité de la chimie dans les arts mécaniques. »

— « C'est vrai, papa. Mais j'ai une question à vous faire sur les roues-à-palons. Quels sont les perfectionnemens qu'on y a faits, et dont parlaient ces messieurs? »

— « Je ne peux pas te les expliquer, Henri, parce que tu ne connais pas exactement les inconvéniens et les défauts de leur construction actuelle, et qu'il serait trop long et trop difficile de te les décrire. Il faut d'abord que tu les voies marcher dans l'eau. »

— « Comment et quand pourrai-je donc les voir? » demanda Henri.

— « Pas à présent, toujours, que nous sommes sur terre et en voiture; » répliqua son père, en riant. « Mais il se peut qu'un jour ou l'autre, nous nous trouvions sur l'eau, en vue d'un bateau à vapeur. »

Henri répéta avec un soupir : « Oh oui, un jour ou l'autre. » Un moment après, il reprit : « Papa, n'y a-t-il pas quelqu'autre grand perfectionnement que vous puissiez m'expliquer ? »

Son père bâilla, et lui dit qu'il commençait à être las de ses questions.

« Je n'ai plus qu'une chose à vous dire,

une seule , et vous n'avez pas besoin d'y répondre. La machine à vapeur que j'ai vue ce matin dans le bateau , tenait une place énorme. Si on pouvait la loger tout aussi bien dans un plus petit espace * , quelle grande amélioration ! Que cela serait commode et agréable !

— « Oui, » reprit M. Wilson. « Et il me serait aussi fort agréable que tu me laissasses un peu en repos. »

— « Pauvre père ! Je ne soufflerai plus le mot. Merci. Mon Dieu ! comme je vous ai fatigué ! »

— « Non, Henri : mais je n'ai pas bien dormi la nuit dernière. J'avais bu du café ou du thé trop fort. »

M. Wilson s'endormit, et Henri resta tranquille comme une souris dans son trou, n'osant bouger, crainte de le réveiller. Il ne concevait pas pourquoi le thé ou le café empêchaient de dormir; il fit beaucoup de conjectures sur ce sujet, mais sans en être plus sage ; jamais ni thé, ni café ne l'avaient tenu éveillé. Quand la voiture s'arrêta, son père se frotta les yeux, étendit les bras, et dit qu'il se sentait tout-à-fait rafraîchi.

Comme ils sortaient de la chaise de

---

* Voyez la note 7.

poste, le postillon pria Henri d'attendre une minute, et il se mit à chercher quelque chose, et à fouiller dans les poches de côté, puis dans celles de devant.

« C'était ici. Ça devrait être ici. Il m'a dit qu'il l'y avait mis ! » murmurait le postillon, tout en continuant ses recherches, les jambes sur le marche-pied, et le corps dans la voiture. Enfin, il trouva dans une petite poche de coin ce qui l'inquiétait tant; et il remit à Henri une noix de coco, en lui disant qu'un matelot lui avait recommandé de ne pas l'oublier, et de ne pas manquer de lui dire « que la mère et l'enfant la lui envoyaient, pour qu'il en fît faire une jolie coupe, et qu'il bût le lait qui était dedans, s'il pouvait l'en tirer. »

Le postillon tenait beaucoup à bien faire la commission de la pauvre femme, parce qu'il la connaissait, et qu'elle lui avait souvent donné des marques d'intérêt et de bonté.

Lucie qui était à la fenêtre de l'auberge, épiant leur retour avec impatience, entendit ce qui se passait, et vit le coco avec ravissement. Elle courut au-devant de Henri pour lui demander qui lui avait donné cela, et le prier de lui raconter ses aventures. Il le fit avec tout le détail qu'elle pouvait désirer, jusqu'à ce qu'il en vînt au moment où la femme s'était

mise sur son passage, comme il allait
quitter le bateau. Faisant alors une pause,
et tournant la noix de coco en tout sens,
il dit qu'il avait honte de lui avouer combien il avait été bourru.

Son père ajouta : « vous avez bien raison d'en être honteux, Henri. Je l'ai été
pour vous dans le moment. »

— « Pourquoi donc ne me l'avez-vous
pas dit, papa ? »

— « Parce que je savais que cela ne
vous eût pas corrigé sur le champ. J'ai
pensé que vous vous le rappelleriez ensuite, comme en effet ; et j'espère que le
regret que vous en éprouvez, vous empê-
chera de retomber dans le même défaut. »

— « Je l'espère bien, » dit Henri ;
« mais quand cette vilaine sensation de timidité s'empare de moi, elle est si désagréable que je ne sais ni ce que je fais, ni ce
que je dis. Je suis en colère contre moi-
même, contre les personnes qui me par-
lent, contre tout le monde. Mais le chagrin d'avoir à me reprocher ensuite ma
brusquerie et mon mauvais naturel, est
encore pis, comme je le sens à présent ;
et je veux m'en souvenir, pour tâcher
d'en triompher, et de me vaincre la prochaine fois. »

— « Je suis sûre que tu tâcheras, et
que tu réussiras, » dit Lucie.

— « Tiens, prends la noix de coco, »

ajouta Henri, en la lui mettant dans la main. « Nous ne l'ouvrirons pas encore ; serre-la quelque part pour moi. »

— « Les hommes disent toujours de serrer une chose *quelque part*, » pensa Lucie, « et il faut que les femmes trouvent l'endroit. »

Il fallut en effet toute l'adresse de Lucie pour trouver moyen de loger le coco : elle parvint enfin à le faire entrer, bon gré, mal gré, dans le sac de nuit, contre l'attente et la prédiction de tous les regardans.

Avant de quitter Bristol, les voyageurs s'arrêtèrent chez un libraire, afin d'acheter quelques livres pour lire en voiture. Plusieurs ouvrages étaient épars sur le comptoir. Henri et Lucie lurent le titre de quelques-uns, que leur père et leur mère leur permirent d'ouvrir.

— « Nous allons feuilleter les livres au hasard, » dit Henri, « pour voir s'ils nous paraîtront amusans. Nous le permettez-vous, papa ? »

— « Pouvons-nous couper les feuilles ? » demanda Lucie, essayant de lire entre deux pages qui n'étaient pas séparées.

Le garçon de boutique, après un peu d'hésitation, lui présenta un couteau d'ivoire, en lui disant qu'elle pouvait cou-

14*

per les feuilles , pourvu qu'elle prît bien
garde de ne les pas déchirer. Il se rassura,
lorsqu'à sa manière de s'y prendre , il vit
qu'elle en avait l'habitude, et qu'elle le
faisait adroitement. Mais son front se rembrunit de nouveau, lorsqu'Henri s'empara du couteau à son tour. Il pensa qu'é-
tourdi comme tous les écoliers, il allait
couper à tort ou à travers, sans s'inquiéter du dégât.

« Si je fais la moindre *entaille*, je m'ar-
rêterai , et je vous la montrerai, monsieur; vous pouvez y compter, » dit fièrement Henri : « vous pouvez vous en fier
à ma parole. Celui de nous deux qui fera
la première *dentelure*, s'arrêtera. »

— « Très-bien , » dit son père, levant
les yeux de dessus le livre qu'il parcourait ; « à cette condition, vous pouvez
couper. »

Henri et Lucie furent enchantés de
voir leur père et leur mère absorbés par
la lecture de quelque ouvrage intéressant,
prendre des chaises, et s'asseoir pour lire.
« Nous aurons tout le temps , » se dirent-
ils, « de couper et de regarder. » Après
avoir séparé la moitié des feuilles d'un
volume , ils montrèrent au libraire les
bords des pages. Il n'y paraissait pas la
plus légère entaille , et l'œil le plus scru-
puleux n'eût pu découvrir une seule den-

telure. Tout était uni, régulier, même
jusqu'au moindre repli du dangereux coin
des pages pliées en quatre.

« A présent que nous avons assez coupé, » dit Lucie, « commençons nos recherches. Ouvrons le livre trois fois, Henri,
et voyons ce que nous allons trouver. »

Henri saisit un des volumes, et l'ouvrit
au passage suivant, qu'il lut tout haut.

« Il eût fallu une nécessité absolue pour supporter plus long-temps l'obscure demeure où était
mon grand-père. Ils lui cherchèrent donc un endroit où il pût être également en sûreté. Entre autres cachettes, ils imaginèrent de le loger dans
le dessous d'un lit qui se tirait en place, et qui
était au rez-de-chaussée, dans une chambre dont
ma mère avait la clef. Elle et l'homme travail-
lèrent pendant la nuit, à faire un trou dans
la terre, après avoir levé les planches ; ils creu-
sèrent avec leurs mains, afin de ne pas faire de
bruit, jusqu'à ce que ses ongles en fussent tout
usés : elle aidait l'homme à mettre la terre dans
un drap, à mesure qu'ils la tiraient du trou, et à
la porter sur son dos, jusqu'à la fenêtre qui donnait sur le jardin. Il fit ensuite une boîte chez lui,
assez grande pour que mon grand-père pût y
coucher avec ses matelas et ses couvertures, et il
y fit des trous, afin que l'air y entrât. Quand tout
fut terminé, car ce fut assez long, elle se crut la
plus heureuse personne du monde. »

« Je connais cela! je l'ai déjà vu, » s'écria Lucie. « C'est l'histoire de *Lady Grisell Baillie*. Maman, je vous l'ai entendu lire à papa, l'hiver dernier. Oh, maman! vous souvenez-vous de ce passage si amusant où il est question d'une tête de mouton? Je vais te le montrer, Henri ; prête-moi le livre pour une minute... Mais ce n'est pas le même , » continua-t-elle ; « l'autre était un poème*, avec des notes à la fin. Il n'y a pas de poésie dans celui-ci, et j'en suis bien fâchée. J'aurais tant voulu revoir la jolie description de tout ce que faisait Grisell quand elle était jeune fille. Je suis sûre que Henri l'aimerait, quoique ce soient des vers. »

— « Eh bien, essayons, » dit madame Wilson. « Je crois me rappeler le morceau dont tu veux parler.

« D'un cœur joyeux, et d'une main agile,
Elle rendait chaque tâche facile ;
De tous chérie, et prompte à prévoir tout ;
Dernière au lit, et première debout :
Ses tendres soins apprêtent chaque couche,
Et délicat, devient pour chaque bouche,
Le mets frugal, de sa main préparé :
La nappe blanche et le linge étiré
Ornent la table et frottée et luisante,
Et la timballe y resplendit brillante ;

---

* Légendes en vers , par Joanna Baillie.

Le simple étain le dispute à l'argent.
Le bas usé, l'antique vêtement,
Sous son aiguille active, industrieuse,
Sont réparés: la pauvreté hideuse
Prend autour d'elle un agréable aspect.
Pour le vieillard montrant un saint respect,
Tendre à l'enfant, d'une oreille indulgente
Elle écoutait, quand sa voix glapissante
En hésitant ânonnait la leçon.
Le vœu craintif et la pétition
Timidement sont murmurés près d'elle;
A sa bonté, chaque espiègle en appelle,
Et l'opprimé vient pleurer dans son sein.
En un jargon, gracieux, enfantin,
Le frais marmot qu'en son lit elle arrange,
Sous sa dictée appelle son bon ange :
La bouche prie, et l'œil est déjà clos,
Et le sommeil vient confondre les mots. »

— « Merci, maman. J'aime beaucoup cela, » dit Henri.

— « Je suis bien aise de voir qu'il y a quelque chose de nouveau dans ces Mémoires de Grisell Baillie, » reprit Lucie, qui venait de parcourir le livre. « En voici bien plus long qu'il n'y en avait dans les notes du poème. Je vous en prie, maman, achetez ce livre pour la voiture. »

— « Non, ma chère, je ne l'achèterai pas pour la voiture, » répondit sa mère, en riant ; « mais je l'achèterai pour moi, si tu veux bien, et je vous en lirai haut tout ce qui pourra vous amuser. »

— « Que vous êtes bonne, maman ! Henri, n'es-tu pas bien content que nous ayons ce livre ?... hein, dis donc. »

Mais Henri ne fit point de réponse ; il était absorbé par la lecture d'un autre volume qu'il venait d'ouvrir.

« Qu'est-ce ? » dit Lucie, en regardant par-dessus son épaule. « Oh, je vois le mot, machine à vapeur, en voilà assez pour toi. Mais, Henri, ne va pas choisir un livre bête ou ennuyeux. »

— « Oh, il n'y a pas de danger, mademoiselle, » dit le garçon de boutique. « C'est un des romans écossais. »

— « Un roman, Henri ! Comment la machine à vapeur s'y trouve-t-elle donc ? »

— « Je n'en sais rien, » dit Henri, « mais je sais que j'y ai trouvé un bel éloge de... Je ne veux pas vous dire de qui, mais vous allez l'entendre. Papa, voulez-vous avoir la bonté de le lire à maman et à Lucie ? »

— « Pourquoi n'aurais-tu pas cette bonté-là toi-même, Henri ? »

— « Parce que je craindrais de ne pas m'en acquitter assez bien, papa : et c'est si beau que je ne pourrais supporter l'idée de le gâter. Oh, je vous en prie, papa, lisez-le-nous. Voici le volume. »

Son père lut haut le passage suivant où

il était question du grand inventeur de la machine à vapeur.

« Au milieu de cette société était M. Watt, l'homme dont le génie a découvert les moyens de multiplier nos ressources nationales, à un degré, peut-être au-delà même de ses vastes combinaisons, et de ses immenses calculs ; amenant les trésors de l'abîme jusqu'au sommet de la terre, prêtant au faible bras de l'homme une force magique, commandant aux manufactures de s'élever, comme la verge du prophète faisait jaillir l'eau dans le désert ; nous affranchissant presque de l'empire du temps et de la marée qui n'attendirent jamais personne ; nous faisant naviguer sans le secours du vent, qui bravait les ordres et les menaces de Xercès lui-même. Puissant roi des élémens, il abrégea le temps et l'espace ; magicien, qui, par ses conjurations nuageuses, a produit dans le monde, un changement, dont les effets, tout extraordinaires qu'ils nous semblent, ne font peut-être que commencer à être appréciés ; il fut non-seulement le plus profond savant, le plus habile combinateur des forces, le plus grand calculateur des nombres, pour tout ce qui s'appliquait aux choses pratiques ; l'homme le plus éclairé, et le plus instruit, mais encore l'être le meilleur, et le plus aimable qu'il fût possible de rencontrer. »

Plusieurs personnes qui étaient occupées à lire, fermèrent leurs livres, pour écouter ce juste et éloquent panégyrique. Lorsqu'il fut fini, et que le lecteur s'arrêta, il y eut un moment de silence, suivi d'un élan général d'admiration et de curiosité.

« Qui a écrit cela ?... où est-ce?... de qui c'est-il ? »

Tous se groupèrent autour de Henri pour regarder le livre. Il était orgueilleux d'avoir trouvé tout *seul*, et par son propre jugement, ce qui était bon. Il est à peine nécessaire d'ajouter que son père acheta l'ouvrage. On fit le paquet des livres, on le mit dans la voiture, et les voyageurs partirent. Aussitôt qu'ils furent hors des rues bruyantes, Henri et Lucie s'emparèrent du volume, curieux de savoir s'il y était encore question de M. Watt. Ils y trouvèrent quelques détails sur le charme de sa conversation, et sur la grande diversité de ses connaissances.

Henri fut de nouveau frappé d'admiration.

« Que je voudrais que papa l'eût connu, » s'écria Lucie. « Oh, Henri ! si tu l'avais vu seulement ! n'en aurais-tu pas été bien heureux ? »

— « Je ne me serais pas beaucoup soucié de le voir seulement, » dit Henri, « à moins de pouvoir l'entendre et le connaître. »

Ils commencèrent alors à se demander lesquels de tous les grands personnages dont ils avaient jamais entendu parler, ou qui étaient cités dans les différens ouvrages qu'ils avaient lus, ils auraient le plus désiré de connaître; puis, lesquels ils n'auraient voulu que *voir*? Lesquels ils auraient choisis pour connaissances? Lesquels pour amis? et ceux avec qui ils auraient aimé à vivre toujours?

Ces questions amenèrent beaucoup de discussions intéressantes et amusantes, pendant lesquelles on en appelait souvent à papa ou à maman, qui y prenaient part volontiers, à la grande joie de Henri et de sa sœur. Le nombre de gens près desquels ils eussent voulu vivre, était d'abord prodigieux, surtout du côté de Lucie. Mais elle le réduisit peu-à-peu, jusqu'à ce qu'enfin ses souhaits se bornassent à cinq ou six personnes.

M. Wilson remarqua que Henri, qui, autrefois, ne désirait voir que les grands mécaniciens, souhaitait maintenant connaître aussi de grands chimistes, et en général, tous les hommes d'un génie *inventif*, comme il le disait.

Lucie fit l'observation que c'était là un des avantages de leurs voyages. « Mais, à propos, Henri, » continua-t-elle, « demain est le dernier jour. En es-tu content ou fâché? Pour moi, je ne sais trop lequel des deux. Je me sens à demi-contente, et à demi-fâchée. Fâchée que le voyage finisse, parce que j'aime beaucoup à être en voiture, et à voir chaque jour quelque chose de neuf, de nouveaux visages, et des choses amusantes. Mais j'ai aussi une grande raison pour me réjouir d'arriver, c'est que nous verrons, enfin, notre petite maison au bord de la mer. Que je suis impatiente de savoir un peu quelle sorte de maison cela est; et toi, Henri? »

— « Moi aussi; mais je désire, par-dessus tout, voir la mer! »

— « Et le rivage donc, » s'écria Lucie, « où je pourrai ramasser des centaines de coquillages! »

— « J'espère que je verrai des vaisseaux! » dit Henri.

« Et un bateau à voiles, dans lequel nous pourrons aller sur l'eau quelquefois, » ajouta Lucie.

— « Oui. Oh, j'aimerais bien cela! j'ai besoin de beaucoup de renseignemens, sur les voiles. »

— « Surtout sur les voiles *auriques*;

ou voiles à *gigot* *, » s'écria Lucie, « je me rappelle qu'il en est parlé dans Robinson Crusoé. Je ne peux pas me figurer ce que ce peut être ! »

Son père lui en dessina une, et elle fut un peu désappointée, lorsqu'elle apprit que le nom ne venait que de la forme.

La conversation fut alors interrompue par la vue d'un bateau sur une rivière: mais il n'avait pas de voiles ; c'était un bac.

On conçoit qu'à l'âge de Henri et de Lucie on se réjouisse de passer l'eau dans un bac ; mais des voyageurs plus vieux et plus avancés en expérience, n'y voient guères que de l'ennui, ou au moins de l'embarras, et sont, en général, disposés à préférer un pont.

---

* On nomme *shoulder of mutton sail*, en anglais, une voile qui s'amincit d'un côté et s'élargit de l'autre, et qui a à-peu-près la forme d'un gigot de mouton.

FIN DU SECOND VOLUME.

NOTES DU SECOND VOLUME.

(1) « *Les escaliers de Neptune.* » Page 91.

L'abbé Delille fait allusion dans son poème de l'Homme des Champs, aux immenses travaux des Anglais pour multiplier les moyens de communication, et pour faciliter la navigation intérieure, tantôt en faisant passer des canaux dans des espèces d'aqueduc d'une montagne à l'autre ; tantôt, en leur faisant traverser des rochers creusés en voûte ; enfin, en facilitant la descente des eaux par des écluses semblables à celles que Henri vient de voir. Cette description est si exacte et si belle que nos jeunes lecteurs prendront plaisir à la retrouver ici.

« Là, par un art magique, à vos yeux sont offerts
Des fleuves sur des ponts, des vaisseaux dans les airs,
Des chemins sous des monts, des rocs changés en voûte,
Où vingt fleuves, suivant leur ténébreuse route,
Dans de noirs souterrains conduisent les vaisseaux,
Qui du noir Achéron semblent fendre les eaux ;
Puis, gagnant lentement l'ouverture opposée,
Déco ıvrent tout-à-coup un riant Élysée,
Des vergers pleins de fruits, et des prés pleins de fleurs,
Et d'un bel horizon les brillantes couleurs.
En contemplant du mont la hauteur menaçante,
Le fleuve quelque temps s'arrête d'épouvante ;
Mais, d'espace en espace, en tombant retenus,
Avec art aplanis, avec art soutenus,
Du mont, dont la hauteur au vallon doit les rendre,
Les flots, de chute en chute, apprennent à descendre ;
Puis, traversant en paix l'émail fleuri des prés,
Conduisent à la mer les vaisseaux rassurés. »

Chant II, page 93.

(2) « La *grande boutique à joujoux de l'Europe.* »
Page 2o5.

C'est en effet à Birmingham que se fabrique une
immense quantité de jouets d'enfans et de poupées ;
on en expédie des ballots pour les grandes Indes, les
Etats-Unis, etc., et ce genre d'industrie y est porté au
plus haut point de perfection. L'anecdote suivante
racontée par M. Osler, fabricant de verroteries à Birmingham , et publiée dans un journal anglais, ser-
vira à donner quelque idée de l'étendue de ce genre de
commerce.

« Il y a dix-huit ans, dit M. Osler, que je me trouvai
à Londres avec un homme de l'apparence la plus
respectable, qui me demanda si je pouvais lui fournir des yeux de poupées. J'avoue que j'eus la sim-
plicité de me croire offensé par une semblable demande;
celui qui me la faisait ne tarda pas à m'en faire sentir
l'importance. Il me mena dans une salle immense, au
milieu de laquelle régnait un étroit passage entre deux
monceaux de membres de poupées, qui s'élevaient du
plancher au plafond. « Voici, me dit-il, les jambes et
les bras seulement; les corps sont dans un autre ma-
gasin. » Je jugeai, d'après ce que je voyais, qu'il lui
fallait une grande quantité d'yeux, et je lui dis que
j'accepterais une commande par forme d'essai, et après
m'avoir montré des modèles de qualités et de dimen-
sions différentes, il me remit une commande par écrit.
En rentrant à mon hôtel, je trouvai que cette commande pour essai s'élevait à plus de 5oo liv. sterling
(11 à 12ooo fr.). Je retournai à Birmingham, et je
m'efforçai d'imiter les modèles qu'on m'avait donnés ;
mes plus habiles ouvriers ne purent y parvenir, et je
fus obligé de renoncer à la fourniture qui m'avait été
demandée. Je quittai même la fabrication des verro-

teries pour établir une manufacture de bronzes. Cependant, il y a environ vingt mois que des circonstances qu'il est inutile de détailler me firent reprendre ma première profession. Je songeai de nouveau aux yeux de poupées; mes nouvelles tentatives pour fabriquer cet article tel qu'il m'avait été demandé furent encore vaines. Enfin le hasard me servit à souhait; je rencontrai, errant dans les rues, un excellent ouvrier que l'inconduite avait réduit à la dernière misère, et qui se mourait d'inanition. Je lui montrai dix guinées et mes modèles, promettant que, s'il m'enseignait à les imiter, ces pièces d'or seraient à lui. Il accepta ma proposition; mais malheureusement il était tellement affaibli qu'il ne pouvait souffler une lampe d'émailleur; il eut beau me décrire verbalement son procédé, je ne pus venir à bout de rien faire. Je persistai néanmoins dans mon dessein, et, après avoir fait faire à ce pauvre diable un bon repas qui lui rendit quelque force, je l'accompagnai au galetas où il logeait. Sa détresse était telle, que faute de pouvoir acheter de l'huile pour sa lampe, il l'alimentait avec des intestins de volaille grasse qu'il ramassait sur les marchés. Il se mit à l'œuvre, et n'eut pas fait trois yeux que je me trouvai à même d'en faire cent mille. Une fois en possession de son procédé, je le pratiquai avec un tel succès, que je dus, en peu d'années, la fortune dont je jouis à la fabrication des yeux de poupées. Mon exemple prouve qu'il n'y a pas d'industrie, si futile qu'elle soit en apparence, qui ne puisse être avantageuse à celui qui l'exerce, et même à la société entière, la prospérité publique n'étant que la somme des prospérités individuelles. »

(3) « Tout remonte au grand principe du vide. »
Page 245.

La découverte de la pesanteur de l'air et des moyens
d'opérer le vide, a eu, comme l'observe Henri,
beaucoup de résultats très-utiles; et dernièrement encore le docteur anglais Barry a appliqué avec succès
le vide aux plaies empoisonnées. Ce moyen d'attirer
est si violent que, même lorsque la plaie a absorbé une
partie de la substance vénéneuse, l'application de la
ventouse suffit pour arrêter subitement les accidens,
et après un certain temps il suffit de l'ôter, et de laver
la plaie, pour que le poison soit entièrement enlevé
et tout danger évanoui. Il est probable que cette découverte sera féconde, et que son application rendra
encore d'autres services à la médecine. On a déjà tenté
d'adapter ce moyen à la guérison des morsures de
reptiles dangereux, et l'expérience a réussi. Pourquoi n'en essaierait-on pas aussi pour les morsures
des chiens enragés ?

(4) « C'est ce qu'on appelle *remire le verre* ou *l'assurer.* » Page 254.

Si l'on ne faisait pas refroidir le verre très-lentement,
et qu'au sortir du four on l'exposât à l'air, il se casse-
rait et se réduirait presque en poussière, parce que la
surface se refroidissant plus vite que l'intérieur, elle
se contracte, et la surface chaude s'oppose à cette con-
traction et fait briser l'autre. Pour éviter cet inconvénient, on fait refroidir très-lentement le verre dans une
température égale, d'abord, à celle de la fabrication, qui
diminue insensiblement jusqu'à ce qu'elle soit descen-
due à la température de l'air atmosphérique. Cette opération donne au verre la propriété de se maintenir in-
tact à la température de l'atmosphère; elle *assure* donc

l'existence du verre, et le rend propre à servir à nos besoins.

Si l'on fait bouillir un verre à boire dans de l'eau, et qu'on entretienne cette eau bouillante pendant quelques minutes, qu'ensuite on laisse refroidir le tout, et qu'on ne sorte le verre que lorsque l'eau est entièrement froide, on peut y verser de l'eau bouillante sans qu'il casse. Il en est de même des verres à quinquets, ou cheminées de verre des lampes à courant d'air ; elles durent plus long-temps, et se cassent moins aisément.

(5) « Combien j'aime le verre, et que je le trouve beau! c'est si clair, si propre, etc. » Page 261.

« On ne sait pas à qui l'on doit cette précieuse matière : on croit que sa découverte est aussi ancienne que celle des briques ; car il est bien difficile, lorsqu'on a mis le feu à un fourneau de briques, que quelques parties de ce fourneau n'aient été converties en verre. Si cela était, cette découverte serait presque aussi ancienne que le monde. Dans les livres de Moïse et de Job, il est parlé de pierre transparente, de cristal, de pierre précieuse, de diamant, de miroir, etc. : on en conclut de là que l'on connaissait alors le verre; mais cette conclusion est fort hasardée. La nature fait toutes ces pierres, sans que l'art s'en mêle. Nous avons entr'autres, en Russie, une matière fort semblable au verre: c'est le *mica* dont les Russes se servaient autrefois au lieu de verre, et qu'ils nettoyaient avec une lessive de potasse, lorsqu'il était sale. Le cristal de roche, qu'on trouve dans toutes les parties du monde, est encore un verre naturel, avec lequel les anciens faisaient des vases dont le prix était très-considérable; c'est vraisemblablement de cette pierre que parle Aris-

II.   15

tophane dans sa comédie des *Nuées*, où l'un des ac-
teurs dit à un autre: « J'ai trouvé une pierre qui me
dispensera de payer mes dettes; quand on me pré-
sentera mon obligation, j'exposerai ma pierre au soleil sur mon billet, et je fondrai la cire sur laquelle
est l'empreinte de ma dette. »

« Quelques érudits croient que cette pierre, qui fait
ici l'effet d'un miroir ardent, était du véritable verre;
mais c'est une conjecture qui n'est appuyée sur aucun fondement. Le tâtonnement et les essais ont eu
sans doute plus de part que la théorie aux commen-
cemens de l'art de travailler le verre. On ignore abso-
lument quels sont les premiers ouvrages qu'on fit
avec le verre. On croit que les Romains sont les premiers qui ont réduit la verrerie en art: un d'entr'eux
avait même trouvé le moyen de rendre le verre malléable. On parvint ensuite à lui donner une flexibilité
assez considérable.

« Il y a deux sortes de matières qui entrent dans sa
composition: des matières terreuses et des matières sa-
lines, c'est-à-dire, des sables et des sels, tels que le
sel de potasse, le sel de soude, etc. Ce sont les matières terreuses qui se vitrifient, et les sels ne servent
qu'à faciliter la fusion et la vitrification. Le grand art
pour faire de beau verre avec ce mélange, c'est de faire
évaporer presqu'entièrement les sels qui sont entrés
dans sa composition; car plus le sel domine dans le
verre, plus aisément il se ternit: la perfection consis-
terait donc à fondre et vitrifier les matières terreuses
sans addition de sel: ce verre serait de la plus grande
beauté; il ne différerait point des plus belles pierres
fines; mais il faudrait pour cela avoir un feu très-ardent, et des creusets qui pussent résister à la force de

son action : ce qui ne nous paraît pas impossible à trouver.

« L'art de la verrerie fut long-temps abandonné à l'industrie des chimistes qui ne savaient opérer que de la main ; les physiciens ne s'en occupaient pas. Ce ne fut qu'à la renaissance des lettres qu'on songea à rechercher les principes de cet art. Un chimiste, nommé *Néri*, en fit une étude particulière : il découvrit d'abord comment il faut tirer les sels qui entrent dans la composition du verre commun ou du cristal ; il enseigna ensuite les différentes manières de faire les mélanges nécessaires à la formation du verre, et de donner à cette matière de belles couleurs, telles que celles de l'aigue-marine, le bleu céleste, le vert d'émeraude et le bleu de turquoise. Le célèbre *Kunckel* perfectionna les découvertes de *Néri;* il fit de très-beau cristal avec des pierres à fusil noires ; il trouva ensuite plusieurs moyens de colorer le verre de manière à imiter parfaitement les pierres précieuses. Enfin, il apprit à calciner ou cuire le verre, à le dorer, et à y appliquer des couleurs.

« Les verriers et les chimistes ont beaucoup enchéri sur les inventions de cet habile homme. Avec un beau sable blanc, du sel alkali très-pur, végétal ou minéral, du minium, de la céruse ou de la litharge, et une petite quantité de nitre, on est parvenu à former un très-beau cristal blanc, sans couleur, imitant le diamant blanc, et qui est si connu sous le nom de *stras*. Ce même mélange fondu sans nitre a produit un beau verre jaune qui imite la topaze ; et, en suivant les traces de Néri et de Kunckel, on a formé des pierres précieuses artificielles fort ressemblantes aux pierres précieuses naturelles.

« Pendant qu'on travaillait ainsi en Europe à perfectionner l'art de la verrerie, les Orientaux étaient oc-

cupés à faire des vases avec des matières demi-vitrifiées;
on conçoit que nous voulons parler de la porcelaine.
C'est aux Japonais et aux Chinois qu'on doit cette
découverte : on crut que ces peuples avaient seuls ce
secret; mais les Saxons établirent en Saxe une manufacture de cette porcelaine qui surprit tout le monde.
Peut-être ils l'apprirent des Chinois; nous ne pûmes
leur dérober leur secret, et nous l'ignorerions peut-
être encore, si un homme de génie, qui avait assez de
sagesse pour deviner les énigmes de la nature et celles
de l'art, n'eût soumis la porcelaine à son examen.
M. *de Réaumur* (c'est le nom de cet homme célèbre)
cassa du verre, de la porcelaine et de la poterie; il découvrit par là que la porcelaine n'était autre chose
qu'une matière demi-vitrifiée : cela étant, ou elle est
formée d'une matière vitrifiable, qu'on a retirée du
feu avant qu'elle fût vitrifiée totalement; ou de deux
matières dont l'une se vitrifie, et dont l'autre soutient
le feu le plus violent, sans changer de nature. Ce fut
par ce raisonnement qu'il découvrit la nature de la
porcelaine, et il en fabriqua de très-belles. Il fit plus;
il imagina une troisième espèce de porcelaine capable
de résister au feu le plus ardent; ce fut en vitrifiant le
verre.

« C'est sans doute la découverte de la porcelaine qui
a fait faire celle des émaux : on appelle *émail* une substance vitrifiée, entre les parties de laquelle est distri-
buée une autre matière qui n'est point vitrifiée. Ces
matières sont la chaux, le plomb et l'étain, qu'on
mêle, et qu'on fait fondre à un grand feu de verrerie,
avec du caillou blanc, déjà vitrifié, broyé et tamisé.
Ce mélange dans lequel on ajoute du sel de tartre pour
faciliter la fusion, forme une espèce de demi-vitrifica-
tion, qui est la base de tous les émaux. Il est presque

incroyable jusqu'à quel point de délicatesse et de finesse les filets d'émail peuvent se tirer à la lampe; ceux dont on se sert pour faire de fausses aigrettes, sont tels qu'on peut les tourner et plier sur un dévidoir comme la soie et le fil.

Les jais factices de toutes couleurs qu'on emploie dans les broderies, sont aussi faits d'émail; et cela avec tant d'art, que chaque petite partie a son trou pour y passer la soie avec laquelle on brode. Enfin on fait une infinité de belles choses avec l'émail; on voit tous les jours sortir des mains des émailleurs de petites figures qu'on croirait être l'ouvrage de quelque habile sculpteur. »

Voyez Cours d'Etudes Encyclopédiques par François Pagès. Tome I, page 144.

(6) « Ce sont les Allemands ou les Hollandais, je crois, qui l'ont inventée. » Page 278.

L'invention de l'imprimerie est si belle que plusieurs villes se sont disputé la gloire d'avoir donné naissance à ses auteurs. Celle de Mayence paraît avoir le plus de droit à cette prétention: *Jean Guttemberg*, habitant de cette ville, passe pour avoir donné le premier l'idée de l'imprimerie. Il se joignit à *Jean Faust*, son concitoyen. Cet art fut bientôt répandu et imité dans toutes les villes. Depuis ce temps les *Manuce* et *Bomberg*, en Italie, les *Amerbach*, *Commelin*, *Wechels*, en Allemagne; les *Froben* et *Oporim*, en Suisse; les *Moret* et *Plantin*, à Anvers; les frères *Elzévirs* et *Janssons*, de Blaerr en Hollande; les *Foulis* et les *Brindley*, en Angleterre; les *Etiennes*, *Colines*, *Vascosan*, *Patisson;* les *Griphel*, *Morel*, *Vitré*, *Nivelle*, *Didot*, *Barbou*, etc.; ont mis sur cet art le sceau de la perfection. Alde Manuce inventa le caractère italique. Le célèbre Breilkopf de Leipsick, après avoir porté très-loin l'art typographique, inventa, par le moyen de caractères ou

de notes mobiles , l'art d'imprimer toute sorte de musique.

Pour comprendre la manière d'imprimer , il faut
avoir une idée des caractères. Leur matière est de
plomb ou d'étain mêlée avec l'antimoine , pour ôter la
grande malléabilité, et empêcher que la presse ne les
aplatisse.

Tous les caractères ont des noms différens ; les plus
gros se nomment : *Double-canon* , *Gros-canon* , *Tris-
mégiste*, *Petit-canon* , *Palestine*, *Parangon ;* les moyens
sont : le *Gros-romain*, le *Saint-Augustin* , le *Cicéro* ,
la *Philosophie ;* les plus petits se nomment : *Petit-ro-
main* , *Gaillarde*, *Petit-texte*, *Mignorne* , *Nompareille* ,
Parisienne ou *Sédanoise.*

Il s'est introduit depuis peu plusieurs perfectionnemens dans le mécanisme de l'imprimerie qu'il serait
trop long de détailler ici. Un des plus importans est
celui de la machine à vapeur appliquée aux presses.

(7) « Si l'on pouvait loger la machine à vapeur
dans un tout petit espace , quelle grande amélioration ! » Page 318.

On vient de faire en Angleterre un nouvel essai pour
parvenir au but dont parle Henri. On a imaginé , pour
économiser l'espace, de remplacer la chaudière par un
tuyau chauffé, dans lequel on injecte de l'eau froide
qui se change aussitôt en vapeur. On assure que les
expériences ont réussi. Ce moyen a été essayé à bord
d'un bateau construit d'après un nouveau principe ;
au lieu de roues, il y a des espèces de rames plates,
ou nageoires, placées sur les flancs du bateau, et que
la vapeur fait mouvoir.

FIN DES NOTES.

TABLE DES MATIÈRES

CONTENUES DANS LE DEUXIÈME VOLUME.

344   TABLE DES MATIÈRES.

FIN DE LA TABLE.

Imprimé en France
FROC030907191020
25456FR00013B/303

9 782329 467078